Bernd Flessner
Friesengold

Bernd Flessner
Friesengold
Kriminalroman

1. Auflage 2011

ISBN 978-3-939689-75-1
© Leda-Verlag. Alle Rechte vorbehalten
Leda-Verlag, Kolonistenweg 24, D-26789 Leer
info@leda-verlag.de
www.leda-verlag.de

Lektorat: Maeve Carels
Titelillustration: Carsten Tiemeßen
Gesamtherstellung: Bercker Graphische Betriebe GmbH & Co. KG
Printed in Germany

Bernd Flessner

Friesengold

Kriminalroman

LEDA

DR. BERND FLESSNER, geboren 1957 in Göttingen, studierte Germanistik, Theaterwissenschaft und Geschichte in Erlangen, ist freier Schriftsteller und Publizist, Lehrbeauftragter am Institut für Germanistik der Universität Erlangen-Nürnberg, Mitglied der Forschervereinigung *Netzwerk Zukunft e.V.*, schreibt u.a. für die *Neue Zürcher Zeitung, Kursbuch, Zukünfte, mare – Die Zeitschrift der Meere.*

Im Leda-Verlag erschienen außer etlichen Kurzgeschichten in verschiedenen Anthologien der Erzählband *Lemuels Ende*, dessen Titelgeschichte für den Kurd-Laßwitz-Preis nominiert wurde, und die Kriminalromane *Die Gordum-Verschwörung, Greetsieler Glockenspiel* und *Knochenbrecher* sowie die von Peter Pabst illustrierten Kinderbücher *Lükko Leuchtturm und das Rätsel der Sandbank* und *Lükko Leuchtturm und die geheimnisvolle Insel* sowie das von Ludger Abeln gelesene Hörbuch *Weihnachten mit Lükko Leuchtturm.*

Friesengold ist der vierte Fall für Hauptkommissar Greven.

Für Marianne,
die so gerne Krimis liest, zum 25sten.

Dar is geen Gold so rood, of' mutt hen för Brood.

Friesisches Sprichwort

Das Gold ist höchst vortrefflich. Aus dem Gold wird ein kostbarer Schatz. Wer ihn besitzt, macht mit ihm in der Welt, was er will. Mit ihm kann er sogar Seelen in das Paradies bringen.

Christoph Kolumbus, *Bordbuch* (1502)

Nach Golde drängt,
Am Golde hängt
Doch alles. Ach wir Armen!

Johann Wolfgang von Goethe,
Faust. Der Tragödie erster Teil (1808)

Ein Stück von solchem Wert, das auf solche Weise von Hand zu Hand gegangen ist, gehört ganz offensichtlich demjenigen, der es sich anzueignen versteht.

Dashiell Hammett, *Der Malteser Falke* (1930)

There's a lady who's sure
All that glitters is gold
And she's buying a stairway to heaven

Robert Plant, *Stairway to Heaven* (1970)

Personen und Handlung dieses Romans sind frei erfunden.
Jede Ähnlichkeit mit lebenden oder toten Personen wäre
rein zufällig.

1

Reinold Onken sah auf seine zweiundzwanzig Uhren, die alle auf die Sekunde genau gingen. Sammlerstücke, die meisten aus dem 18. und 19. Jahrhundert, mühsam von ihm zusammengetragen und restauriert. Nicht unbedingt wertvoll, zumindest nicht alle, aber unentbehrlich für ihn. Ihr Ticken war der Soundtrack seines Arbeitstags und ersparte ihm das grauenhafte Gewimmer und die einfältigen Melodien, die im Radio als Musik angepriesen wurden. Das Ticken beruhigte ihn, verhalf ihm zu jener Konzentration und ruhigen Hand, die einen guten Goldschmied auszeichneten. Selbst beim Spazierengehen oder vor dem Einschlafen glaubte er es manchmal noch zu hören, den einmaligen Rhythmus, das präzise Zusammenspiel von Räderwerk, Pendel, Ankerrad und Anker, den individuellen Klang der verschiedenen Gehäuse und Hölzer.

An diesem Abend aber zeigte das für ihn fast meditative Ticken kaum Wirkung. Die Finger seiner rechten Hand klopften einen ganz anderen Takt auf seiner Arbeitsplatte, setzten andere rhythmische Akzente, gehorchten nicht der Vorgabe der zweiundzwanzig mechanischen Werke. Vorschneider und Kugelpunzen hatte er achtlos zur Seite geschoben, obwohl er abends sonst gerne bis neun oder sogar zehn noch an einem Ohrring oder einer Brosche arbeitete.

Aber nicht an diesem Abend, nicht, wenn er Heyden erwartete. Vor sechs Jahren hatte ein Zufall sie zusammengeführt. Ein glücklicher Zufall, denn ohne Heyden hätte er seinen kleinen Laden wahrscheinlich längst aufgeben müssen. Ein verhängnisvoller Zufall, denn Heyden gefährdete seine Existenz und seine Freiheit. Gemocht hatte er ihn nie, und er versuchte von der ersten Begegnung an, den Kontakt auf das notwendige Minimum zu beschränken. Schon jetzt freute er sich auf das Gefühl, das sich einstellte, wenn Heyden seine Werkstatt wieder verlassen hatte.

Schon fast halb neun. Onken befragte eine Uhr nach der anderen, obwohl er wusste, wie sinnlos diese Überprüfung war. Heyden war sonst immer pünktlich gewesen. Er besaß keinen Stil, keinen Charakter, keine Kultur, keine Bildung, aber er war zuverlässig und pünktlich. Onkens Blick kehrte zum Schmiedetisch zurück, auf dem eine der hölzernen Weinkisten stand, in denen er seinen Bordeaux bezog. Statt drei teurer Flaschen lag schwarzer Molton in der Kiste. Er diente jedoch nur dazu, den eigentlichen Inhalt zu schützen, den er nur flüchtig in Augenschein genommen hatte. Er wollte ihn gar nicht sehen, geschweige denn anfassen. Nur loswerden wollte er ihn. Schnell loswerden. Immer mahnender massierten seine Finger die abgewetzte Arbeitsplatte.

Ein anderer Finger bearbeitete plötzlich draußen das Fenster. Dreimal traf das Gelenk die Scheibe. Das war das Zeichen. Heyden war endlich da. Erleichtert, aber mit spürbarem Herzklopfen, erhob sich Onken von seinem Drehstuhl und eilte mit wenigen Schritten zur Tür. Heyden war ein kleiner, aber kräftiger Mann um die vierzig. Er trug einen kurzen, schwarzen Mantel und eine Pudelmütze ohne Bommel. Sein durchaus markantes Gesicht war leicht gerötet, sein Atem roch nach Zwiebeln und Knoblauch. Hinter ihm wirbelten Schneeflocken durch die Dezembernacht.

»Dieser verdammte Schnee!«, fluchte der drahtige Mann und drängte an Onken vorbei in die warme Werkstatt. »Kein Schneepflug weit und breit! Fast zwei Stunden habe ich gebraucht. Doppelt so lang wie sonst.«

Onken schloss die Tür mit Schwung, um den Wind und mögliche Voyeure aus der Nachbarschaft abzuwehren.

»Wie kannst du hier arbeiten, Mann?«, fragte Heyden, obwohl er schon oft in der Goldschmiede gewesen war. »Mit den tausend Uhren?«

»Zweiundzwanzig Uhren.«

»Die machen aber Krach wie tausend Uhren. Wie hältst du das bloß aus?«

»Es ist meine Musik«, antwortete Onken und versuchte, Selbstbewusstsein zu demonstrieren. Trotz des Pochens in seinem Körper nahm er Blickkontakt auf und hielt an den dunklen Augen seines Gastes fest.

»Du tickst ja nicht ganz richtig! Also, wo ist das besagte Objekt? Ich muss gleich wieder zurück. Meine Kunden warten nicht gern.«

»Hier«, sagte Onken und wies mit der rechten Hand auf die französische Weinkiste.

Heyden entfaltete mit seinen schwarzen Lederhandschuhen vorsichtig das Moltonbündel. Für ein paar Sekunden versenkte er seinen Blick in die Kiste, bewegte den Kopf vor und zurück, berührte sanft, was Onken ihm angeboten und besorgt hatte. Als er wieder aufsah, nickte er dem Goldschmied beeindruckt zu.

»Du hast wieder einmal nicht zu viel versprochen, das muss man dir lassen, alter Mann. Eigentlich wollte ich den Preis noch um ein paar Scheine drücken, aber das hat sich erledigt. Das Ding da in der Kiste ist ein echter Hammer. Das ist ein Volltreffer, Mann! Also keine Bange, es bleibt bei dem ausgehandelten Preis. Schließlich sind wir doch Partner und wollen es ja auch bleiben, oder?«

Onken empfand das Grinsen, das Heyden dabei aufsetzte, als widerlich und unerträglich. Ohne Gegenwehr ließ er es über sich ergehen und wartete, das Ticken im Ohr, auf eine bestimmte Handbewegung Heydens. Das dazugehörige Ritual musste er ebenso erdulden wie das fast zynische Grinsen. Im Zeitlupentempo führte sein selbst ernannter Partner die Hand zur Innentasche seines Mantels, um noch langsamer seine Brieftasche herauszuziehen. Er zelebrierte diese Geste regelrecht, machte sich einen Spaß aus Onkens Erwartungshaltung, provozierte genussvoll seine Geduld. Der Goldschmied versuchte wiederum, so desinteressiert wie möglich zu wirken, konzentrierte sich voll und ganz auf das Ticken, sah auf den Boden, an die Wand, bis Heyden endlich die Brieftasche aufschlug und einen dicken Briefumschlag entnahm. Onken wusste, was jetzt passierte. Heyden wechselte von einer Sekunde zur anderen das Tempo und stellte ihm den Umschlag laut und schmierig lachend per Luftpost zu. Zweimal musste der Goldschmied nachfassen, um das Kuvert nicht auf den Boden fallen zu lassen.

»Gute Arbeit, mein Alter. Weiter so, und wir bleiben Freunde.«

»Ich weiß nicht, ob ich noch mehr besorgen kann.«

»Kannst du, Reinold, kannst du. Bestimmt.«

»Wir werden sehen.«

»Werden wir, werden wir. Melde dich auf dem üblichen Weg. So, ich mach mich jetzt vom Acker. Wird Zeit. Zwei Stunden durch den Schnee sind kein Vergnügen.«

Heyden nahm den Deckel, auf dem der Name des Weingutes aufgedruckt war, und schob ihn in die dafür vorgesehenen Nuten der Kiste, die nun von einer gewöhnlichen Weinkiste nicht mehr zu unterscheiden war. Onken war bereits neben der Tür in Stellung gegangen und öffnete sie, als Heyden auf sie zuhielt.

»Bis zum nächsten Mal, Alter.«

»Auf Wiedersehen.«

Der Ostwind nutzte die Gelegenheit, um eine Handvoll Schnee in seiner Werkstatt abzuladen. Aber das war Onken egal, denn Heyden war gegangen, war in der weiß ausgeschlagenen Dunkelheit von einem Augenblick zum nächsten verschwunden, wenn er Glück hatte, sogar für immer. Nun war er es, der grinste. Mit wiedergewonnenem Elan schloss er die Tür, arretierte die beiden Sicherheitsbügel und machte die Alarmanlage scharf. Dann ließ er sich in den Sessel fallen und zählte das Geld, von dem ein Viertel ihm gehörte. Die Summe stimmte, Heyden hatte ihn nicht beschissen. Er hatte keinen Stil, keinen Charakter, keine Kultur, keine Bildung, aber er hielt sein Wort.

Onken legte den dicken Umschlag auf den Schmiedetisch, bückte sich und zog aus einer weiteren Kiste eine Flasche Bordeaux, die er gekonnt mit einem Sommeliermesser entkorkte. Auf das Dekantieren verzichtete er, sondern goss den dunkelroten Wein langsam in ein großes, bauchiges Glas. Schon nach dem ersten Schluck war er wieder mit dem Ticken synchron, war er wieder im Takt, war wieder ruhig und entspannt. Die Scheine in dem Umschlag reichten, wenn er das Niveau seines bescheidenen Umsatzes weiterhin halten konnte, für mindestens zwei Jahre. Dann würde er weitersehen. Zwei Jahre waren eine lange Zeit. Beim zweiten Glas beschloss er, sie so intensiv wie möglich zu genießen. Vielleicht würde er sogar einmal Urlaub machen, vielleicht würde er einmal selbst ins Vignoble de Bordeaux fahren und sich seinen Wein persönlich im Chateau abholen.

An der Wand vor ihm tickten seine Uhren, tickten ihm zu, lachten ihn an, wünschten ihm Glück. Onken hob sein Glas und prostete den Zeigern und Zifferblättern zu. Dem Glücklichen schlägt keine Stunde. Vor der Tür stimmte der Ostwind ein und intonierte einen eisigen Sound.

2

»Wisst ihr schon, wer es ist?«, fragte Greven.

»Reinold Onken. Ihm gehört die kleine Goldschmiede in der Marktpassage«, antwortete Peter Häring, der trotz der eisigen Temperaturen in einem blauen Anzug steckte, unter dem ein wahrscheinlich frisch gebügeltes weißes Hemd mit dem Weiß des Schnees wetteiferte. Seine Schuhe waren nicht zu erkennen, denn sie verschwanden im Schnee. Greven aber wusste, dass es schwarze Halbschuhe mit glatten Ledersohlen waren. Teure italienische Schuhe. Härings Lippen vibrierten leicht.

»Kein schöner Tod.«

»Nein«, nickte Greven, der sich von seinem Borsalino und seinem alten Kamelhaarmantel ausreichend vor der Kälte geschützt fühlte.

Der Mann vor ihnen hatte indes seine Körpertemperatur komplett verloren. Seine Haut war fast weiß und hob sich nur noch durch einen zarten Rosaton rund um die Nase vom Schnee ab. Er trug weder eine Jacke noch einen Mantel, sondern lediglich Unterhemd, Unterhose und Socken. Sein Mund war mit einem Streifen beigefarbenem Packband zugeklebt, seine Hände mit Kabelbindern am Geländer des Sous-Turms gefesselt. Der Kopf war auf die Brust gesackt, die Augen geschlossen, die wenigen, aber langen Haare, deren Farbe sie nur raten konnten, hingen über der Stirn, die Beine hatte er an den Körper gezogen, was ihn jedoch nicht vor dem Kältetod bewahrt hatte. Schnee hatte es sich auf einigen Körperstellen bequem gemacht, ohne zu schmelzen.

»Wer hat ihn gefunden?«

»Ein Vertreter aus Bielefeld. Er ist sehr früh aufgestanden und wollte vor seiner Rückreise noch schnell zu einem Bankautomaten. Dabei ist er auf den Turm gestoßen.«

»Unser schöner Tauchsieder ist ja auch nicht zu übersehen. Also ist er vom rechten Wege abgewichen, um sich das berühmteste Bauwerk Aurichs einmal aus der Nähe anzusehen.«

»So ungefähr«, klapperte Häring mit den Zähnen. »Zunächst hat er den Toten für einen verschneiten Teil des Turms gehalten, dann für ein ungewöhnliches Gebilde aus Schnee, für eine Art skurriler Schneewehe. Erst als er ein paar Treppenstufen hinaufgegangen ist, hat er erkannt, dass es sich um einen Menschen handelt.«

»Der Schnee«, sinnierte Greven. »Das dürfte auch der Grund sein, warum Onken nicht eher entdeckt wurde. Schnee macht blind. Auch wenn die Sonne nicht scheint. Er macht blind, weil er alles verändert. Das Auge kann sich auf nichts mehr verlassen, kein vertrautes Muster ist mehr gültig, alles muss neu entdeckt werden. Dieser Vertreter war bestimmt nicht der Erste heute früh auf dem Marktplatz. Aber welcher Auricher richtet seinen Blick schon auf den Sous-Turm, wenn es glatt ist und ihm der Schnee von allen Seiten ins Gesicht weht.«

»Ihr nennt es Katastrophe. Wir nennen es Winter.«

»Hat wer gesagt?«

»Der schwedische Botschafter. Heute früh im Radio.«

»Ein kluger Mann«, sagte Greven und betrachtete kurz Härings Winterbekleidung. »So einen könnte der Straßendienst gut gebrauchen. Ganz zu schweigen von der Bahn. Gut, lassen wir das. Was sagen die Kollegen von der Spusi?«

»Hinter dir steht einer.«

Greven drehte sich um. Nur zwei Meter entfernt stand ein Mann in einem schneeweißen Overall, der sich nur dank seines Gesichtes vom Schnee abhob.

»Moin. Gute Tarnung.«

»Moin. So vermeiden wir unnötiges Aufsehen«, erwiderte der Mann.

»Konntet ihr etwas finden? Trotz des Schnees?«

»Dank des Schnees«, antwortete der Mann. »Fußspuren. Das Opfer wurde höchstwahrscheinlich von einer männlichen Person von der Marktpassage zum Turm gedrängt oder gestoßen. Er hat wohl auch mit Schlägen nachgeholfen, denn wir haben mehrere Blutflecke entdeckt, die sehr wahrscheinlich vom Opfer stammen. Die Proben sind schon auf dem Weg ins Labor.«

»Also nur ein Täter«, brummte Greven.

»Wahrscheinlich«, ergänzte der Mann in Weiß.

»Wie soll ich das verstehen?«

»Entweder ist der Täter nach einiger Zeit noch einmal zu seinem Opfer zurückgekehrt. Oder ein anderer Mann hat ihn auf dem Turm aufgesucht. Jedenfalls haben wir noch eine zweite, jüngere Spur gefunden, die zum Turm führt. Das alles natürlich unter großem Vorbehalt.«

»Ich weiß, der Schnee. Aber andererseits hat er doch Spuren konserviert, auf die wir im Sommer hätten verzichten müssen.«

»Sag ich doch«, nickte der Mann, dem Greven mit einem Handzeichen dankte.

»Ich dachte, Schnee macht blind?«

»Nicht bei Fußspuren.«

»Verstehe. Können wir jetzt gehen?«

»Gut«, sagte Greven. »Wir haben alles gesehen. Den Rest erfahren wir, wenn uns Dr. Behrends und die Spusi ihre Berichte vorlegen.«

»Ich kann dir sagen, was drinsteht. Der Täter hat sein Opfer ausgezogen, geschlagen und an der Reling festgemacht. Dort ist er dann jämmerlich erfroren.«

Greven nickte nachdenklich, warf noch einen letzten Blick auf den Toten, drückte sich den Hut in die Stirn und ging langsam die wenigen Stufen hinunter. Häring folgte ihm und war froh, sich endlich wieder bewegen zu können. Ohne auf die Richtung zu achten, die Arme vor der Brust gekreuzt, folgte er seinem Chef in die schmale Gasse, in der sich die Goldschmiede befand. Vor der Tür trafen sie auf einen weiteren Mann in Weiß, der sich offenbar gerade auf den Weg machte. In seiner rechten Hand trug einen großen Metallkoffer.

»Moin. Seid ihr fertig?«, fragte Greven.

»Moin. Ja, sind wir, Gerd. Du kannst rein. Ich habe mir nur noch schnell das Fenster angesehen.«

»Ist er dort rein?«

»Nein, er ist durch die Tür. Sie wurde aber nicht aufgebrochen. Das wäre auch gar nicht so leicht. Außerdem gibt es eine Alarmanlage, wenn auch keine wirklich moderne. So wie ich das sehe, hat das Opfer dem Täter die Tür geöffnet. Aller Schlösser und Sicherungen sind intakt. Die Alarmanlage wurde abgeschaltet. Wahrscheinlich so um halb neun.«

»Wie kommst du darauf?«

»Das ist nicht schwer zu erraten. Der Laden hängt voller Uhren. Sie gehen alle auf die Sekunde genau. Bis auf die sieben, die jemand von der Wand gerissen und auf den Boden geworfen hat.«

»Okay, und dann sind sie stehen geblieben.«

»Das ist bei Pendeluhren so üblich. Zwischen 21:33 Uhr und 21:39 Uhr.«

»Fingerabdrücke?«

»Unmengen. Aber ich vermute, alle nur von einer Person.«

»Also von unserem Goldschmied. Schade.«

Der Mann in Weiß nickte, hob die Hand, als wolle er sich für das Resultat entschuldigen, sagte »Tschüss« und ging.

»Na endlich«, bibberte Häring, dessen Lippen schon einen leichten Blaustich zu haben schienen, und drängte sich an Greven vorbei in die kleine Werkstatt. Wirklich warm war es allerdings auch dort nicht.

»Mach bitte die Tür zu!«

Greven erfüllte den Wunsch seines Mitarbeiters und schmunzelte. Peter Häring liebte nun einmal Lifestyle über alles, doch folgte er dem weit verbreiteten und allgemein akzeptierten Irrtum, den nicht näher definierten Begriff mit Stil, Geschmack und Individualität gleichzusetzen. Diesen Irrtum bezahlte er regelmäßig mit einem großen Teil seines Beamtensalärs und im Winter auch noch mit kalten Füßen.

»Das sieht nach deinem Spezialgebiet aus«, stellte der Gestylte und Frierende fest und spielte damit auf die langjährigen Erfahrungen seines Vorgesetzten mit durchsuchten Wohnungen an. »Hier hat jemand ganze Arbeit geleistet.«

»Hat er nicht«, entgegnete Greven nach kurzer Inspektion. »Er hat die Goldschmiede durchsucht, aber er hat sie nicht wahllos durchwühlt.«

Vor ihren Augen breitete sich ein Schlachtfeld aus. Teile von Uhren, Papiere, Werkzeuge, Bücher, Instrumente und herausgerissene Schubladen lagen verstreut auf dem Boden des Raumes, der nicht größer als sechzehn Quadratmeter war.

»Das nennst du ... nicht wahllos?«

»Nein. Er wusste genau, was er wollte.«

»Und was hat er gesucht?«

Greven tastete die Wände, die wenigen Möbel und den Boden ab.

»Zwei Dinge. Zum einen etwas Großes. Etwas, das groß genug ist, um in eine der großen Schubfächer und Kisten zu passen. Die kleinen da hinten hat er nämlich nicht erst geöffnet. Papiere waren das Zweite, was er gesucht hat. Das Fach dort im Regal ist leer. Dort dürften die Aktenordner gestanden haben, die vor uns auf dem Boden und auf dem Arbeitstisch liegen. Bei dem dort hat er den Klemmbügel geöffnet und Blätter herausgenommen. Einen Teil der Blätter hat er einfach auf den Boden geworfen. Aber ich wette, die anderen Ordner hat er auch durchgesehen.«

»Du bist der Boss. Und was ist mit den Uhren?«

Greven ließ seinen Blick über die noch verbliebenen

Uhren wandern, die im Gleichschritt tickten. Auf dem Boden lagen die Reste mehrerer Uhren, die nicht nur von der Wand gerissen, sondern zum Teil auch zertreten worden waren.

»Vielleicht hat er damit angefangen? Vielleicht hat unser Täter nach Antworten gesucht und gehofft, Onken würde sie ihm geben, wenn er sich an seinen Sammelobjekten vergeht. Er hat aber schnell gemerkt, dass er damit nicht weiterkommt, und hat seine Methoden geändert.«

»Was glaubst du, was er gesucht hat?«

»Ich habe keine Ahnung«, gestand Greven, »jedenfalls nichts, was jeden kleinen Dieb mit Adrenalin und Glückshormonen versorgt hätte. Die Ohrringe und Ketten in dieser Vitrine hat der Mörder nicht angerührt. In der zweiten Vitrine scheinen auch nur ein paar größere Exponate zu fehlen. Aber das waren nur seine Spesen, falls sie überhaupt fehlen, falls Onken dort überhaupt Stücke ausliegen hatte. Nein, der Mann, sofern es wirklich nur einer war, dem Onken in der Nacht noch seine Tür geöffnet hat, war auf der Suche nach etwas anderem, nach etwas wirklich Wertvollem.«

»Aber gefunden hat er es nicht, sonst hätte er Onken nicht geschlagen und am Sous-Turm angebunden.«

»Das sehe ich auch so«, stimmte Greven zu. »Vielleicht wollte er ihn zunächst nicht einmal ermorden, sondern nur zwingen, sein Geheimnis preiszugeben. Wenn das stimmt, was die Kollegen glauben, entdeckt zu haben, dann ist er nach einiger Zeit zum Turm zurückgekehrt, um seine Fragen zu wiederholen.«

»In der Zwischenzeit hat er die Goldschmiede durchsucht.«

»Sehr gut möglich, Peter, wahrscheinlich sogar.«

»Aber als er Onken nochmals befragen wollte, war der bereits tot.«

»Das wissen wir nicht«, entgegnete Greven. »Er kann auch erst später gestorben sein. Warten wir den Bericht ab. Doch im Großen und Ganzen dürfte es sich ungefähr so abgespielt haben.«

»Ein Profi«, konstatierte Häring.

»Auf jeden Fall. Er hat Handschuhe getragen, hatte mit großer Wahrscheinlichkeit die Kabelbinder in der Tasche und hat sich nicht für den Kleinkram interessiert, der jedem Junkie und jedem Durchschnittseinbrecher Tränen in die Augen getrieben hätte. Auch auf die Gefahr hin, mich zu wiederholen, aber da hat jemand ganz genau gewusst, was er wollte.«

Noch einmal nahmen sie den Raum wortlos in sich auf.

»Es wird schwer sein, ihn zu finden, Gerd.«

»Das fürchte ich auch«, brummte Greven.

»Was ist bei einem kleinen Goldschmied in einer schmalen Gasse in Aurich zu finden, was wertvoller ist als eine Handvoll goldener Ringe? Bei einem Goldpreis von mehr als 1300 Dollar pro Feinunze?«

»Das, Peter, ist die zentrale Frage. Können wir sie beantworten, haben wir eine reelle Chance, den Täter zu finden. Kümmere dich bitte um die Ordner und die Papiere. Vielleicht finden wir ja einen Hinweis. Hat Onken auch irgendwo gewohnt? Hier gibt es ja nur die kleine Küche und das Klo.«

»Im Mühlenweg. Martin ist gleich hin, hat sich aber noch nicht gemeldet. Schlüssel haben wir jedenfalls keine gefunden.«

»Dann wird es dort nicht viel anders aussehen als hier«, dachte Greven laut.

»Warum hat er ihn ausgerechnet an den Turm gefesselt? Wo ihn jeder sehen kann, wo er sofort gefunden wird?«

Greven wandte sich Häring zu und sah ihn konzentriert an. »Ich tippe auf eine Botschaft, eine Warnung, eine Drohung.«

»Wenn dem so ist, ist sie glaubwürdig und unmissverständlich.«

»Kann man so sagen. Wem diese Nachricht zugedacht

ist, der sollte sich warm anziehen. Gut, belassen wir es
dabei. Kümmere dich um alles, ich gehe zurück ins Büro.«
»Aber …?«

Greven warf seinem Kollegen einen unmissverständli-
chen Blick zu, schloss die Tür hinter sich und machte sich
auf den Weg zur Polizeiinspektion.

Noch immer schneite es, der Winter hatte sich nach lan-
ger Zeit wieder einmal an die überlieferten Jahreszeiten
gehalten und sich gleich für den Dezember entschieden.
Wie in seiner Kindheit, als sie die Deiche rund um den
Greetsieler Hafen mit Kufenspuren überzogen hatten.
Wer mutig war, demonstrierte sein Können auf der stei-
leren Landseite, die an einigen Stellen, etwa zwischen
Hafen und Schöpfwerk, in einen Graben einmündete. War
der Frost nicht stark genug, brach man bei der Landung
durchs Eis und kam mit steifen, halb gefrorenen Hosen
nach Hause, noch schlimmer mit den Zähnen klappernd
als sein Kollege Peter Häring. Einige Wenige, zu denen
er leider nie gehört hatte, schafften es, ihrem Schlitten
während der Schussfahrt durch einen riskanten Einsatz
eines Fußes einen Kick zu geben, so dass er die Richtung
änderte und seitlich auf dem Eis aufschlug, um im Graben
seine Fahrt noch gut fünfzig Meter fortzusetzen. Wer
den Einsatz der Fußbremse nicht beherrschte, so wie er,
überschlug sich fast immer. Er landete anschließend zwar
auch auf dem Eis, jedoch ohne Schlitten, dafür aber nicht
selten mit blutender Nase.

Blut und Schnee. Vor allem, wenn beides frisch war,
konnte sich dieser Farbkombination kaum ein Mensch
entziehen. Rot und Weiß in ihren prägnantesten natürlichen Erscheinungsformen. Körperwarm und eiskalt, Leben
und kristalline Erstarrung, filigrane Reinheit und Schmerz,
Verletzung, Tod. Als Kind hatte er einmal seine blutige Nase
absichtlich über den unberührten Schnee gehalten, um das
seltene, ästhetische Farbspiel zu bewundern.

Für den alten Goldschmied aber war es kein Spiel

gewesen, sondern tödlicher Ernst. Was mochte er gedacht, geahnt, befürchtet haben, in dem Bewusstsein, die Antwort nicht zu kennen? Dessen war sich Greven nämlich sicher. Onken hatte die Frage oder die Fragen, die ihm ohne jede Rücksicht gestellt worden waren, nicht beantworten können. Schon nach wenigen Schlägen hätte der alte Mann jedes Passwort und jeden PIN-Code preisgegeben. Aber er hatte nichts gewusst. Er hatte um Nachsicht, um Gnade gefleht, um sein Leben. Er hatte alles geboten, sein Gold, sein Geld, seine Uhren. Aber es hatte ihm nichts genützt, denn das alles hatte seinen Mörder nicht interessiert. Im Gegenteil, hätte er Onken am Leben gelassen, stünde er bereits auf der Fahnungsliste.

Greven änderte die Richtung. Plötzlich wollte der Schnee unter seine Hutkrempe. Er drehte den Kopf leicht zur Seite, um besser sehen zu können. Dafür kroch der Wind jetzt in seinen Mantel. Aber die Inspektion war nicht mehr weit. Sein warmes Büro war nicht mehr weit.

Onken hatte auch nicht geahnt, was auf ihn zukommen würde, sonst hätte er seinem Mörder nicht so bereitwillig die Tür geöffnet. Seinen Mörder hatte er also gekannt, nicht jedoch dessen Absicht. Ebenso wenig, wie er die Antworten auf dessen Fragen gekannt hat. Eigentlich ein Unwissender, ein Ahnungsloser, dachte Greven. Womöglich hatte der Mörder einem Falschen seine Fragen gestellt. Wenn dies der Fall gewesen war, würde er bald einen anderen mit seinen Fragen konfrontieren.

3

»Onken? Reinold Onken?«

»Ja«, antwortete Greven. »Kanntest du ihn?«

»Nicht näher. Er war ein paarmal bei Ausstellungen dabei«, antwortete Mona. »In Dornum, glaube ich, und in Greetsiel. Aber wer macht denn so etwas? Lässt einen Menschen einfach so erfrieren?«

»Ebenfalls ein Mensch, Mona. Ein gewöhnlicher Mensch. Homo sapiens. Einer von sieben Milliarden. Nichts Besonderes also. Wenn du das nicht weißt?! Deine Bilder zeigen doch genau diese Menschen.«

»So war das nicht gemeint!«, wehrte sich Mona und stellte einen langstieligen Pinsel zurück in ein großes Glas, in dem bereits viele andere Pinsel mit dem Haar noch oben standen. »Das weißt du genau!«

»Sorry. Okay? Was weißt du über ihn? War er ein guter Goldschmied?«

»Ein guter Goldschmied? Einer der besten! Ein Künstler. Keiner, der im Großhandel einkauft. Einer, der noch alles selber macht. Bei ihm gibt es nur Unikate.«

»Aber bis zu einem schicken Laden in der Burgstraße hat er es trotzdem nicht geschafft.«

»Weil seine Entwürfe viel zu skurril, viel zu eigenwillig sind. Auswahl hat er natürlich auch nie gehabt. Die verwelkten Blätter sind übrigens von ihm.«

»Welche ... verwelkten Blätter?«, fragte Greven und kramte im Kopf in Monas Schmuck.

»Die Ohrringe. Die wie verwelkte Blätter aussehen. Die ich mir vor ein paar Jahren zu Weihnachten geschenkt habe.«

»Ach, die ...«, raunte Greven, »... die du nie trägst, weil sie dir doch nicht gefallen.«

»Weil ich sie jetzt kalt finde, zu kalt für mich. Aber handwerklich sind sie sensationell.«

»Fällt dir noch etwas ein?«

Mona löste sich von ihrem Bild, das auf einer großen Staffelei in ihrem Atelier stand. Greven konnte die seitliche Rückansicht eines Kopfes erkennen. Ein verlorenes Profil, hatte ihm Mona erklärt. Portraits dieser Art wurden selten gemalt. Für seine Lebensgefährtin war dies jedoch ein wesentlicher Grund gewesen, mit einer Bilderfolge zu beginnen, die berühmte Ostfriesen bewusst aus dieser Perspektive zeigte.

»Er war ein Eigenbrötler, hat kaum etwas gesagt und war, soweit ich weiß, kein guter Geschäftsmann. Irgendjemand hat mal erzählt, dass er einen Ring nicht verkaufen wollte, weil er der Ansicht war, er würde nicht zu der Kundin passen.«

»So macht man gute Geschäfte. Dir aber hat er die welken Blätter verkauft, also müssten sie doch eigentlich zu dir passen.«

»Da muss er sich wohl geirrt haben«, sagte Mona spitz. »Auf den ersten Blick fand ich die Blätter schon toll. Aber man sieht sich schnell satt. Sie sind kalt, sie haben keine Aura, sie bergen kein Geheimnis.«

»Onken aber hatte eines, und ein großes und tödliches noch dazu. Wir wissen nur nicht, welches. Weißt du etwas über seinen Finanzen?«

»Ich hab nur mal auf einer Ausstellung gehört, dass er gerade so über die Runden kommen soll. Viel war bei dem bestimmt nicht zu holen.«

»Und das bisschen hat der Mörder auch noch liegenlassen. Er hat es nicht für nötig befunden, die Vitrinen auszuräumen. Er ist einfach weg. Und ich wette, dass er dabei den Bauch voller Wut hatte. Denn hätte er gefunden, was er gesucht hat, hätte er Onken nicht so zurückgelassen. Er hätte ihn in sein Atelier gelegt und die Fensterläden geschlossen. Das hätte ihm einen passablen Vorsprung verschafft, denn Onken hätte man vielleicht erst nach Tagen gefunden.«

»Ich verstehe kein Wort«, murrte Mona

»Entschuldige, ich habe nur laut gedacht. Was gibt es eigentlich zu essen?«

»Wenn du nichts gekocht hast?«

»Mona, ich komme gerade erst aus meinem Büro!«

»Und ich aus meinem Atelier!«

Ihre Blicke prallten aufeinander, verfingen sich, und Greven gab schließlich nach. »Schon gut, ich gehe in die Küche. Pasta?«

»Haben wir noch getrocknete Steinpilze?«

»Ich glaube, noch eine ganze Tüte. Also *funghi porcini*.«

»Ich gehe so lange unter die Dusche.«

Während Mona ihren Kittel auszog und ins Bad ging, schlug Greven den Weg zur Küche ein. In dem kleinen Vorratsraum neben der Besenkammer stieß er nach kurzer Suche auf die getrockneten Steinpilze, die sie seit Jahren im Sommer auf dem Markt in Luino am Lago Maggiore kauften. Dann setzte er Wasser auf, um sie darin einzuweichen. Panna war auch noch da. Dazu passten seiner Meinung nach am besten Tagliatelle.

Bevor er sich ans Kochen machte, wählte er im Wohnzimmer eine passende Musik aus. Caravan: *Nine Feet Underground*. Er stellte eine moderate Lautstärke ein, die Mona nicht verschreckte. Die von David Sinclair gespielte Orgel waberte schon sphärisch-psychedelisch durch den Gulfhof, als er sich einen trockenen Dornfelder ins Glas füllte. Beim Schneiden der Zwiebel und nach dem Einsetzen des Saxofons von Jimmy Hastings fanden seine Gedanken zurück zu Reinold Onken, den er mit Hilfe der Musik, des Weines und des Kochens eigentlich hatte aus dem Abend ausblenden wollen. *Nein, jetzt ist Schluss!*, sagte er sich, konnte aber die Bilder des Tages nicht verdrängen. Den halb nackten Toten nicht und nicht die durchsuchte Goldschmiede. Bei anderen Mordfällen war ihm die abendliche Verdrängung immer wieder mal gelungen. Reinold Onken aber blieb zäh. Selbst das musikalische Flaggschiff der Canterbury-Szene konnte ihn nicht verscheuchen.

Während er die Zwiebel in etwas Butter in einer Kasserolle schwenkte, meldeten sich zudem Zweifel an seiner Blitzanalyse in der Goldschmiede, zu der ihn Peter verleitet hatte. Etwas Großes. So ein Blödsinn. Es könnte auch etwas weniger Großes gewesen sein. Je länger er mit den wenigen Fakten jonglierte, umso offener erschienen ihm die möglichen Interpretationen. Am Ende ließ er nur die gezielte Suche gelten, während er das Objekt der Begierde erst einmal ausklammerte. Offen ließ er auch das Ergebnis. Denn nichts sprach dagegen, dass der oder die Mörder nicht doch gefunden hatten, was sie so heiß begehrten. Und Onken? Den hatten sie einfach zurückgelassen. Keine Zeugen. In jedem Fall waren es professionelle Täter. Trotz einer noch wachen Nachbarschaft war es ihnen gelungen, unbemerkt in Onkens kleine Privatwohnung einzudringen und sie ebenfalls zu durchsuchen. Wie schon in der Goldschmiede waren sämtliche Papiere durchforstet worden. Welche womöglich fehlten, würde kaum oder gar nicht feststellbar sein. Immer wieder blieb er bei der Frage hängen, was die Mörder bei dem alten und offenbar keineswegs reichen Goldschmied gesucht hatten. Der von Alfred Hitchcock geprägte Ausdruck »MacGuffin« kam ihm in den Sinn, der die Handlungen so vieler Filme vorantrieb, der Spione, Mörder, Detektive, Journalisten und Polizisten mit der nötigen Motivation versorgte, am Ende aber selbst keine große inhaltliche Bedeutung besaß. Eine Formel, ein Regierungsgeheimnis, ein mysteriöser Koffer, eine unscheinbare schwarze Statuette. Er aber suchte …

»Gerd!«

In der Küchentür stand Mona im Bademantel und holte ihn aus Hollywood zurück. Vor ihm kochte blubbernd eine Sauce aus Butter, Zwiebeln, Steinpilzen und Panna, kochte auf Stufe drei, war längst angebrannt. Greven drehte das Gas ab. Erst jetzt nahm er den strengen Geruch wahr, der Mona vorzeitig aus dem Bad gelockt haben musste. Vorsichtig zog er den großen Schneebesen durch die dicke Sauce und förderte schwarze Flocken zutage. Da war nichts mehr zu retten, nicht mit sämtlichen Tricks aller versammelten Fernsehköche. Wütend stampfte er mit dem Fuß auf die Fliesen.

»Sag mal, wo treibst du dich denn schon wieder rum?«, fauchte Mona.

»Ich …«

»Ich kann es mir denken. Und? Hast du den Fall gelöst? Gut, dann darfst du auch die schwarze Einbrenne aus dem Topf lösen.«

»Das mache ich schon. Tut mir leid, Mona, ich war abgelenkt, ich gebe es ja zu. Aber es sind noch genügend Pilze da. Mit den Nudeln hatte ich sowieso auf dich gewartet.«

Wortlos zog sich Mona aus dem Türrahmen zurück, um sich anzuziehen. Greven übertrug ein zweites Mal seinen Zorn auf die Fliesen, nahm einen kräftigen Schluck, zog einen neuen Topf aus dem Schrank und griff zu Messer und Zwiebel. Das Nudelwasser kochte bereits und war auch nicht angebrannt. Immerhin. Und die Pilzsauce war schnell gemacht. Wenn er sich diesmal konzentrierte.

Natürlich konnte er Mona verstehen. Andererseits hatte er einen ganz anderen Job als sie, und das nicht erst seit gestern. Immer wieder gerieten sie deswegen aneinander, vor allem, wenn Mona mit den Bildern für eine neue Ausstellung in Verzug war und ihre Nerven immer wenige belastbar wurden. Wenn er korrekt gezählt hatte, fehlten noch zwei Bilder. Kaum zu schaffen.

Greven warf die Zwiebeln in die Butter, gab die Steinpilze in den Topf, Salz und Pfeffer, dann die Panna und einen Schuss von dem Wasser, in dem er die Pilze eingeweicht hatte. Stufe eins. Und den Schneebesen kreisen lassen. Bloß keine zweite Panne mit der Panna. Zwischendurch die Tagliatelle ins Wasser. Umrühren. Einen Schluck Dornfelder. Nebenan hörte er Mona mit dem Besteck und den Tellern klappern. Caravan hatte sie auf Kaufhauslautstärke heruntergeregelt. Mit seinem langen

27

und alten Abschmecklöffel fuhr er in die Sauce. Salz und Pfeffer fehlten noch. Dank der getrockneten Steinpilze war das Aroma immer wieder umwerfend. Sofern man die Panna, die auch ohne Bindung für eine sämige Konsistenz sorgte, nicht anbrennen ließ.

»Na, Chef cuisinier, wie geht es unserem Abendessen?« Mona lehnte in Jeans und einem roten Rollkragenpullover in der Tür. Ihre Laune schien auf dem Wege der Besserung zu sein, wie er ihren Mundwinkeln und den kleinen Augenfältchen entnahm.

»Es kann losgehen! Sollen wir noch ein Glas Rote Bete aufmachen?« Greven wusste, wie sehr Mona Rote Bete liebte.

»Unbedingt«, antwortete Mona und nahm einen kräftigen Schluck aus Grevens Glas.

Der Wein, die Rote Bete und die Steinpilze hoben Monas Stimmung sichtlich. Sie machte sich über Kollegen lustig, zog über ihren Galeristen her und hielt einen kurzen Vortrag über das verlorene Profil und einige Künstler, die sich für ein solches Portrait entschieden hatten wie Gustav Klimt, Frederic Leighton oder Anselm Feuerbach.

»Wie enthüllt man den Charakter eines Menschen, ohne sein Gesicht zu zeigen, ohne seinen Blick, seinen Mund? Das ist doch eine künstlerische Herausforderung, die sich lohnt. Der Hinterkopf muss reichen. Das Ohr, ein halbes Auge, eine bärtige Wange, der Hals. Das ist alles. Und trotzdem glaubt man bei Klimt, das Gesicht und vor allem den Ausdruck zu erkennen.«

»Ich kenne zwar das Bild von Klimt nicht«, sagte Greven, »aber die Perspektive kenne ich sehr gut. Auch wir haben oft nur wenige Anhaltspunkte und müssen versuchen, mit und ohne Profiler, uns den ganzen Menschen vorzustellen.«

»In gewisser Weise hast du recht, aber ein Portrait geht viel weiter.«

Während Greven noch über den Satz nachdachte, kam

Mona eine Frage in den Sinn, die sich aus dem Thema ergab.

»Was sagt eigentlich dein Knie zu Onken?«

»Nichts«, musste Greven einräumen. »Aber das liegt nur an den Minusgraden. Sobald es taut, wird es sich zurückmelden.«

»Also ist es doch eher wetterfühlig als mordfühlig.«

»Das kann man so nicht sagen«, konterte Greven, der zwar wusste, dass die angebliche Eigenschaft seines vor vielen Jahren durch eine Kugel verletzten Knies nur ein Mythos war, diesen jedoch nur ungern preisgeben wollte, selbst dann nicht, wenn es sich nur um eine harmlose Anspielung handelte.

»Das kann man so nicht sagen.«

Mona schüttelte schmunzelnd den Kopf und hob ihr Glas zum Mund.

4

Wie immer hatte sich Dr. Behrends auf das Notwendigste beschränkt. Viel mehr, als dass Reinold Onken tatsächlich durch Schläge ins Gesicht misshandelt worden und dann erfroren war, stand nicht im Bericht des Forensikers. Abgesehen von dem Hinweis auf das Blut im Schnee, das tatsächlich von Onken stammte. Die Spurensicherung hielt sich ebenfalls auffallend zurück. Alle relevanten Fingerabdrücke hatte, wie von allen vermutet, das Opfer hinterlassen. Lediglich auf dem Glas der beiden Vitrinen waren mehrere unbekannte Abdrücke gefunden worden. Da sich aber auf den Ordnern und Uhren, die der oder die Täter berührt haben mussten, keine Abdrücke befanden, konnte man mit hoher Wahrscheinlichkeit davon ausgehen, dass die Abdrücke auf den Vitrinen von Kunden stammten. Von Kunden, die eigenwillige Kreationen liebten und sie auch bezahlen konnten.

Ernüchtert schlug Greven den grauen Aktendeckel zu, nur um einen weiteren zu öffnen, in dem Häring das bislang bekannte familiäre und soziale Umfeld des Goldschmieds grob skizziert hatte. Onken war sowohl Vollwaise als auch Einzelkind. Eine Tante war vor Jahren verstorben, ein Onkel lebte in Wilhelmshaven in einem Seniorenheim. Vettern oder Cousinen hatte Häring nicht oder noch nicht auftreiben können. Außerdem schien Onken sehr zurückgezogen gelebt zu haben. Der Kreis war überschaubar. Die Nachbarn. Ein paar Philatelisten. Ein Grüppchen Theaterabonnenten. Greven beschloss, Ackermann und Peters mit der Aufgabe zu betrauen, sich diesen Kreis einmal näher anzusehen. Man konnte ja nie wissen. Edzard Peters war der Neue, und Greven neugierig, wie der etwas schüchterne frischgebackene Fachhochschulabsolvent mit der unvermeidlichen Routine zurechtkommen würde.

Große Hoffnungen machte Greven sich allerdings nach wie vor nicht, den Fall schnell zu klären. Im Gegenteil, aus Erfahrung wusste er, dass sich die Aufklärung von Fällen dieser Art, bei denen nicht einmal das Motiv erkennbar war und in denen es nur wenige Spuren gab, über Jahre hinziehen konnte. Er misstraute zwar dem Zufall, doch jetzt setzte er auf ihn, hoffte auf einen ähnlichen Fall, der erkennbare Parallelen aufwies, hoffte auf einen Fehler des wahrscheinlich professionellen Täters.

Greven war allein im Büro. Im Gegensatz zu seinen Kollegen hatte er wieder einmal auf den Gang in die Kantine verzichtet und stattdessen Monas ausgewogene, ballaststoffreiche und kalorienarme Vollwert- und Vollkornmahlzeit gegessen, einer Art Mischung aus Labskaus, Jogurt und Vogelfutter, wahrscheinlich nach einem Rezept von Barbara Rütting. Der Geschmack war sogar akzeptabel, da seine Lebensgefährtin Kreuzkümmel, Bockshornklee, Koriander und andere indische Gewürze

unter den klebrigen Brei gerührt hatte. So schlug er zwei
Fliegen mit einer Klappe. Er entging dem oft ungenieß-
baren Essen der Kantine und konnte zugleich Monas
Drängen auf eine gesündere Lebensweise nachgeben.

Eine leichte Müdigkeit bedrängte ihn, er lehnte sich im
Ledersessel zurück, den ihm der Staat nach mehreren Ein-
gaben aufgrund seines lädierten Knies spendiert hatte. Die
Höhe der beiden Aktenstapel rechts und links auf seinem
Schreibtisch hielt sich in für ihn bescheidenen Grenzen.
Die immer wieder aufkeimende Kritik an seinem System,
das Experten eruptive oder vulkanische Ordnung getauft
hatten, blieb ihm unverständlich. Auf ein Stichwort hin
war er in der Lage, aus jedem der beiden Stapel auf Anhieb und ohne Aktivierung irgendeiner Suchfunktion die
gewünschte Akte hervorzuziehen. Schneller war selbst
sein Kollege Peter Häring nicht, der mit allem vernetzt
und emotional verbunden war, was ein Display besaß und
von Steve Jobs angepriesen wurde.

Ein Satz von Erich Fromm kam ihm in den Sinn, den
er jüngst in der Zeitung gelesen hatte: »Eine gesunde
Wirtschaft ist gegenwärtig nur um den Preis kranker
Menschen möglich.«

Seine Gedanken drifteten weiter ab, verließen schließlich sein Büro, verließen die Polizeiinspektion, verließen
den Fischteichweg und nisteten sich in der *Plattenrille*
ein, seinem Lieblingsschallplattengeschäft in Hamburg.
Als er dort, vor dem Schuss auf sein Knie, Jagd auf Waffenschieber und Drogenbarone gemacht hatte, war er
regelmäßig in dem Laden im Grindelviertel unweit des
Abaton-Kinos auf der Suche nach Vinyl aus den 1960er
und 1970er Jahren fündig geworden. Wenn er heute ab
und zu sein altes Revier aufsuchte, stattete er auch immer
der *Plattenrille* einen Fahndungsbesuch ab. Noch nie hatte
er die gepflegte Fundgrube ohne den einen oder anderen
gehobenen Schatz verlassen, ohne eine Rarität von Faust,
If, John Coltrane oder dem Dave Pike Set.

Mit geschlossenen Augen und begleitet von elektrisch verstärkten Sitarklängen suchte er in großen Kisten nach seltenen Scheiben, blätterte die Cover um, betrachtete die Rückseiten, besah sich den Zustand der Laminierung …

»Guten Morgen. Hier ist der Beamtenweckdienst. Was darf ich Ihnen bringen? Tee, Kaffee, Schwarzer Afghane?«

Greven ließ die Platten fallen und sprang fast aus seinem Sessel. In seinem Knie spürte er einen Stich, der jedoch gleich wieder dem vertrauten Grundschmerz wich, den er seit Tagen nicht gespürt hatte. In der Tür stand ein kleiner Mann, ziemlich genau einsfünfundsechzig groß, Mitte fünfzig, aber mit vollem Haar, das ihm bis auf die Schultern reichte und ihm, im Zusammenspiel mit einem ironischen Grinsen, eine erstaunliche Ähnlichkeit mit dem Philosophen Peter Sloterdijk verlieh. Herbert Pütthus, sein Kollege vom Raub.

»Kannst du nicht anklopfen?«

»Beim nächsten Mal. Versprochen. Ich konnte ja nicht ahnen, dass du kurzfristig auf interner Dienstreise warst.«

»Du hast nicht nur mich, sondern auch mein Knie geweckt«, brummte Greven und machte ein mürrisches Gesicht. »Was gibt es denn so Dringendes?«

»Wenn es dir gerade nicht passt, kann ich auch später wiederkommen.«

»Nun sag schon!«

»Heute Vormittag, so gegen zehn Uhr, ist jemand bei Sophie von Reeten eingestiegen und hat die halbe Wohnung auf den Kopf gestellt.«

»Sophie von Reeten?«, wiederholte Greven und fasste sich ans Knie, das tatsächlich begonnen hatte, sich mit dem Schmerz anzufreunden.

»Alter friesischer Adel. Wohnt in dieser wunderschönen, aber schlecht gesicherten Gründerzeitvilla in der Laurinstraße.«

»Dieser gelbe Klotz mit dem Türmchen?«

Pütthus nickte wie ein zufriedener Lehrer.

»Und was fällt für mich dabei ab?«

»Das weiß ich nicht«, gestand Pütthus und sprach betont langsam, »aber ich habe zufällig die Fotos von der Goldschmiede gesehen. Wenn man sich die Uhren wegdenkt, sieht es in der Villa eigentlich ganz genauso aus.«

»Du meinst, dieselbe Handschrift?«

»Könnte schon sein. Die großen Schubladen und die vielen Papiere auf dem Boden. Aber den Schmuck hat der Täter übersehen oder liegenlassen. Nur das Bargeld vom Schreibtisch hat er mitgenommen. Aber deswegen ist der bestimmt nicht gekommen. Der hat etwas Bestimmtes gesucht.«

Greven zog die Hand von seinem Knie, hob sie zum Gesicht und strich über seinen Dreitagebart.

»Was ist mit den Bewohnern?«

»Nichts. Sophie von Reeten und ihre Tochter waren zum Glück nicht zugegen, als der Täter die Verandatür professionell aufgehebelt hat.«

»Einen Herrn von Reeten gibt es nicht?«

»Nein, ihr Mann ist bei dem Tsunami 2004 ums Leben gekommen. Sag mal, liest du eigentlich keine Zeitung?«

Greven überhörte die Frage.

»Wann sehen wir uns die Villa an?«

»Rate mal, warum ich gekommen bin?«, antwortete Pütthus trocken und hob die Augenbrauen. »Mein Auto steht vollgetankt und mit neuen Winterreifen vor der Tür.«

Greven ignorierte sein Knie, angelte sich Hut und Mantel vom Garderobenständer und folgte seinem Kollegen auf den Flur. Auf dem Weg zum Wagen rief er Häring an, der gerade in der Kantine mit einem Pudding kämpfte.

Schon oft war Greven an der Villa vorbeigefahren, denn Monas Gulfhof lag nicht weit entfernt, und die Laurinstraße war eine von drei Möglichkeiten, in die Innenstadt zu gelangen. Die Eigentümerin war ihm jedoch unbekannt. Das verputzte und gelb gestrichene Haus mit hohen Fenstern lag in einem kleinen Park, der von alten Eichen und Buchen beherrscht wurde, die kahl und trotzig aus dem Schnee ragten. Vor dem Haupteingang standen zwei Einsatzfahrzeuge und ein rotes Cabrio mit schwarzem Verdeck, ein Jaguar Type E. Dieses seltene Auto war ihm allerdings bekannt. Schon mehrmals war es Greven in der Stadt aufgefallen, ohne zu wissen, wem es gehörte. Er interessierte sich sonst nicht für Autos, in denen er notwendige, nicht selten aber lästige und mit Sicherheit kostspielige Übel sah. Die noch immer weit verbreitete Vorstellung, mit einem teuren Auto aller Welt seinen sozialen Status oder wenigstens seinen ökonomischen Erfolg demonstrieren zu können, fand er schlicht albern. Gelungen fand er hingegen die Formulierung, die *Der Spiegel* einmal für eine Titelstory geprägt hatte: Sondermüll auf Rädern.

Bei diesem Auto jedoch machte Greven eine Ausnahme, die er sich selbst nicht erklären konnte. Die schlanke, elegante und kompromissvolle Form des englischen Oldtimers gefiel ihm einfach, ebenso das Geräusch des Motors, der noch nicht von High-Tech-Ideologen domestiziert worden war. Die Fragen nach dem Verbrauch und dem Nutzwert verdrängte er, wenn auch nicht ohne Mühen.

Rot auf Weiß stand es da, fast wie ein Blutstropfen im Schnee. Nur das schwarze Verdeck störte den Dialog der Farben. Die Speichen und die verchromten Stoßstangen glänzten. Der Wagen wurde also gepflegt. Eine echte Antiquität, ein Schmuckstück, ein Mythos. Greven umrundete den Jaguar wie Heywood Floyd den schwarzen Monolithen im Mondkrater Tycho. Nur die Musik von Ligeti fehlte. Den Wagen anzufassen, wagte er jedoch nicht, da er wusste, wie unbeliebt dieser Zugriff bei vielen Autobesitzern war. Nach zwei Umkreisungen blieb er vor der lang gezogenen Kühlerhaube stehen und nickte zustimmend mit einer Spur Neid auf die finanziellen Möglichkeiten, die der Adel immer noch zu haben schien. Gerade wollte er sich abschließend die Lederpolster näher betrachten,

34

als ihm Pütthus die Hand auf die Schulter legte.

»Gerd, in die Villa wurde eingebrochen, nicht in den Wagen. Er war zur Tatzeit auch gar nicht hier und braucht daher auch nicht auf Spuren untersucht zu werden. Die Kollegen warten.«

»Ich komme«, murrte Greven und löste sich von dem exklusiven roten Sondermüll.

5

Die Gründerzeitvilla war eines jener Häuser, die, von außen betrachtet, viel größer wirken, als sie es innen tatsächlich sind. Das Foyer war großzügig und repräsentativ, die Treppe breit und aus dunkler Eiche. An den Wänden hingen Portraits aus vergangenen Epochen, die dem gängigen Klischee entsprachen, das auch Filme immer wieder gerne bedienten. Aristokraten hatten Ahnen auf Ölgemälden, Bürgerliche Eltern und Großeltern auf Fotos. Butler oder Hauspersonal konnte Greven indes nicht ausmachen. Zum Klischee gepasst hätte es auf jeden Fall.

Der Wohnraum, in den Pütthus ihn führte, war nicht größer als jener in Monas Gulfhof. Zwei Männer von der Spurensicherung gaben ihnen den Weg frei, zeigten den beiden Kommissaren aber auch Grenzen auf, die sie noch nicht überschreiten durften. Der Perserteppich war übersät mit Papieren, hier stieß Greven auf eine geleerte Schublade, die er mit ausladenden Schritten überwand. Schon auf den ersten Blick war die Ähnlichkeit mit Onkens Goldschmiede und seiner Wohnung zu erkennen. Die Schubladen lagen in einem Abstand von gut zwei Metern vor der großen Schrankwand, aus der sie stammten, auf dem Rücken. Aus der wuchtigen Schrankwand aus massivem Eichenholz stammten auch die gerupften Ordner.

35

Das andere Mobiliar, eine Couch, einen sechseckigen Tisch, zwei Sessel, den Fernseher, die Musikanlage und die Boxen hatte der Einbrecher offenbar nicht angerührt. Mit kleinen Schritten, konzentrierter Miene und der rechten Hand am Kinn inspizierte Greven den Raum, durchmaß ihn mehrere Male von Ost nach West und von Nord nach Süd. Pütthus schwieg und beobachtete seinen Kollegen.

»Und, was denkst du?«

»Ich denke, das ist der Zufall, auf den ich gehofft habe«, antwortete Greven, ohne Pütthus anzusehen. »Das war mit ziemlicher Sicherheit dieselbe Person, die auch Onkens Goldschmiede und seine Wohnung durchsucht hat. Ein gute Tipp, Herbert, wirklich ein guter Tipp. Danke dafür.«

»Dafür nicht«, freute sich Pütthus.

»Beweisen kann ich es natürlich nicht, denn ich wette, auch hier hat unser Täter keine Fingerabdrücke hinterlassen.«

»Wahrscheinlich nicht. Und, so wie es bislang aussieht, wohl auch keine Haare«, ergänzte Pütthus. »Als wäre er kahl wie Kojak.«

»Er wird eine Motorradmütze getragen haben«, erwiderte Greven nüchtern, einen der Ordner näher betrachtend. »Aber immerhin wissen wir nun, dass er bei Onken nicht fündig geworden ist.«

»Somit können wir Frau von Reeten fragen, was er gesucht haben könnte«, setzte sein Kollege den Gedanken fort.

»Ganz richtig. Gleichzeitig müssen wir jedoch verhindern, dass unser Mörder sie nach dem gesuchten Objekt befragt. Denn wie das ausgeht, wissen wir ja.«

»Daran habe ich noch gar nicht gedacht«, bemerkte Pütthus.

»Woran haben Sie nicht gedacht?«

Eine selbstbewusste, melodische Altstimme. Greven richtete sich auf und drehte sich um. In der Türzarge lehnte eine große, schlanke Frau, Ende dreißig, in einem eng anliegenden schwarzen Kleid. Schwarze Schnürstiefel. Ihr dunkelbraunes Haar war außergewöhnlich lang und voll, erreichte fast ihre Hüften. Ihr Gesicht war zart, besaß jedoch ausgeprägte Wangenknochen, über denen dunkle Augen thronten, die ihn intensiv fixierten. Als ihn der Blick traf, verschwand automatisch sein Bauchansatz, während er seiner Größe nachhalf und noch ein paar Zentimeter wuchs. Dann nahm er Anlauf, nicht ohne sehr genau auf die Modulation seiner Stimme zu achten.

»Hauptkommissar Greven. Gerd Greven.«

»Noch ein Kommissar?«, kommentierte die Aristokratin. »Ist denn dieser Einbruch so eine große Sache? Außer dem Bargeld wurde doch nichts gestohlen.«

»Herr Greven ist von der Mordkommission«, erklärte Pütthus, worauf sich der strenge Blick der Angesprochenen spürbar veränderte.

»Mordkommission? Ist denn hier jemand ermordet worden?« Die Frau löste sich von der Türzarge und ging bedächtig auf Greven zu, dem die sanft schaukelnde Bewegung ihres Körpers nicht entging, was wiederum Pütthus nicht entging, der seinen Blick für ein paar Sekunden auf die Decke richtete.

»Hier nicht«, antwortete Greven und war mit seinem Ton zufrieden, »aber in der Marktpassage.«

»Der Goldschmied. Ich habe gestern davon in der Zeitung gelesen. Einfach grauenhaft. Der arme Mann. Aber was habe ich damit zu tun?«

»Genau das ist die Frage«, antwortete Greven, nahm seinen Hut in beide Hände und platzierte ihn vor seinen arretierten Bauch. »Deswegen bin ich hier. Denn der Mörder war mit großer Wahrscheinlichkeit auch Ihr Einbrecher. Haben Sie eine Vermutung, was er hier gesucht haben könnte, Frau …?«

»Von Reeten. Sophie von Reeten. Entschuldigen Sie, in der Aufregung habe ich ganz vergessen, mich vorzustellen«, sagte die charismatische Frau und deutete einen Knicks an, den Greven mit einem freundlichen Nicken erwiderte.

»Nein, ich habe keine Ahnung. Wie Ihnen Ihr Kollege wahrscheinlich schon mitgeteilt hat, hat er nicht einmal meinen Schmuck angerührt. Dafür hat er fast jeden Schrank und jede Truhe aufgerissen. Im ganzen Haus. Sogar in der Werkstatt meines Mannes. Aber auch dort fehlt nichts, das habe ich Ihrem Kollegen schon erklärt. Sogar meinen Laptop hat er verschmäht. Und den Warhol im Esszimmer.«

»Sie haben einen Warhol?«, sagte Greven mit großen Augen.

Sophie von Reeten lächelte stolz.

»Sie brauchen nur eine Tür weiter zu gehen. Ins Esszimmer.«

»Ein Selbstportrait? John Lennon? Goethe?«

»Eine Banane«, antwortete von Reeten, wobei sie das Wort »Banane« langsam und übertrieben betont aussprach.

»*Velvet Underground and Nico. 1967.*«

»Da kennt sich aber jemand aus.«

Greven wollte nachlegen, doch da in diesem Moment Pütthus neben ihm auftauchte und ihm einen sanften Stoß mit dem Ellenbogen verpasste, stellte er die nächste Frage. »Ähh … kannten Sie eigentlich Reinold Onken?«

»Ich muss Sie enttäuschen, aber ich kenne den Namen nur aus der Zeitung.«

»Und Schmuck haben Sie auch nicht von ihm?«, hakte Pütthus nach.

»Mit Sicherheit nicht! Ich bitte Sie! Mein Schmuck stammt ausschließlich aus London und Paris. Mein Mann hat ihn mir geschenkt. Wenn ich mir Schmuck kaufen würde …«

»Ist schon in Ordnung«, beendete Greven ihre Erklärung. »Also, Sie haben Reinold Onken nicht gekannt, sind ihm nie begegnet und waren nie in seiner Goldschmiede?«

»Definitiv nicht!«

»Sind Sie sicher?«, fragte Pütthus.

Sophie von Reeten beantwortete die Frage mit einem Blick, der die beiden Kommissare auf einen weiteren Vorstoß in diese Richtung verzichten ließ.

»Aber jetzt beantworten Sie mir bitte die Frage, die ich Ihnen vorhin gestellt habe. An was haben Sie nicht gedacht?«

Pütthus suchte eine passende und nicht allzu beängstigende Erklärung, doch Greven kam ihm zuvor.

»Der Einbrecher hat bei Ihnen so gut wie nichts mitgehen lassen, weil er etwas Bestimmtes gesucht hat. Etwas, das er auch in der Goldschmiede nicht finden konnte. Reinold Onken musste deswegen sterben. Diesen Zusammenhang hat mein Kollege gemeint, Frau von Reeten. Und aus diesem Grund würden wir auch so gerne wissen, auf was es der Mörder und Einbrecher abgesehen haben könnte.«

»Verstehe«, sagte die Adelige, verzog aber keine Miene und behielt auch ihren dunklen Teint. »Dann befinden wir uns also in Gefahr, meine Tochter und ich?«

»Wenn unsere Schlussfolgerungen tatsächlich stimmen«, relativierte Pütthus die Aussage, »dann könnte es durchaus sein.«

»Wer übernimmt unseren Schutz?«

»Niemand«, antwortete Greven, »denn wie mein Kollege schon sagte, können wir nicht beweisen, dass es derselbe Täter war.«

»Und was soll ich Ihrer Meinung nach jetzt tun?«, fragte von Reeten mit vorsichtiger Wut.

»Aufpassen«, riet Greven. »Achten Sie auf Neugierige, auf Verfolger, informieren Sie Ihre Nachbarn, verriegeln Sie Türen und Fenster, verlassen Sie bei einsetzender Dunkelheit nicht mehr das Haus und speichern Sie die Notrufnummer in Ihr Handy. Ich kann Ihnen gerne auch meine Nummer geben, ich wohne nämlich nicht weit von Ihnen entfernt.«

»Das sind ja tolle Tipps! Und was ist mit meiner Tochter? Wie stellen Sie sich ihren Alltag vor?«

»Was macht Ihre Tochter?«, fragte Pütthus.

»Sie geht aufs Ulricianum. Elfte Klasse.«

»Bringen Sie sie morgens zur Schule und holen Sie sie wieder ab. Lassen Sie sie danach zu Hause.«

»Einfach gesagt. Sie kennen meine Tochter nicht.«

»Versuchen Sie es trotzdem. Sobald wir Näheres wissen, informieren wir Sie«, versicherte Greven.

»Darauf werde ich mich bestimmt nicht einlassen. Spricht etwas dagegen, dass ich einen Privatdetektiv engagiere?«

»Das ist Ihre Sache«, sagte Greven und verfolgte, wie die Wut sich auf ihren Wangen ausbreitete, wie sie aus den Augen zu lauern begann. Eine stolze Frau, dachte er, eine starke Frau.

»War es das, meine Herren? Ich habe nämlich noch ein ganzes Haus aufzuräumen!«, sagte die starke Frau fast fauchend und drehte sich demonstrativ um.

»Noch nicht ganz«, hielt sie Greven zurück. »Denken Sie bitte noch einmal darüber nach, was der Täter hier gesucht haben könnte. Warum hat er Ihre Akten durchwühlt? Ich vermute, er hat nach einem Hinweis gesucht, einer Adresse zum Beispiel, einem Kaufvertrag, einer Urkunde, einem Testament oder etwas Ähnlichem.«

»Tut mir leid«, wies ihn die Gräfin ab. »Wie ich Ihnen schon sagte, ich habe keine Ahnung.«

»Aber Sie sind doch vermögend, Frau von Reeten?«, schaltete sich Pütthus in die Befragung ein und gab ihrer Wut neue Nahrung.

»Sieht man das nicht?!«

In diesem Augenblick erschien ein Mädchen in der Tür, dessen Alter Greven auf etwa sechzehn bis siebzehn schätzte. Es war fast so groß wie die Mutter und wie diese schwarz gekleidet. Schwarzer Pullover, schwarze Jeans, schwarze Stiefel, schwarzer, fast bodenlanger Ledermantel. Aber damit war das Schwarz noch lange nicht erschöpft. Auch die Haare und die Fingernägel waren schwarz, die Augen versanken in schwarz vignettierten Höhlen und beherrschten gemeinsam mit schwarzviolett glänzenden Lippen eine leichenblasses, fast weiß geschminktes Gesicht. Aus dem rechten Nasenflügel, der rechten Augenbraue und der Unterlippe ragte jeweils ein Piercing in Form eines Knochens. Um den Hals hing eine goldene Kette, deren Abschluss ein stilisierter Vogel bildete, der Greven an den Horusfalken erinnerte.

Das Mädchen lehnte sich an die Schulter der Mutter, hob den Kopf leicht und nahm die beiden Kommissare wortlos und mit einem kalten, überheblichen Blick ins Visier.

Sophie von Reeten setzte ein schwer zu deutendes Lächeln auf und ließ ein paar Sekunden versickern, bevor sie langsam den Mund öffnete.

»Annalinde. Meine Tochter.«

6

»Wer hat denn die zwei eingeladen?«

»Die Galerie«, antwortete Mona. »Und das weißt du ganz genau. Irgendjemand muss ja auch ein Bild kaufen.«

Fasziniert verfolgte Greven ein Paar im Rentenalter, das gekleidet war, als wolle es sich anschließend auf dem Wiener Opernball noch unauffällig unter die Debütanten mischen. Der Mann trug nicht nur einen Smoking samt Fliege, sondern auch ein Toupet; die Frau hatte sich dafür mit mehr Make-up überzogen als das adelige Gothicgirl, das ihm vor ein paar Tagen präsentiert worden war. Allerdings hatte sie sich bei der Farbe des Lippenstifts für Signalrot und bei den Piercings für goldene Ohrringe entschieden.

41

Ihr Gesicht aber war ebenfalls fast weiß, so dass er an die Ballszene in Polanskis *Tanz der Vampire* denken musste.

»Musst du die so angaffen?«

Greven nickte.

Mr and Mrs Dracula steuerten schnurstracks auf den Galeristen zu, der für ihre Begrüßung ein Gespräch abrupt abbrach, ihnen entgegenstürzte und sich zu einer übertriebenen Verbeugung hinreißen ließ.

»Wehe, du lachst!«, zischte es neben Greven.

Andere Gäste schienen das Paar ebenfalls zu kennen und stellten spontan ein Begrüßungskomitee zusammen. Viel Platz konnten sie dafür jedoch nicht in Anspruch nehmen, denn der Galerist hatte offenbar großzügig Einladungen verschickt. Der Ausstellungsraum füllte sich zusehends, Mona war keine Unbekannte in der Kunstszene.

»Du hättest dir wenigsten eine Krawatte umbinden können. Sieh dich bloß mal um!«

»Das tue ich ja, Mona, das tue ich. Aber das geht auch ganz gut ohne Krawatte.«

»Du weißt genau, was ich meine. Allein das Hemd, das du ausgesucht hast. Ein älteres konntest du wohl nicht finden.«

»Ich dachte, es wäre dein Lieblingshemd?«

»Zu Hause schon.«

Ein Mann in Grevens Alter, aber mit vollem Haar und dunkler Krawatte kam auf Mona zu und reichte ihr die Hand. Auch Greven wurde bedacht, der Blick des Unbekannten verweilte jedoch nur Sekunden auf ihm, der Druck der Hand war kraftvoll.

Der Mann outete sich als großer Bewunderer und begann umgehend, Mona einen Vortrag über ihre eigene Arbeit zu halten, über das Portrait im Allgemeinen und das verlorene Profil im Besonderen. Da kannte sich einer aus.

Greven aber klinkte sich aus, stahl sich unauffällig aus dem Wortschwall des eloquenten Kunstkritikers und zog sich an die kleine Bar zurück, die der Galerist im Eingangsbereich behelfsmäßig eingerichtet hatte. Ein Mädchen in einer roten Glitzerjacke, aber ohne Krawatte, lächelte ihn an und reichte ihm ein Glas Prosecco, das er dankend annahm und in einem Zug leerte. Mit dem zweiten Glas ließ er sich mehr Zeit.

Neue Gäste drängten an seinem Rücken vorbei in die Galerie, schoben ihn an den Rand des Geschehens, so dass er mit dem Glas jonglieren musste, um sich nicht sein Lieblingshemd zu bekleckern.

»Mona, mein Liebes!«, hörte er hinter sich eine schrille Stimme ausrufen. Erkennen konnte er seine Lebensgefährtin in der Menge allerdings nicht mehr, zu dicht gedrängt standen inzwischen die Gäste. Musik aus unsichtbaren Lautsprechern mischte sich plötzlich unter die Gespräche, ein Jazzquartett, Archie Shepp, Sonny Rollins oder Herbie Hancock. Die Gäste waren zu laut, um die Musiker identifizieren zu können, die der Vernissage einen Hauch von Party verliehen. Eine Laudatio wurde nicht gehalten, Mona hatte bewusst darauf verzichtet. Seit dem Eintreffen der ersten Gäste war ihre Ausstellung eröffnet.

Als er erneut Hände und Ellenbogen in seinem Rücken spürte, drehte er sich um und stand nach wenigen Schritten auf dem sorgfältig geräumten Bürgersteig, auf dem der Galerist zusätzlich einen roten Teppich ausgerollt hatte. Zu beiden Seiten des Eingangs brannten Öllampen auf schlanken Metallsäulen. Die Schneeluft war kalt, aber nicht eisig. Einzelne Flocken schlugen lautlos auf dem Boden auf. Er vermisste die Musik, die er gerne mit nach draußen genommen hätte, nicht nur, um die Musiker mit Namen nennen zu können. Sonny Rollins. Der hätte gut zu den einsamen Schneeflocken gepasst, zu der Windstille und den wenigen Straßengeräuschen, die an diesem Abend in die Auricher Innenstadt gelangten.

Greven leerte das Glas und richtete den Blick auf den Himmel, der seine Sterne vollständig verbarg. Ein Auto fuhr vor und parkte gegenüber. Zwei frische Gäste, die

43

es eilig hatten. Auf dem Weg über die Straße wurden
Vorwürfe ausgetauscht. Von unauffindbaren Schuhen,
unnötigen Telefonaten und Badezimmerblockaden war
die Rede, bevor das Paar ein Lächeln aufsetzte und in die
Menschentraube eintauchte.

Dann kehrte wieder Ruhe ein. Greven wartete einen
Augenblick und folgte den beiden, allerdings nur, um
sein leeres Glas gegen ein gefülltes auszutauschen. Aus
unbekannten Gründen hatte der Galerist sehr kleine Gläser gewählt, die allenfalls 0,1 Liter aufnehmen konnten.
Dafür war der Prosecco gut, vor allem aber gut gekühlt,
was in dieser Jahreszeit allerdings keine besondere Aufgabe darstellte.

Es war nicht das erste Mal, dass Greven sich den Ritualen
einer Vernissage entzog, die gelegentlich sein Showtalent
und seine Toleranz gegenüber allzu anstrengenden sozialen
Darbietungen überforderten. Mona war zwar über diese
kleinen Fluchten nicht sehr erfreut, hatte mit der Zeit
aber ein gewisses Maß an Verständnis für sein Verhalten
entwickelt. Ihre Kritik würde sich also in Grenzen halten.

Er hatte sich gerade wieder auf dem Bürgersteig neben
dem roten Teppich eingefunden und den lautlosen Fall einiger Schneeflocken verfolgt, als ein weiterer Wagen vorfuhr
und genau vor seinen Füßen anhielt. Diesen Premiumpark-
platz hatten bislang alle Gäste verschmäht, offenbar, weil
er sich unmittelbar vor dem Eingang der Galerie befand.
Nun zwängte sich ein roter Jaguar mit blubberndem Motor
in die Lücke, dem routiniert eine elegant gekleidete Frau
entstieg. Routiniert, weil es für große Menschen gar nicht
so leicht war, in dieses Auto ein- und auch wieder auszu-
steigen. Für Sophie von Reeten stellte diese Übung jedoch
kein Problem dar. Die Gewohnheit im Umgang mit dem
seltenen Sportwagen war nicht zu übersehen.

»Hallo, Herr Kommissar«, hauchte die Witwe in
Schwarz und öffnete ihren fast bodenlangen Mantel, unter
dem ein ebenfalls schwarzer Lederrock zum Vorschein

kam, der die Knie nicht erreichte. Schwarze, gemusterte Strümpfe mündeten in hohe Stiefel ein. Greven ließ sofort seinen Bauch verschwinden.

»Guten Abend, Frau von Reeten.«

»Hat man Sie etwa zum Streifendienst verdonnert, Herr Kommissar?«

»Nein, ich habe zum Glück eine nachsichtige Staatsanwältin.«

»Dann riskieren Sie also einen Ausflug in die Welt der Kunst? Aber ja, ich vergaß, Sie kennen sich ja aus.«

»Ein bisschen«, lächelte Greven. »Und ich dachte, Sie bevorzugen London und Paris, wenn es um Wesentliches geht?«

»Jetzt legen Sie doch nicht jedes meiner Worte auf die Goldwaage. Außerdem ist Mona Jenns eine anerkannte Künstlerin. Und das nicht nur in der ostfriesischen Provinz.«

»Tatsächlich?«

»Vertrauen Sie mir. Und werfen Sie ab und zu mal einen Blick in die *Zeit* oder die *FAZ*.«

»Ich werde Ihren Rat befolgen«, versicherte Greven mit sanfter Ironie. »Darf ich Sie zur Tür begleiten?«

»Also doch Polizeischutz.«

»Wenn Sie es so betrachten, an diesem Abend schon.«

Greven ging voraus und öffnete die Tür. Mit einer lässigen Handbewegung ließ er sein Glas verschwinden, schaffte etwas Platz im Eingangsbereich und griff erneut zu. Nach einer halben Drehung stand er vor Sophie von Reeten und reichte ihr ein Glas Prosecco.

»Wie aufmerksam. Dann also auf Ihr Wohl!«

»Auf die Kunst. Und auf Sonny Rollins!«, denn in diesem Augenblick hatte Greven den Saxofonisten erkannt.

»*Way out West*«, konstatierte sein Gegenüber trocken. »*Solitude*, aufgenommen 1957. Ray Brown am Bass, Shelly Manne am Schlagzeug. Ein Klassiker. Etwas für die Ewigkeit.«

Greven setzte das Glas wieder ab, sein Bauch verließ sein Versteck und sackte in sein Baumwollhemd. Sophie von Reeten quittierte seine Reaktion mit einem lässigen Augenzwinkern und einem weiteren Zuprosten. Ihm blieb ein anerkennendes Nicken, das nicht gespielt war. Dabei vergrub er sich kurz in ihr Gesicht, in die außergewöhnlichen Wangenknochen, in ihre Haut, deren dunkler Teint sehr gut zu einem südamerikanischen Rhythmus gepasst hätte, ihre langen, fast schwarzen Haare und ihr Blick, zu dem ihm gleich mehrere Adjektive durch den Kopf gingen, darunter kühn, verwegen, provokant.

Seine Abtastung war noch nicht beendet, als sich ein Mann aus der Menge löste, Sophie von Reeten kurz in den Arm nahm und sie auf die Wange küsste. Sie erwiderte die Zuneigung, lächelte, drückte den Unbekannten und führte ein kurzes Gespräch von Mund zu Ohr, dessen Inhalt Greven somit komplett entging. Nicht ein Wort war danke der Klangkulisse in der Galerie zu verstehen. Der Mann, Mitte vierzig, schulterlanges Haar, dunkle Jacke, rote Weste, weißes Hemd, giftgrüne Krawatte, Jeans, ließ schon nach wenigen Sätzen wieder von der Gräfin ab und verschmolz wieder mit der Menge.

»Ihr Privatdetektiv?«

»Nein«, schmunzelte Sophie von Reeten, »nur ein guter Freund, übrigens ein Bekannter von Mona Jenns.«

»Interessant«, kommentierte Greven und versuchte doch noch, der Spur des Mannes zu folgen, was ihm jedoch nicht gelang. Die Menge hatte ihn bereits absorbiert.

»Da Sie diese Frage so zu interessieren scheint: Ich habe keinen Detektiv engagiert. Wer auch immer bei mir eingedrungen ist, hat gesehen, was er hat sehen wollen. Warum sollte er mich ein zweites Mal belästigen? Weil er inzwischen einen Käufer für den Warhol gefunden hat? Wohl kaum. Außerdem habe ich Fenster und Türen mit einem Sicherheitspaket ausstatten lassen. Sie erfüllen jetzt einen deutlich höheren Sicherheitsstandard. Zufrieden?«

»Mit dem Sicherheitspaket auf jeden Fall«, rief Greven mehr oder weniger. »Ihre Vermutung, der Einbrecher habe sein Interesse verloren, teile ich nicht.«

»Sie haben den Warhol nicht gesehen.«

»Sie haben den Goldschmied nicht gesehen«, konterte Greven. »Außerdem kann den nicht jeder verkaufen. Nein, dieser Täter, falls es wirklich derselbe ist, sucht eine ganz andere Beute.«

Sophie von Reeten überließ die Antwort ihrem Blick, der das Thema für erledigt erklärte. Stattdessen hielt sie ihm ihr leeres Glas hin, das er ihr auch abnahm. Es dauerte eine Weile, bis er sich zur Bar durchgeschlagen hatte und die Gläser tauschen konnte. Dabei begleiteten ihn Paul Desmond und Dave Brubeck mit dem unverwüstlichen *Take Five*. Aber wer hätte das nicht auf Anhieb erkannt. *Take Ten*, seine Lieblingskomposition von Desmond, stufte er als weniger bekannt ein.

Bei seiner Rückkehr fand er die Gräfin von zwei Männern flankiert vor, die ihre Kleidung ebenfalls in ganz anderen Läden gekauft hatten als er. Bäuche waren auch nicht zu erkennen, dafür aber die nicht lange zurückliegende Arbeit ausgebildeter Friseure. Sophie von Reeten lachte, tauschte mit beiden abwechselnd Blicke, legte die linke Hand auf ihre Brust, während ihr Körper den Rhythmus der Musik aufnahm, ohne wirklich zu tanzen.

Greven nickte den beiden kurz zu und überreichte der Frau im Mittelpunkt das Glas.

»Peter Mertens«, sagte Sophie von Reeten, sich noch immer im 5/4 Takt wiegend, und wies auf den Mann rechts neben ihr. Das Pendant an ihrer linken Seite stellte sie als »Frank Helm« vor.

»Und dieser zuvorkommende Mann, meine lieben Freunde, ist kein Geringerer als Kommissar Greven von der Auricher Mordkommission.«

»Ein Kommissar? Auf einer Vernissage?«, bemerkte Martens.

»Dem Täter auf der Spur?«, fügte Helm ironisch hinzu.

»Nein, der Kommissar hat es auf die Bilder abgesehen«, sagte die Gräfin.

»Eine gute Wahl«, meinte Mertens. »Die Bilder sind wirklich fantastisch. Außergewöhnlich. Im Gegensatz zu anderen Künstlern riskiert Mona Jenns immer wieder faszinierende, postmoderne Experimente. Wie eben diese verlorenen Profile.«

»Sie haben Glück«, sagte Helm, »Mona Jenns stellt nur noch selten in Ostfriesland aus. Normalerweise müssen Sie schon nach Hamburg oder Köln fahren, um sie zu sehen.«

»Was Sie nicht sagen«, brummte Greven und sah die beiden perfekt rasierten und frisierten Männer nacheinander an. Hinter ihnen bemerkte er plötzlich Mona, die sich schräg hinter dem Trio durch die Menge arbeitete. Sie sah ihn erschöpft und Hilfe suchend an und rollte mit den Augen.

»Kennen Sie sie eigentlich?«, fragte Sophie von Reeten und begann, ihren Hals zu recken. »Warten Sie, ich werde Ihnen einen dezenten Hinweis geben.«

Auch die beiden neuen Begleiter stocherten nun mit Blicken in der näheren Umgebung. In diesem Augenblick zerteilte Mona das Trio und fiel Greven in die Arme. Als sie sich wieder von ihm löste, sagte er trocken: »Darf ich Ihnen meine Lebensgefährtin vorstellen: Mona Jenns.«

7

»Alle fünf Mitglieder des Theaterkreises haben ein Alibi«, referierte Edzard Peters. »Einmal abgesehen von der Tatsache, dass das jüngste Mitglied zweiundsechzig Jahre alt ist und Onken mit ihm sehr wahrscheinlich fertig geworden wäre.«

Der Neue hatte sich neben einem Flipchart positioniert, während Greven, Häring und zwei weitere Kollegen vor ihm in ihren Bürosesseln saßen und seinem Vortrag folgten. Auf dem Riesenblock hatte Peters Grafiken vorbereitet, die das soziale Umfeld des Mordopfers erläuterten. Pfeile führten zu Namen, die sich in verschiedenfarbigen Kästen befanden. Bei jedem Einsatz seines dicken Filzstiftes auf dem Papier war ein leichtes Zittern zu erkennen, sonst hielt sich die Aufregung des Neulings in Grenzen. Mit den Ausführungen war Greven zufrieden. Der für seinen Geschmack etwas zu konservativ gekleidete Mann hatte schnell, aber nicht oberflächlich recherchiert und ihnen so ein differenziertes Bild verschafft. Onken war tatsächlich ein Außenseiter, ein Sonderling gewesen, der sich nur sporadisch mit wenigen Bekannten getroffen hatte, die ähnliche Interessen wie er besaßen. Als Freund hatte ihn aber keiner der Befragten bezeichnen wollen. Um Frauen hatte Onken nach einer in jungen Jahren gescheiterten Ehe einen großen Bogen gemacht.

»Vielen Dank«, sagte Greven. »Damit scheiden also auch unsere Theaterfreunde aus, was nicht anders zu erwarten war. Haben wir sonst noch etwas?«

»Leider nicht«, antwortete Peters. »Anmerken möchte ich noch, dass französischer Rotwein, vor allem Bordeaux, die große Leidenschaft Onkens gewesen ist. Aus seinen Akten, die Peter und ich wieder sortiert haben, geht hervor, dass er regelmäßig per Post teure Weine bestellt hat, aber auch an Weinseminaren teilgenommen hat. In diesem Zusammenhang hat ihn auch mindestens dreimal ein Weinhändler aus Oldenburg aufgesucht, den man eventuell auch noch überprüfen könnte.«

»Wann fand der letzte Besuch statt?«

»Der letzte Auftrag stammt vom 29. November.«

»Gut«, sagte Greven nach kurzer Überlegung. »Es kann ja nicht schaden. Am besten fährst du gleich morgen. Wirf aber vorher einen Blick in den Computer, ob er bei uns Kunde ist.«

Der Referent lächelte erleichtert und schlug den Riesenblock zu.

»Herbert und die Kollegen vom Raub haben in der Villa auch keine weiteren Anhaltspunkte gefunden«, fuhr Greven fort. »Wir treten also definitiv auf der Stelle.«

»Eines ist jetzt doch wohl klar«, meinte Häring, der sich an diesem Tag bislang bedeckt gehalten hatte. »Der Täter kommt, soziologisch betrachtet, mit größter Wahrscheinlichkeit von außen.«

»Andererseits hat das Opfer ihn gekannt«, warf Peters ein.

»Davon gehen wir aus«, entgegnete Häring. »Dennoch sollte man die Möglichkeit eines Tricks nicht ausschließen. Der Täter, von mir aus auch die Täter, aber ich glaube nur an einen, ist ein Profi. Vielleicht kann er nicht nur mit dem Brecheisen umgehen, sondern auch mit Worten. Er hat bei Onken geklingelt und eine Geschichte erzählt.«

»Es müsste aber eine sehr gute Geschichte gewesen sein, denn Onken galt als ängstlich und auf Sicherheit bedacht«, gab Greven zu bedenken. »Trotzdem sollten wir diese Variante nicht ausschließen.«

»Angerufen hat ihn der Mörder jedenfalls nicht vor der Tat, das geht aus der Auflistung der Telekom hervor. Onken hat ohnehin kaum telefoniert«, sagte der Neue.

»Habt ihr die Liste schon abgearbeitet?«, fragte Greven.

»Gerd, wie hätten wir das in den paar Tagen schaffen sollen?«, murrte Häring.

»Gerade hat Edzard gesagt, er hätte nicht viel telefoniert«, erwiderte Greven.

»Was ist mit einem Überraschungsbesuch eines alten Schulfreundes, einer Weinseminarbekanntschaft oder einer anderen Person, die er länger nicht gesehen hat, und die daher auf unserer Liste fehlt?«, übernahm Peters erneut die Initiative. »Das würde auch erklären, warum er ihm die Tür geöffnet hat. Von dessen wahrer Absicht muss er keine Ahnung gehabt haben.«

»Natürlich, das lässt sich alles in unserem Möglichkeitsraum verorten, wie es neuerdings formuliert wird«, sagte Greven und begann, sich auf seinem Sessel hin und her zu drehen. »Aber dem entgegen steht doch der Einbruch bei Sophie von Reeten, wo unser Täter das gesucht hat, was er bei Onken nicht finden konnte. Hätte er auch sie gekannt, hätte er sicher ein zweites Mal an die Tür geklopft. Diesmal hat er sich aber für die Brechstange entschieden. Nein, ich glaube nicht, dass er sie kennt.«

»Dann muss er ihren Namen von Onken haben oder dort auf ihn gestoßen sein«, vermutete Häring.

»Auch das glaube ich nicht«, sagte Greven, hielt den Sessel an und strich sich nachdenklich über den Bart. »Wir haben keine direkte Verbindung zwischen Onken und Sophie von Reeten finden können, auf ihren Papieren ist er nicht vermerkt, auf seinen sie nicht.«

»Aber es muss ja keine direkte Verbindung sein«, setzte Peters den Gedanken fort.

»Das trifft es schon eher. Es könnte … es muss eine dritte Person geben, die beide kennt. Und diese Person ist nicht der Täter.«

»Der große Unbekannte«, maulte Häring.

»Wenn du willst«, brummte Greven.

»Es läuft also darauf hinaus, das soziales Umfeld der Frau Gräfin näher unter die Lupe nehmen.«

»Nach allem, was ich so über die Dame gehört habe, käme da eine Menge Arbeit auf uns zu«, kommentierte

Peters. »Da werde ich mir wohl noch einen neuen Block besorgen müssen.«

»Wahrscheinlich«, nickte Greven. »Aber der Täter wird schneller sein als wir.«

»Was meinst du damit?«, fragte Häring und hob sich leicht aus seinem Sessel.

»Wenn Onken und von Reeten die falschen Adressen waren, könnte eine andere die richtige sein. Und die wird der Täter so bald wie möglich aufsuchen, ehe wir oder das Opfer seine Absicht ahnen. Er wird ein drittes Mal zuschlagen, diese Woche noch, vielleicht sogar heute.«

»Wir überlassen also ihm die Initiative und warten auf seine nächste Tat?«, fragte Peters überrascht.

»Ist dir diese Vorgehensweise nicht von deinem Studium her geläufig?«, fragte Greven mit ironischem Tonfall. »Da scheint aber einiges an der Uni im Argen zu liegen. Ich tippe auf den Bologna-Prozess, auf das hochgelobte Bachelor-Studium.«

Peters hob die Schultern und sah Greven irritiert an. Noch konnte er nicht alle Äußerungen seines Vorgesetzten deuten und einordnen. Häring verkroch sich hinter seinem Laptop.

»Und was machen wir bis dahin?«, fragte Peters schließlich.

»Bis dahin vertreiben wir uns die Zeit mit dem Weinhändler, mit dem illustren Freundeskreis der Frau Gräfin und mit den wenigen Schmuckstücken, die der Täter wohl doch hat mitgehen lassen. Sofern sich die Putzfrau nicht geirrt hat. Die Stücke sind sehr ungewöhnlich, ihr habt ja die Beschreibungen, so vage sie auch sind.«

Greven wandte sich dem Neuen zu und nahm Blickkontakt auf: »Das wäre doch eine willkommene Gelegenheit, die namhaften Hehler der Region einmal persönlich kennenzulernen, oder?«

Peters nickte, wirkte aber nicht sonderlich begeistert.

»Herbert gibt dir die Adressen und eine kurze Einweisung. Außerdem zeigt er dir, wie man die üblichen Datenbanken aufruft und nach Diebesgut durchsucht. Und wenn du schon dabei bist, kannst du auch mal bei eBay nachsehen. Ein wahre Fundgrube für Hehlerware aller Art.«

»Okay«, stimmte Peters notgedrungen zu. »Wird erledigt.«

»Dann werde ich dich gleich mal bei Herbert anmelden«, sagte Greven und griff zum Telefon, das in diesem Augenblick mit einer elektronisch quiekenden Melodie anschlug. Er nahm ab, meldete sich und begrüßte dann freudig den Anrufer: »Moin, Herbert. Was gibt's?«

»So ein Zufall«, bemerkte Peters.

»Kein Zufall«, widersprach Greven und konzentrierte sich dann auf die Stimme an seinem Ohr. Mit der Bemerkung »Sind schon unterwegs!« beendete er das kurze Gespräch und legte auf.

»Mach keine Witze!«

»Mach ich nicht«, sagte Greven mit ernster Miene und setzte sich den Hut auf. »Ich mache niemals Witze.«

Die Fahrt dauerte nicht lange, denn der Tatort war ein älteres Einfamilienhaus in der Oldersumer Straße. Vor der Tür erwartete sie Herbert Pütthus in einem Trenchcoat und mit wehenden Haaren. Der Wind aus Nordost hatte aufgefrischt. Häring hatte Mühe, in den Bergen aus geräumtem Schnee einen Parkplatz zu finden. Das Haus, auf das sie zu dritt zumarschierten, hatte nichts Auffälliges, unterschied sich nur unwesentlich von den Nachbarhäusern. Roter Klinker, weiße Fenster, grüne Eingangstür, graues, länger nicht gestrichenes Garagentor, kleiner Vorgarten mit einer Buchsbaumhecke, der das allgegenwärtige Weiß nichts hatte anhaben können.

»Das Opfer heißt Hartmut Wichmann«, begann Pütthus, ohne die Ankömmlinge zu begrüßen. »Die Nachbarn haben zu Recht einen Einbruch vermutet und mich somit höchstpersönlich auf den Plan gerufen. Er ist durch die

Hintertür rein. Wir sind ihm natürlich gefolgt, haben lang und breit das Erdgeschoss inspiziert und sind dann im ersten Stock auf den Toten gestoßen. Dieser überraschende Fund zwingt mich zum partiellen Rücktritt von diesem Fall, der nun der deine ist. Die Handschrift dürfte dir wieder bekannt vorkommen.«

»Du hattest recht«, bemerkte Peters und sah auf Greven. »Heute noch. Viel Zeit hat er sich wirklich nicht gelassen.«

»Uns aber auch nicht«, stellte Greven fest. »Denn wenn er diesmal das Objekt seiner Begierde auch nicht gefunden hat …«

»Weißt du schon die Todesursache?«, unterbrach ihn Häring, der schon wieder begonnen hatte, in seinen Halbschuhen und seiner dünnen Jacke zu frieren. Seine Hände hatte er bereits unter den Achseln vergraben.

»Da bin ich überfragt. Der Doktor ist aber schon bei ihm. Die Blutlache ist jedenfalls beachtlich. So etwas habe ich noch nie gesehen. Nicht mal im Film.«

»Können wir schon rein?«, drängelte Häring.

»Wenn ihr nicht wieder alles zertrampelt und euch die üblichen Plastiksocken überstreift, jederzeit. Allerdings nur ins Erdgeschoss. Und ihr wisst ja, wie empfindlich die Damen und Herren von der Spusi auf Schnee und Straßenschmutz reagieren.«

»Gut«, sagte Greven, »sehen wir uns den dritten Versuch an.«

Das Bild, das sich ihnen bot, war fast schon vertraut. Auf den ersten Blick sah das Wohnzimmer, das sie zuerst betraten, so aus, als hätte eine Bombe eingeschlagen. Wieder lagen Schubladen auf dem Boden, wieder waren Akten und Papiere durchwühlt worden, die über den ganzen Teppich verteilt lagen.

»Wahrlich, zuerst entstand das Chaos«, zitierte Greven einen griechischen Dichter, den er noch aus Schulzeiten in Erinnerung hatte. »Aber dies hier ist kein Chaos. Seht euch den Schrank dort an.«

Neben der für bürgerliche Wohnzimmer obligatorischen Schrankwand stand ein kleinerer Vitrinenschrank, in dem Pokale und Medaillen unterschiedlicher Größte ausgestellt waren. Hatte der Täter die Schrankwand umfassend bearbeitet, so hatte er den Vitrinenschrank nicht angerührt.

»Weil man hineinsehen kann«, schloss Greven, »und sich das Gesuchte offensichtlich nicht darin befindet. Ein Blick hat ihm genügt, um an anderer Stelle seine Suche fortzusetzen.«

»Der weiß, was er will. Er ist schnell und effizient. Er kennt keine Gnade. Aber was ist der Preis?«, bemerkte Häring.

»Er muss extrem wertvoll sein«, stellte Greven nicht zum ersten Mal fest, während er versuchte, den Weg des Täters durch das Wohnzimmer zu rekonstruieren. Ihm ging es um die Beantwortung der Frage, wo er seine Suche begonnen hatte. Welche Schranktür, welche Schublade er für die aussichtsreichste gehalten hatte.

»Vielleicht sein Leben?«, sagte Peters spontan.

»Gar nicht mal schlecht«, brummte Greven. »Gar nicht mal so schlecht.«

»Der große Unbekannte.«

»Er könnte tatsächlich das Agens sein«, dachte Greven laut.

»Agens?«

»Die Triebfeder. Der Anstifter. Der Auftraggeber.«

»Wenn ich mir die Schubladen und geöffneten Fächer so ansehe, dann sucht er ein Objekt, das einen Durchmesser von mindestens dreißig Zentimetern hat«, konstatierte Häring, der sich die schon betagte Schrankwand näher besah. »Dieses wahrlich kuriose Zigarrenfach, oder was immer das ist, hat er zum Beispiel nicht geöffnet.«

Sie gingen ins Esszimmer, in dem der Täter nur die großen Türen eines Sideboards geöffnet, aber nichts herausgerissen hatte. Auch in der Küche hatte er offenbar nur die Schränke geöffnet und war dann in das kleine Arbeitszimmer vorgedrungen. Dort hatte er sich so richtig ausgetobt. Aber wieder war die Ordnung im Chaos zu erkennen. Sobald sich das Auge an die Akten und Papiere gewöhnt hatte, die das Parkett bedeckten, tauchten Strukturen auf, konnten sie sich den Täter vorstellen, wie er Schublade für Schublade und Karton für Karton geöffnet und durchwühlt hatte. Die Bücher in den Regalen hatten ihn nicht interessiert. Nicht eines hatte er herausgezogen.

»Apropos Kartons«, bemerkte Peters nach einigen Minuten schweigsamer Begutachtung des Arbeitszimmers. »Was hat es eigentlich mit denen auf sich?«

Hinter dem Schreibtisch mussten sie in Reih und Glied gestanden haben. Acht große Umzugskartons. Drei standen offenbar noch an ihrem Platz. Durchsucht worden aber waren sie alle. Bis auf einen.

8

»Du hast schon fünf Bilder verkauft?«

»Ja! Stell dir das mal vor! Fünf Bilder in nur drei Tagen! Und das in Aurich!«

Greven hatte die roten Punkte gezählt, die ein Galerist üblicherweise auf die Titel- und Preisschilder klebt, um ein Bild als verkauft zu deklarieren. Leider war auch sein Lieblingsbild dieser Serie dem Interesse eines Sammlers zum Opfer gefallen, ein wahrhaft schräger Blick auf Rücken und Hinterkopf von Minnie Schönberg. Dennoch war ihr typisches Lächeln zu erahnen, war Teil des Bildes, ohne abgebildet zu sein. Greven war stolz auf seine Lebensgefährtin. Nicht jeder konnte so malen.

Außer ihm und Mona befanden sich noch drei Besucher in der Galerie. Der Besitzer hatte sich den Nachmittag

freigenommen und seiner Künstlerin die Aufsicht überlassen. Greven hatte sich noch einmal im Haus in der
Oldersumer Straße umgesehen, aber keine weiteren
Hinweise oder Spuren finden können. Den Rückweg
hatte er so gewählt, dass er Mona einen Besuch abstatten
konnte. Er wollte sich noch ein wenig ablenken, wollte
einfach zwischendurch das Thema wechseln, eine Pause
machen. Der sich abzeichnende Erfolg der Ausstellung
führte sie jedoch schnell zurück zur Vernissage und somit
auch zurück zum aktuellen Fall.

»Sie lügt! Sie muss lügen!«

»Nein, Mona, so leicht lasse ich mir nichts vorspielen!«

»Von so einer Frau schon!«

»Auch von so einer Frau nicht, was immer du damit
meinst!«

»Was schon? Sie hat dich becirct, diese adelige Domina.
Das ist alles. Ich hab doch genau gesehen, wie du sie
angestarrt hast!«

»Nicht so laut, Mona. Erstens habe ich sie nicht angestarrt und zweitens war es rein dienstlich.«

Mona sah ihn schmollend an, aber es war nicht tödlich.
Nachdem sie sich kurz zu den Besuchern umgedreht und
ihnen zugelächelt hatte, kehrte sie wieder in ruhigeres
Fahrwasser zurück.

»Sie hat also diesen Wichmann wirklich nicht gekannt?«

Greven schüttelte den Kopf. »Nein, sosehr ich auch
darauf gehofft hatte, sie hat wirklich keine Ahnung, wer
er war. Und zwischen Wichmann und Onken konnten
wir auch keinerlei Verbindung herstellen. Das heißt, noch
nicht. Edzard und Peter sortieren gerade Wichmanns
Umfeld.«

»Was war das für ein Mann?«

»Ein verwitweter pensionierter Oberstudienrat. Ein
unauffälliger, aber hilfsbereiter Nachbar. Seine Frau ist
bereits vor mehr als zwanzig Jahren gestorben. Ein Kind,
ein Sohn, der in Frankfurt in einer Bank arbeitet.

»Vermögend?«

»Der Sohn oder das Opfer?«

»Wichmann natürlich!«, zischte Mona.

»Na ja, das Haus, ein kleines Aktienpaket, ein Bausparvertrag, ein ganz ordentliches Bankkonto und seine Pension. Falls du das vermögend nennst.«

»Verglichen mit dir schon.«

»Das musste ja kommen.«

»Hatte er vielleicht andere Wertsachen im Haus?«

»Eigentlich nur eine stattliche Sammlung von Erstausgaben. Meist Nachkriegsliteratur. Arno Schmidt, Alfred Andersch, Wolfgang Koeppen. Peter hat im Cyberspace gestöbert und erfahren, dass einige Bände bis zu 600 Euro bringen. Da kommt einiges zusammen. Aber dafür hat sich der Täter nicht interessiert.«

»Wahrscheinlich ein Analphabet«, meinte Mona. »Das wäre doch eine Spur.«

»Er kann sogar sehr gut lesen, nur interessiert er sich für eine ganz andere Art von Literatur, das weißt du doch. Und diesmal, glaube ich, hat er auch etwas gefunden. In den ominösen Umzugskartons. Er hat seine Suche nämlich plötzlich abgebrochen.«

»Klar, weil Herbert mit seinen Leuten aufgetaucht ist.«

»Nein, Wichmann war schon mindestens zwei Stunden tot, als die Nachbarn angerufen haben. Er hat also Zeit genug gehabt.«

»Wollte Wichmann umziehen?«, fragte Mona und behielt die drei Besucher im Auge, die sich ihnen langsam näherten.

»Das glauben wir nicht. Im Moment vermuten wir einen Nachlass oder den Teil eines Nachlasses.«

»Na bitte, das ist jetzt aber eine heiße Spur.«

Die drei Besucher, ein Mann und zwei Frauen, waren nur noch wenige Meter von ihnen entfernt und ließen gerade Henri Nannen auf sich einwirken. Mona und Greven wurden leiser und wichen zurück.

»Auf den Kartons ist aber weder ein Name noch eine Adresse vermerkt.«

»Aber in den Kartons müssen ...«

»... sich zwei Aktenordner befunden haben, jedenfalls in einem der Kartons. Den Schluss legen Druckspuren in der Pappe nahe. Diese Ordner aber hat unser Mörder heimtückischerweise mitgenommen.«

»Gemein!«

»Hundsgemein.«

»Und der Rest? Kann man daraus keine Rückschlüsse ziehen?«

»Alte Kochbücher, Besteck, Geschirr, Bettwäsche, eine Adler-Schreibmaschine, Opern-Schallplatten, vor allem Wagner, Verdi und Puccini, gehobener Nippes.«

»Keine Fotos?«

»Keine Fotos. Wie gesagt, falls es wirklich ein Nachlass ist, dann ist es nur ein Teil davon.«

»Wir müssen aufhören«, flüsterte Mona, drehte sich zur Seite und fuhr laut fort: »Es tut mir leid, aber da ist nichts zu machen. Das Bild von Minnie Schönberg ist bereits verkauft.«

»Können Sie mir nicht wenigstens den Namen des Käufers geben?«, spielte Greven mit.

»Auf keinen Fall. Wir sind zur Diskretion gegenüber unseren Kunden verpflichtet. Wie wäre es mit Ludolf Bakhuizen, David Fabricius oder Harm Claasen?«

»Ich werde mich nochmals umsehen. Vielen Dank«, sagte Greven und überließ die Bühne den drei Kunstfreunden, die Mona auch gleich in ein Gespräch verwickelten.

Er hatte noch etwas Zeit und beschloss, sie in einen Espresso zu investieren, denn hinter der noch immer aufgebauten Behelfsbar hatte er eine akzeptable Maschine entdeckt. Per Handzeichen nahm er Kontakt mit Mona auf, die ihm durch kräftiges Nicken ihr Einverständnis signalisierte. Tassen standen auf dem Tassenwärmer der Maschine. Das Mahlwerk war laut und ließ die Besucher

59

kurz verstummen und zu ihm hinüberschauen. Greven lächelte unschuldig.

Der Espresso war gut, obwohl er aus einem Vollautomaten stammte. Zwar ging der Zucker sofort in der Crema unter, aber die sogenannte Inselprobe bestanden ohnehin nur gute Espressi aus richtigen Espressomaschinen. Bei ihnen schwamm der Zucker zunächst auf dem Schaum, bevor er sich langsam auflöste und unterging. Das Aroma aber war kräftig; der Galerist hatte eine gute Kaffeesorte eingekauft.

Nachdem er die Tasse abgesetzt hatte, beobachtete er Mona, die nun mit den drei Besuchern von Bild zu Bild wanderte. Den Wortfetzen nach zu urteilen, die ihn erreichten, gewährte sie ihnen großzügig Einblick in die Auswahlkriterien der Portraitierten und in die Entstehungsgeschichte der ungewöhnlichen Bilder. Mona lächelte, und er war froh, ihr nicht alle Details des jüngsten Mordes berichtet zu haben. Auch der Presse gegenüber war er zurückhaltend gewesen und hatte es dabei belassen, dass Wichmann erschlagen worden war. Wie er erschlagen worden war, womit und wie oft, wussten nur wenige. Die Blutlache, in der sein Kollege das Opfer gefunden hatte, war auch die größte gewesen, die er in seinen vielen Dienstjahren gesehen hatte. Ganz abgesehen von dem entstellten Gesicht, das der aus Frankfurt nach Aurich beorderte Sohn noch würde identifizieren müssen.

Der Tathergang war schwer zu rekonstruieren. Bislang liefen ihre Vermutungen darauf hinaus, dass der Täter durch den unverschlossenen Hintereingang das Haus betreten hatte. Dabei hatte er Fußspuren im Schnee hinterlassen, die zumindest in diesem Fall die Mittäterschaft eines Komplizen ausschlossen. Im Schlafzimmer hatte er dann Wichmann überwältigt, misshandelt und getötet. Erst danach hatte er die Zimmer durchsucht. Ob er erfahren hatte, was er um jeden Preis wissen wollte, ließ sich, abgesehen von den offenbar fehlenden Aktenordnern, aus der Suche nicht ableiten. Sicher war nur, dass der Täter sein Opfer bewusst ermordet hatte, wahrscheinlich, um keinen Zeugen zurückzulassen. Wieder hatte er Handschuhe getragen und auch auf seine Schuhe geachtet, denn im Haus waren keine Abdrücke oder Spuren zu finden gewesen. Wie er dieses Problem gelöst hatte, konnten sie nur raten. Herbert Pütthus hatte simple Hausschuhe zur Diskussion gestellt.

Verschwiegen hatte er Mona auch, dass Dr. Wilms, die zuständige Staatsanwältin, nach dem Betrachten der Tatortfotos eine Art cholerischen Anfall bekommen hatte. »Beenden Sie das!«, hatte sie ihm mehrmals hintereinander im Befehlston aufgetragen. »Beenden Sie das! Stellen sie dieses brutale Morden, diesen Hinschlachten sofort ab!«, hatte sie getobt, als sei die Aufklärung weniger brutaler Morde nicht so dringlich. »Finden Sie den Mann! So schnell wie möglich! Am besten noch heute!«

Aber daran war gar nicht zu denken. So rücksichtslos der Täter war, so umsichtig ging er vor. Schnell war er außerdem. Hatte er sein Ziel bei Wichmann nicht erreicht, könnte er schon am nächsten Tag erneut zuschlagen. Sogar an eine Mitteilung an die Presse hatte Greven schon gedacht, doch was sollte er den Lesern sagen? *Ein brutaler Mörder könnte schon morgen vor Ihrer Hintertür stehen und Ihnen Fragen stellen, die Sie nicht beantworten können*? Nicht einmal das Motiv könnte er angeben, es sei denn, die Presse würde sich mit »Suche nach irgendetwas« zufriedengeben. Nein, diese Möglichkeit schied aus. So wie es aussah, brauchte er einen entscheidenden Hinweis oder einen weiteren Zufall, um endlich die Fährte aufnehmen zu können.

Gerade hatte er per Fingerdruck aufs Display einen zweiten Espresso in Auftrag gegeben, als sein Handy summte und Häring als Anrufer anzeigte. Greven ging ein paar Schritte zurück, um dem Lärm der Kaffeemaschine zu entgehen.

»Wir haben Glück«, begann Häring. »Im letzten noch ungeöffneten Karton war doch eine kleine Tasse mit fast verschwundener Goldschrift!«

»Zur Konfirmation«, zitierte Greven den noch lesbaren Teil auf der Tasse.

»Genau. Das Labor konnte die Schrift auf der Innenseite wieder lesbar machen. Dort hat auf jeden Fall der Name ›Thalke‹ gestanden. Wahrscheinlich ›Für Thalke‹. Wichmann aber hat keine Verwandte, die Thalke hieß, das hat mir sein Sohn gerade versichert. Über den Freundeskreis weiß er allerdings fast nichts. Die beiden hatten kaum Kontakt.«

»Thalke«, wiederholte Greven. »Ich glaube, ich werde noch einen weiteren Zwischenstopp einlegen.«

9

Der rote Jaguar war von der Straße aus zu sehen. Sophie von Reeten war also zu Hause. Langsam bog er in die Einfahrt ein und parkte neben dem raren Oldtimer. Wie beim ersten Mal gönnte er sich das Vergnügen, den Wagen zu umrunden. Der Lack wirkte stumpfer, änderte aber nichts an seinem Urteil. Zu seinem Bedauern hatte der Schnee inzwischen seine Reinheit eingebüßt und ging mehr und mehr in ein schmutziges Grau über. Vor der Treppe zur Haustür kam ein teures Granitpflaster zum Vorschein.

Der erste kurze Druck auf den Klingelknopf blieb ohne Folgen. Erst nach einem zweiten, intensiveren Versuch konnte er im Haus zwei laute Frauenstimmen hören, die offenbar unterschiedliche Meinungen austauschten. Da sich an seiner Situation immer noch nichts änderte, setzte er zum dritten Mal den Zeigefinger an. In diesem

Augenblick wurde die Tür geöffnet, wenn auch nur zu etwa einem Drittel. Hinter dem Türblatt kam Annalinde von Reeten zum Vorschein, die ihn mit einem Blick bedachte, als leide er unter der Beulenpest.

»Moin, könnte ich Ihre Mutter sprechen?«

Die Antwort des erneut in schwarz gehüllten Teenagers war ein betontes, desinteressiertes Zögern, gefolgt von einer minimalen Kopfbewegung, die er wohlwollend als Einladung interpretierte. Mit sanftem Druck vergrößerte er den Türspalt, trat ein und wartete auf ein weiteres Zeichen. Annalinde rauschte in ihrem fast bodenlangen Mantel an ihm vorbei, hob den rechten Arm und wies, ohne sich ihm zuzuwenden, mit dem Zeigefinger auf die Wohnzimmertür. Wortlos ging sie die Treppe hinauf. Greven sah ihr kurz nach und klopfte an.

Zu warten brauchte er diesmal nicht, denn Sophie von Reeten öffnete postwendend, als habe sie bereits auf ihn gewartet. Sie wirkte entspannt und bester Laune. Von dem Disput mit ihrer Tochter war nichts zu spüren.

»Hallo, Herr Kommissar. Treten Sie doch ein.«

Die Familie schien eine Vorliebe für Schwarz zu haben, denn auch die Gräfin hatte wieder gänzlich auf Farben verzichtet. Das knielange Kleid betonte eine schmale Taille und gewährte einen eindrucksvollen Blick auf ihr Dekolleté, ihr langes Haar trug sie offen, ihre Wangenknochen hatten ein blasses Rot gewählt. Monas Warnung vor der Zauberin Circe kam ihm in den Sinn, auch wenn er sich nicht als Odysseus fühlte. Nicht mit dem Bauch, den er wieder einmal kurzfristig nach innen verlagerte. Außerdem fehlte ihm die Gefolgschaft, die sie hätte in Schweine verwandeln können.

»Ist Ihnen etwa der Warhol eingefallen, oder was führt Sie hierher? Doch wohl nicht schon wieder Ihre Ermittlungsarbeit? Als Kunstliebhaber sind Sie mir lieber.«

Der herausfordernde Blick der Circe verzögerte seine Antwort nur kurz.

»Leider geht es noch einmal um den Mordfall, Frau von Reeten. In der Wohnung von Hartmut Wichmann sind wir auf den Namen Thalke gestoßen. Vielleicht können Sie mit diesem Namen etwas anfangen?«

Konnte sie, denn der zauberhafte Blick wurde mit einem Mal profan. Die selbstbewusste Frau schien plötzlich verletzlich zu sein, wirkte merkwürdig betroffen.

»Thalke«, antwortete sie mit ungewohnt leiser Stimme, »Thalke hieß meine Tante. Thalke von und zu Aldenhausen. Sie ist vor einem Jahr ganz plötzlich an Leukämie gestorben.«

»Das tut mir leid. Könnte sie Wichmann gekannt haben?«

Sophie von Reeten sah ihn nachdenklich, fast Hilfe suchend an. Die Wangen büßten ihre frische Farbe ein, während sie nach einer Antwort suchte.

»Das könnte sie tatsächlich. Sie hatte nämlich alle paar Jahre einen neuen Partner. Nach zwei Scheidungen hat sie auf eine weitere Heirat verzichtet. Eine dritte hätte sie sich auch nicht leisten können. Wichmann könnte durchaus einer ihrer Männer gewesen sein.«

»Aber genau wissen Sie das nicht?«

»Nein. Ich hatte kaum Kontakt zu Thalke. Wir haben uns nur ab und zu auf Familienfesten auf Schloss Aldenhausen gesehen.«

»Wer könnte es denn wissen?«

»Eine gute Frage«, sagte die Gräfin, in deren Gesicht sich bereits die Sorge eingenistet hatte, denn nun schien plötzlich eine Verbindung zwischen ihr und dem Mörder möglich, der bei ihr eingebrochen war.

»Vielleicht mein Onkel, Folef von und zu Aldenhausen. Oder meine Tante Talea. Ich weiß es nicht. Das heißt, warten Sie mal, an einen ihrer letzten Lover kann ich mich doch erinnern. Simon Grönmann.«

»Doch nicht etwa Karig Simon?«

»Wie bitte?«

»Wissen Sie zufällig, wo dieser Simon Grönmann wohnt?«

»Wenn ich mich nicht irre, in Greetsiel.«

»Dann ist es Karig Simon.«

»Sie kennen ihn?«, bemerkte die Gräfin erstaunt.

»Jeder Greetsieler kennt ihn. Ein unsympathischer Zeitgenosse, der seinen Spitznamen zu Recht trägt. Ihm eilt nicht nur der Ruf voraus, ausgesprochen geizig zu sein, er gilt auch als echtes Schlitzohr, der jeden über den Tisch zieht. Wissen Sie noch etwas über die Beziehung?«

Sophie von Reeten überlegte kurz. »Nur, dass diese Beziehung wohl länger gedauert hat, als bei ihr üblich. Meine Tante hat mal so etwas erwähnt, also meine Tante Talea. Mehr weiß ich wirklich nicht. Vermuten Sie wirklich einen Zusammenhang?«

»Das lässt sich noch nicht sagen. Zunächst muss ich klären, ob es sich bei Thalke wirklich um Ihre verstorbene Tante handelt.«

»Und wenn sie es ist?«, fragte die Gräfin mit nunmehr blasser Gesichtsfarbe.

»Dann müssen Sie wirklich aufpassen und wir uns etwas einfallen lassen. Machen Sie sich keine Sorgen. Andererseits hätten wir dann endlich einen Anhaltspunkt.«

Ihr Gesicht blieb unverändert. Seinen Worten hatte die Überzeugungskraft gefehlt. Er suchte nach Alternativen, fand aber keine.

»War Ihre Tante wohlhabend?«

»Früher schon. Aber die Scheidungen waren wohl sehr kostspielig. Außerdem hat sie Wert auf einen gewissen Luxus gelegt. Aber was letztendlich davon übrig geblieben ist, weiß ich nicht. Reich war sie jedenfalls am Ende ihres Lebens bestimmt nicht mehr, falls Sie das meinen. Aber das kann Ihnen sicher unser Familienanwalt sagen.«

Sie machte einen langsamen Schritt auf ihn und unterschritt damit die gesellschaftlich allgemein übliche Distanz. Ihr Hilfe suchender Blick hinderte ihn daran, diese Distanz wieder aufzubauen.

»Wie geht es jetzt weiter?«

»Wir werden die Vermutung so schnell wie möglich überprüfen. Sollte sie sich bewahrheiten, bringen wir wahrscheinlich auch das Motiv in Erfahrung. Haben wir erst einmal das Motiv, haben wir den Täter fast schon verhaftet«, verbog er ein wenig die Wahrheit. »Machen Sie sich keine Sorgen.«

Kaum hatte er den Satz beendet, flogen ihre Arme um seinen Hals. Greven wiederum hob die seinen in die Luft, um die Situation zu entschärfen. Vorsichtig wollte er die Umklammerung lösen, doch als er ein leises Schluchzen hörte, legte er die rechte Hand auf ihren Kopf.

»Machen Sie sich keine Sorgen«, wiederholte er in Ermangelung eines besseren Trostes. »Ich halte Sie auf dem Laufenden. Versprochen.« Das war auch nicht besser. Eine Phrase. Aber eine andere hatte er nicht parat. »Ich werde mit der Staatsanwältin reden, ob wir Ihnen Personenschutz gewähren können.« Dass die Aussicht auf Gewährung dieser Maßnahme sehr gering war, verschwieg er.

Sophie von Reeten hob ihren Kopf und löste sich von ihm. Nach einem mehrdeutigen Blick stellte sie die ursprüngliche Distanz wieder her. »Bitte entschuldigen Sie. Seit dem Tod meines Mannes sind meine Nerven nicht mehr so belastbar.«

»Ist schon in Ordnung«, brummte Greven erleichtert.

»Es ist nicht nur sein plötzlicher Tod«, warb sie mit leicht geröteten Augen um Verständnis. »Seine Leiche wurde nie gefunden. Andere Angehörige der Tsunamiopfer hatten schnell Gewissheit und konnten in Ruhe trauen. Ich aber zählte zu den Hoffenden und Wartenden. Und dann musste ich noch darum kämpfen, ihn für tot erklären zu lassen, um das Erbe antreten zu können. Als ich endlich die Papiere in Händen hielt, war seine Firma pleite.«

»Das tut mir leid.«

»Ist schon gut«, sagte die Gräfin und gewann langsam ihre Fassung wieder zurück. »Ein Grab gibt es natürlich auch nicht. Ich habe stattdessen einen Gedenkstein im Garten aufstellen lassen. So, jetzt aber Schluss mit dem Thema. Ich brauche jetzt einen Whisky. Für Sie auch?«

»Nein danke, ich bin noch im Dienst.«

»Ich habe noch einige Flaschen aus der Sammlung meines Mannes. Überlegen Sie sich das gut. Kommen Sie.«

Greven folgte der Frau in Schwarz durch eine große Schiebetür ins Esszimmer, wo sein Blick sofort von einer stattlichen gelben Banane in Beschlag genommen wurde.

»Lässt sich die auch abziehen?«, fragte er fasziniert. »Wie auf dem Cover?«

»Da muss ich Sie leider enttäuschen. Es ist nur einer der Entwürfe Warhols.«

»Ich wusste gar nicht, dass es überhaupt die Banane in dieser skurrilen Form gibt.«

»Mein Mann hat das Bild vor vielen Jahren aus New York mitgebracht. Nicht doch einen Whisky? Vielleicht einen *Bowmore Seadragon* oder einen *Port Ellen*?«

Die Destillerie *Port Ellen* auf der schottischen Insel Islay war 1983 stillgelegt worden. Einige Flaschen waren natürlich noch im Handel, allerdings zu Preisen, die mit dem Sold eines Polizeibeamten nicht kompatibel waren.

»Von diesen Schätzen steht gar nichts im Protokoll.«

»Ihre Kollegen haben nicht danach gefragt. Nur nach veräußerlichen Werten, oder wie sie es genannt haben. Angebrochene Flaschen zählen wohl kaum dazu. Oder?«

»In diesem Fall muss ich mich doch persönlich davon überzeugen«, sagte Greven und warf einen Blick in den schmalen Schrank, in dem die Kostbarkeiten gelagert wurden. Jede der rund zwanzig Flaschen war eine Sensation.

»Im Keller stehen noch ein paar Kartons«, kommentierte Sophie von Reeten mit spürbarem Understatement und kehrte langsam zu ihrer gewohnten Form zurück.

»Ich will es gar nicht wissen«, war Grevens Kommentar ihres Kommentars. »Ich nehme den *Port Ellen*. Haben Sie eine Ahnung, wann er destilliert wurde?«

»*Aged 30 Years* steht auf der Flasche, falls Ihnen das genügt.«

»Unbedingt«, antwortete Greven und nahm das schlanke schottische Nosingglas entgegen.

»Danke für Ihr … Verständnis«, sagte die Gräfin und hob das Glas. Der Eyeliner oder der Lidschatten ihres linken Auges war von einer Träne in Mitleidenschaft gezogen worden und bildete einen dunklen Fleck auf ihrer Wange, den er kurz betrachtete.

»Danke für den Whisky.«

Der hielt, was sich Greven von ihm versprochen hatte. Mehr ging nicht. Mehr Torf nicht, mehr Rauch nicht und auch keine angenehmere Milde und Öligkeit im Abgang. Sein Blick wanderte von der wiedererwachten Circe zur Bananenskizze. Von einigen Katastrophen abgesehen, ging es der Gräfin gar nicht schlecht. Dabei dachte er auch an den Jaguar vor der Tür und vergaß natürlich die Jugendstilvilla nicht.

»Darf ich Ihnen …?«, begann Sophie von Reeten, doch in diesem Moment drangen polternde Geräusche und Wortfetzen ins Esszimmer.

»Annalinde!«, fauchte die Gräfin, setzte die Flasche ab und lief zur Tür, die sie regelrecht aufriss. Greven folgte ihr neugierig.

Durch die nicht ganz geöffnete Tür konnte er eine Gruppe schwarz gekleideter Teenager mit fast weißen Gesichtern auf der Treppe erkennen. Einige trugen goldene oder silberne Ketten, ein junger Mann einen Zylinder. Auf einer der unteren Treppenstufen stand die Tochter des Hauses und sah teilnahmslos zu ihrer Mutter hinüber. Die kleine Schar Gothic-Jünger verzichtete indes auf einen Blick zur Esszimmertür und verschwand schnell aus seinem Blickfeld.

»Annalinde!«, fauchte die Gräfin ein zweites Mal.

Die Angesprochene drehte sich langsam um und folgte den anderen.

10

Es schneite immer heftiger. Bis Marienhafe war die Sicht noch halbwegs gut gewesen, doch nachdem er Upgant-Schott passiert hatte, tauchte er plötzlich in eine weiße Wand ein. Vorsichtig trat er auf die Bremse, hielt aber nicht an, sondern fuhr mit Schrittgeschwindigkeit weiter. Trotz seiner guten Ortskenntnisse fiel es ihm schon nach wenigen Hundert Metern schwer, sich zu orientieren. Er spürte die Straße unter seinen Reifen oder glaubte zumindest, sie zu spüren. Sehen konnte er dagegen fast nichts mehr. Dennoch weigerte er sich, einfach anzuhalten und das Ende des weißen Chaos abzuwarten. Stattdessen stocherte er mit den Augen in der Wand aus Schnee, um einen Anhaltspunkt zu finden, die Silhouette eines der Straßenbäume oder den Teil einer Fassade eines der wenigen Häuser dieser Route. Der Vorhang aber blieb geschlossen und verwehrte jeden Blick auf die Kulissen. Alles blieb im Dunkeln, das in diesem Fall die Farbe weiß besaß. Verbissen kämpften die Scheibenwischer, hinterließen aber nur weiße Schlieren, die er immer wieder mit Spritzwasser beseitigen musste. Schließlich signalisierten die Reifen einen unebenen Boden, der ihn dann doch anhalten ließ.

Greven schlug mit der flachen Hand auf das Lenkrad. Er hätte schwören können, die zigmal gefahrene Strecke im Schlaf finden zu können. Kurz überlegte er, das eingebaute Navigationsgerät seines Dienstwagens zu befragen. Doch auch das würde seine Wartezeit kaum verkürzen, sondern geduldig darauf warten, dass er die nächste Kreuzung erreichte. Erst dann würde es seine elektronische Stimme erheben. Jetzt war auch noch das Spritzwasser am Ende.

Wieder landete seine Hand auf dem Lenkrad. Kaum etwas versorgte ihn derart mit Adrenalin wie Abhängigkeiten, sei es von natürlichen Gegebenheiten wie dem Wetter oder technischen Geräten wie einem Auto. Ganz zu schweigen von einem Navigationsgerät, das nicht wirklich navigieren konnte.

Ein Blick auf die Uhr ließ seinen Adrenalinspiegel wieder etwas sinken, denn noch hatte er einen Puffer. Er war rechtzeitig losgefahren, da Karig Simon auch mit der Zeit geizte und für eine Verspätung kein Verständnis aufbringen würde, selbst nach einem Hinweis auf die allgemeine Wetterlage nicht. Zehn Uhr hieß bei ihm zehn Uhr.

Simon Grönmann, den er seit seiner Schulzeit kannte, war ein Einzelkämpfer, fast ein Exzentriker und ein überaus erfolgreicher Geschäftsmann. Wer ihm den Spitznamen Karig verpasst hatte, wusste Greven nicht, nur, dass er den Charakter Grönmanns sehr genau traf. Neben seinem Geiz besaß er auch eine Nase für ein gutes Geschäft. Schon in jungen Jahren hatte Grönmann etwa ein Gespür für die Zukunft von Grundstücken entwickelt. Wurde irgendwo am Ortsrand von Greetsiel ein neues Bebauungsgebiet ausgewiesen, konnte man sicher sein, dass Grönmann bereits vor Jahren einen Teil der betroffenen Weiden und Äcker unbemerkt erworben hatte. Was aus ihnen wurde, war ihm egal, solange seine Kasse stimmte. Da er an vielen Immobiliengeschäften auf die eine oder andere Weise beteiligt war, trug er in Grevens Augen auch zum kulturellen Niedergang seines Heimatdorfes bei. Oder zum Aufstieg des Dorfes zu einem ostfriesischen Zentrum der Tourismusindustrie. Das war eine Frage der Perspektive. Die verantwortlichen Kommunalpolitiker im fernen Pewsum, der Hauptstadt der Krummhörn, hatten Greetsiel schon vor Jahren zum Abschuss freigegeben. Unmittelbar am Hafen konnten so dänische Fassaden mehrstöckig in den friesischen Himmel wachsen, während im Westen des Dorfes das Tief um kleine Grachten erweitert worden war, an denen Ferienhäuser mit pseudofriesischen Fassaden auf Freizeitkapitäne warteten.

Der Clou der totalen Vermarktung und Preisgabe jeglicher Authentizität aber war der Plan, den Gesamtumsatz des einstigen Fischer- und Bauerndorfes faktisch zu verdoppeln, indem man es einfach klonte. Einen guten Kilometer vom Original entfernt sollte im kommenden Jahr auf der grünen Wiese das 8,3 Hektar große Greetland entstehen. Mit seinen 1183 Betten könnte die Anlage sämtliche Einwohner der Nachbardörfer Eilsum und Pilsum gemeinsam beherbergen. Ein Investor war auf die verblüffende Idee gekommen und hatte gleich 138 Ferienhäuser geplant, aber auch eine Hotelanlage mit 220 Betten und weitere Gebäudekomplexe, darunter auch eine Art Wasserburg. Die Architekten hatten sich dabei am Erscheinungsbild der Hamburger Speicherstadt orientiert, da sie, so vermutete Greven, noch nie in der Krummhörn gewesen waren. Auch sonst hatten sie ihrer Fantasie freien Lauf gelassen und eine Art ostfriesisches Disneyland entworfen. Kombinierte man beide Namen, ergaben sich die Möglichkeiten Disneysiel und Greetland, wobei sich Investor und Kommunalpolitik für Letzteres entschieden hatten, obwohl Greven Disneysiel für ehrlicher und treffender hielt. Andererseits hätte es bestimmt ein Problem gegeben, die Namensrechte vom amerikanischen Medienkonzern zu erwerben.

Noch war das Klonen in vollem Gange und nicht abzusehen, ob dem Plan auch Erfolg beschieden war. Fest stand nur, dass diesmal Simon Grönmann seine Finger nicht im Spiel hatte. Das war kein Trost, aber Greven stellte sich dennoch das volle Gesicht des Zweiundsechzigjährigen vor, als er aus der Zeitung von Disneysiel erfahren hatte. Und mit Sicherheit hatte er versucht, sich doch noch eine Scheibe von dem großen Kuchen abzuschneiden.

Grevens Gedanken kehrten gerade wieder vollends zu Simon Grönmann zurück, als sich unvermittelt der Vorhang auftat. Innerhalb weniger Sekunden war das undurchdringliche Weiß verschwunden und gab die Sicht

71

wieder frei. Abgesehen von den weißen Schlieren auf der Scheibe, die er mit einer Handvoll Schnee beseitigte. Noch wirbelten dicke Flocken durch die Dezemberluft, aber die vertrauten Gulfhöfe und Schlafdeiche, die die Straße nach Leybuchtpolder säumten, waren wieder zu erkennen. Der Adrenalinstau hatte sich ebenfalls aufgelöst, so dass er mit einer akzeptablen Laune die Fahrt fortsetzen konnte. Angesichts der Schneemengen auf der Straße kam allerdings nur das Tempo »Langsame Fahrt voraus« in Frage.

Greetsiel wirkte wie ausgestorben. Nur ab und zu war ein Vermummter zu sehen, der mit Besen oder Schneeschieber gegen den mittlerweile ungewohnten Winter kämpfte. Grönmann bewohnte ein altes und stattliches Bürgerhaus am Sieltief. Hohe weiße Sprossenfenster, eine grüne Holztür mit einem dekorativen Messingstern, eine dreistufige Eingangstreppe. Ein schönes, ein gepflegtes, ein repräsentatives, aber für Greetsieler Verhältnisse auch ein abgelegenes Haus, denn der Zufahrtsweg war eine Sackgasse.

Punkt zehn. Greven klopfte sich den Schnee von den Schuhen und klingelte. Nur Sekunden später wurde die Tür von einem Mann mit einem massigen Körper geöffnet. Dass Haar war kurz und nach hinten gekämmt, die Augen groß und dunkel. Unter dem kantigen Kopf kam in Form einer Hautfalte ein Doppelkinn zum Vorschein. Die rechte Hand hielt eine Zigarre, deren teurer Duft Greven sofort in die Nase stieg. Der Rest des dicken Mannes war schwarz, als habe er sich mit Annalinde von Reeten abgesprochen. Eine auffällige goldene Uhrkette war der einzige Farbtupfer.

»Moin, Gerd, lange nicht mehr gesehen«, begrüßte ihn Grönmann und lächelte ihn dabei freundlich an. »Wie lang ist das jetzt her? Acht oder neun Jahre? Ich glaube, das war bei deinem ersten Fall. Harm Claasen. Stimmt's? Armer Kerl. Was wohl aus ihm geworden wäre, wenn er tatsächlich diese versunkene Stadt gefunden hätte, dieses Gordum? Aber bitte, komm doch erst einmal rein!«

Greven folgte dem dicken Mann in ein kleines, aber luxuriös ausgestattetes Wohnzimmer. Sein Spitzname besagte ja auch nicht, dass er sich selbst gegenüber geizig war, sondern nur in Bezug auf seine Mitmenschen und Geschäftspartner. Die Antiquitäten, die ihn umgaben, waren jedenfalls außergewöhnlich und zogen sofort Grevens Aufmerksamkeit auf sich. Besonders die Anrichte aus Eiche hatte es ihm angetan.

»Ein besonders schönes Stück«, erklärte Grönmann. »Ich hatte das große Glück, es vor Jahren auf einer Versteigerung zu einem äußerst günstigen Preis erwerben zu können. Eine Insolvenz. Kommt immer vor. Aber setz dich doch.«

Greven löste sich von dem Schmuckstück und ließ sich in den dunkelroten Ledersessel sinken.

»Wie wäre es mit einer Tasse Tee?«

»Da sage ich nicht nein.«

Grönmann ging zur Tür und rief etwas in den Flur. Nach einem kräftigen Zug an seiner Zigarre setzte auch er sich und lehnte sich entspannt zurück.

»Am Telefon sagtest du etwas von Thalke …?«

»… von und zu Aldenhausen. Sie war doch deine Lebensgefährtin, oder?«

»Ja!«, antwortete der dicke Mann und inhalierte ausgiebig. »Das war sie. Thalke von und zu Aldenhausen. Fast drei Jahre waren wir zusammen. Aber dann haben sich unsere Wege wieder getrennt. Wie das im Leben so ist. Ich bin seit der Trennung allein. Thalke hat bei einem Empfang in Aurich diesen Lehrer kennengelernt. Das Mordopfer. Hartmut Wichmann. Der hatte offenbar etwas, was ich nicht hatte. Und weg war sie. Nicht ganz zwei Jahre später ist sie dann plötzlich gestorben. Ich habe es aus der Zeitung erfahren.«

Grönmann erzählte ruhig und gelassen. Ein souveräner

Mann, den anscheinend nichts aus der Ruhe bringen konnte. Ein Mann, der die Freundlichkeit professionalisiert hatte und als Allzweckwaffe zu nutzen verstand. Es war diese beruhigende Freundlichkeit, dieses entspannte, auf den ersten Blick sympathische Lächeln, das bei ahnungslosen oder unbedarften Menschen Vertrauen hervorrief und sie leichtfertig Verträge abschließen ließ.

»Kanntest du eigentlich Wichmann?«

»Ich habe ihn ein- oder zweimal getroffen. Zusammen mit Thalke. Sie waren zum Bummeln nach Greetsiel gekommen. Von Kennen kann also nicht die Rede sein. Sag mal, du willst doch wohl etwa nicht mich mit diesem schrecklichen Mord in Verbindung bringen?«

Nun gab Greven den Gelassenen und Souveränen: »Das weiß ich noch nicht. Ich bin ja gerade erst dabei, mir eine Auswahl von Verdächtigen zusammenzustellen.«

Grönmann aber ließ sich nicht beeindrucken. Er zog lediglich an seiner Zigarre und lächelte. In diesem Augenblick klopfte es. Die Tür wurde geöffnet, und eine Frau mittleren Alters servierte auf einem Tablett den Tee.

»Frau Tjarden, meine Haushälterin«, stellte sie Grönmann kurz vor.

Greven nickte, wartete das Ritual des Einschenkens ab und fuhr dann fort: »Bei Wichmann haben wir einen Teil von Thalkes Erbe gefunden. Hast du eine Idee, wer außer Wichmann noch etwas geerbt hat?«

»Falls du da an mich denkst, ich bin leer ausgegangen. Wie ich dir schon erzählt habe, habe ich in der Zeitung ihre Todesanzeige gelesen. Das war alles.«

»Nicht doch einen kleinen Umzugskarton?«

»Nein, das wüsste ich«, lächelte Grönmann gekonnt. »War das Erbe etwa das Mordmotiv?«

»Erstaunt dich das so?«

»Ehrlich gesagt, sogar sehr, denn bei Thalke war schon zu meiner Zeit nichts zu holen. Sie war pleite. Total pleite. Adelig, anspruchsvoll, extravagant, aber pleite.«

»Keine Wertsachen? Kein Schmuck? Keine frei veräußerlichen Wertpapiere?«

»Nicht, dass ich wüsste«, antwortete Grönmann, legte die Zigarre auf den riesigen Aschenbecher, der auf einem kleinen Tischchen neben seinem Sessel stand, und griff zur Teetasse. Greven folgte ihm. Der Tee war erstaunlich gut. Kein Sonderangebot, sondern ein echter Ostfriesentee. Zumindest beim Tee war er also nicht karig. Aber den trank er ja auch fast immer selbst.

»Was hat es jetzt denn mit dem Erbe auf sich? Viel kann sie doch gar nicht hinterlassen haben?«

»So scheint es zumindest. Aber dennoch hat Wichmanns Mörder ein besonderes Interesse an Thalkes Erbe gezeigt. Außerdem ist er auch noch bei einer Verwandten von ihr eingebrochen und hat dort ebenfalls intensiv gesucht. Bei Wichmann hat der Mörder wahrscheinlich zwei Aktenordner aus den Umzugskartons mitgehen lassen. Bringt dich das vielleicht auf eine Idee? Was könnte in diesen Ordnern gewesen sein?«

Greven glaubte, eine Veränderung in Grönmanns Gesicht zu erkennen, eine kaum wahrnehmbare Bewegung der Mundwinkel und der Augenbrauen. Nur zu gerne hätte er jetzt mit dem Finger ein Display berührt und sich die Szene in Zeitlupe noch einmal angesehen. So blieb ihm nur, das Mienenspiel des dicken Mannes weiterhin genau zu verfolgen. Und zu versuchen, das Reizwort näher zu bestimmen.

»Es gibt verschiedene Gründe für einen Kriminellen, Akten zu durchsuchen oder zu entwenden. Sehr oft sind dies natürlich die Akten selbst, mit denen sich jemand erpressen lässt oder die sich auf andere Weise zu Geld machen lassen. In diesem sehr speziellen Fall vermute ich jedoch, dass der Täter einen Hinweis sucht. Einen Namen zum Beispiel oder eine Adresse.«

Greven hatte sich nicht getäuscht. Es waren nur Nuancen, die Bewegung weniger Muskeln, die ein Mediziner

75

wahrscheinlich sofort hätte mit lateinischen Namen belegen können. Grönmann gab sich große Mühe, weiterhin seine professionelle Gelassenheit zu demonstrieren, aber seine Vorstellung war dennoch für einen Moment aus dem Takt geraten.

»Es tut mit leid, aber da kann ich dir nicht weiterhelfen, so gerne ich das auch tun würde. Ich zähle nicht zu den Erben, wie dir das Gericht bestätigen wird, falls du nicht ohnehin schon nachgefragt hast. Und irgendwelche Akten hat Thalke bei mir auch nicht gelagert. Warum sollte sie auch, denn schließlich ist sie nie bei mir eingezogen. Noch eine Tasse Tee?«

Grönmann hatte sich wieder fest im Griff und Greven endlich eine Fährte. Grobe Strukturen wurden mit einem Mal fassbar, Vektoren brachten endlich Namen miteinander in Verbindung. Und einer diese Namen war definitiv Simon Grönmann.

11

Auf dem Weg zum Wagen meldete sich sein Knie. Es war kein überraschender Stich, wie schon so oft, sondern diesmal schlich sich der Schmerz zunächst unbemerkt ein. Erst als er die Kirche erreichte, hinter der er geparkt hatte, wurde er auf ihn aufmerksam, ohne zu wissen, wann er eigentlich eingesetzt hatte. Natürlich glaubte er nach wie vor nicht an die Mordfühligkeit, die Freunde und Kollegen seinem Knie bisweilen nachsagten, aber nach dieser Zeugenvernehmung lag sein Knie mit Sicherheit richtig.

Grönmann war kein einfacher Kandidat, sondern ein schwerer Brocken, der mit allen Wassern gewaschen war. Er kam als Täter schon allein aufgrund seines Körpergewichts nicht in Frage, ganz abgesehen von der Tatsache, dass er zwar über ein gewisses Maß an krimineller Energie verfügte, wie fast jeder Geschäftsmann dieser Kategorie, aber Grevens Überzeugung nach nicht zu einem vorsätzlichen und brutalen Mord fähig war. Zu gerne hätte er sich in Grönmanns Haus umgesehen, aber dazu fehlte der Anfangsverdacht, den er für eine Hausdurchsuchung benötigte. Der zuständige Richter würde in Grönmann nur einen Zeugen sehen und sich nicht von seinen Beobachtungen und seinem psychologischen Gespür überzeugen lassen. Greven musste also darauf verzichten, nachzusehen, ob Grönmann nicht doch einen Umzugskarton erhalten hatte oder einen Aktenordner von Thalke von und zu Aldenhausen besaß. Ein Blick ins Testament war jetzt unverzichtbar geworden. Er musste wissen, wer von der angeblich mittellosen Adeligen bedacht worden war. Bevor er in den Wagen einstieg, rief er Ackermann an und betraute ihn mit dieser Aufgabe.

Er hatte fast die Greetsieler Zwillingsmühlen erreicht, als ihm Mona einfiel, die auf frischen Fisch gedrängt hatte. Auf sein Argument, bei Schnee und Eis würde kaum ein Kutter auslaufen, hatte sie sich nicht eingelassen. Also bog er nach rechts ab, denn dort, wo einst die Darren gestanden hatten, um den Beifang der Kutter, den sogenannten Gammel, zu Tierfutter zu verarbeiten, stand nun das Fischgeschäft der Firma de Beer.

In seinen Kindertagen hatte der Geruch der Darren zum Alltag des Dorfes gehört. Er war gewissermaßen die Basisnote des Ortes, während der Hafen für die Herznote verantwortlich war. Seine Eltern hatten den Geruch gehasst, der sich regelmäßig in die Wäsche einnistete, die auf der Leine hing, und den Weg mühelos durch die damals noch zugigen Fenster fand. Greven aber hatte den Geruch geliebt, der für ihn zum Charakter seines Dorfes gehörte. Wenn die Darren zu riechen waren, war man zu Hause. Nirgendwo auf der Welt gab es einen ähnlichen Geruch. Die Aromen waren einfach unverwechselbar gewesen.

Heute roch und schmeckte die Luft, wie sie überall an der Küste schmeckte.

Greven hatte Glück, denn Cornelia de Beer, die Chefin des Unternehmens, stand selbst hinter dem Tresen.

»Moin, Gerd. Ich hoffe, es ist nichts passiert.«

»Moin, Cornelia. Bin ich so ein Unglücksbote?«

»Ab und zu schon«, stellte die Fischexpertin zu Recht fest.

»Nein, diesmal bin ich nur hier, um Fisch zu kaufen.«

»Da bin ich beruhigt. Viel Auswahl habe ich allerdings nicht. Bei dem Wetter laufen die Kutter nicht aus. Das müsstest du eigentlich wissen. Nach Seezungen brauchst du also gar nicht zu suchen.«

»Erklär das Mona«, sagte Greven und stieß zwischen dem Eis in der Auslage auf ein paar Scharben, an der Küste Scharntje genannt. Eine Plattfischart, die oft unterschätzt wurde, dabei aber ein zartes und aromatisches Fleisch besaß.

»Hast du davon zufällig auch ein paar größere Exemplare?«

»Ich schau mal«, sagte sie und verschwand in den rückwärtigen Teil des Gebäudes, in dem die Kühlräume lagen.

Greven nahm währenddessen die geräucherten Fische näher in Augenschein. Schillerlocke, Scholle, Makrelen. Als er die Heringe erreichte, rührte sich sein Handy und kündigte per Display Häring an.

»Wir haben etwas. Unser lieber Dr. Behrends hat mal wieder nichts ausgelassen und jeden noch so kleinen Blutfleck unter die Lupe genommen. Dabei hat er doch auf dem Teppich tatsächlich zwei gefunden, die nicht von Wichmann stammen.«

»Fantastisch!«, freute sich Greven. »Der Täter muss sich während seiner Gewaltorgie irgendwie verletzt haben!«

Cornelia kehrte mit einer Plastikschale voll großer Fische zurück, die sie ihm unter die Nase hielt. Mit einer übertriebenen, lautlosen Mundbewegung stellte sie die Frage nach der Anzahl. Greven antwortete mit einem kreisenden Zeigefinger und erhob damit Anspruch auf die komplette Schale. Die Chefin des großen Unternehmens nickte und machte sich an das Abwiegen der Fische.

»Genau das hatte unser Wunderdoktor gehofft, aber uns erst einmal verschwiegen. Aber eine andere Erklärung gibt es nicht. Das Blut ist frisch und stammt von einem Mann.«

»Dessen genetischen Fingerabdruck wir nun haben«, fügte Greven hinzu. »Vielleicht ist er sogar schon irgendwo gespeichert. Ich glaube es zwar nicht, aber Behrends soll das einfach mal überprüfen. Ich habe inzwischen erfahren, das Thalke tatsächlich Sophie von Reetens Tante ist. Aber dazu später mehr. Wir kommen voran, Peter, wir kommen voran!«

»Die Morde in Aurich?«, fragte Cornelia.

»Ja«, antwortete Greven. »Wir haben endlich eine Spur. Aber das bleibt unter uns, okay?«

»Versprochen. Dreieinhalb Kilo.«

»Dreieinhalb Kilo?« Greven hatte den Faden verloren.

»Dein Fisch. Willst du wirklich so viel?«

»Ja, den Rest friere ich ein.«

»Hast du noch einen Wunsch?«

»Zwei Schillerlocken«, antwortete Greven. »Die passen ausgezeichnet zu einem trockenen Roten.«

»Dass du das kannst?!«

»Man muss nicht zwingend Weißwein zum Fisch trinken. Das ist längst überholt.«

»Nein, ich meine die Mordfälle. Ich will mir das gar nicht alles vorstellen. Wie du das mit den Nerven schaffst?!«

»Dafür habe ich ja den Fisch und den Wein. Nein, Spaß beiseite, ich kann dich verstehen. Aber man gewöhnt sich an den Anblick von Toten. Ich meine nicht den Tod oder den Mord, ich meine nur den Anblick. Außerdem bin ich ja derjenige, der den Täter jagt und in den meisten Fällen auch überführt.«

»Auch dieses Mal?«

»Auch dieses Mal!«, antwortete Greven und dachte

79

dabei an die Trümpfe, die er heute aus dem Kartenstapel gezogen hatte.

Auf der Rückfahrt ohne jeden Schneefall traf er die Entscheidung, den Fisch nicht nur abzuliefern, sondern einen Teil auch gleich der heißen Pfanne zuzuführen. Schließlich stand ihm eine Mittagspause zu. Also ließ er sein Handy Monas Nummer wählen und kündigte sich an. Gerade noch rechtzeitig, denn Mona hatte schon die Gemüsesuppe vom Vortag auf den Herd gestellt. Stattdessen setzte sie nun den Schnellkochtopf mit Kartoffeln auf. Den Fisch zu braten war dann eine Kleinigkeit. Auf Wein musste Greven jedoch verzichten. Dafür kam er in den Genuss eines richtigen Mittagessens, was für ihn nicht alltäglich war. Vorsichtig gab es Gas, aber mehr als 60 km/h waren an diesem Tag nicht drin. Erst auf der B 72 konnte er etwas schneller fahren.

Die Scharben waren ausgezeichnet. Greven hatte sie mehliert und in einer von ihm experimentell ermittelten Mischung aus Sonnenblumenöl und Butter gebraten. Kartoffeln und geschmolzene Butter rundeten das einfache Rezept ab, das er und Mona für nicht verbesserungsfähig hielten, auch wenn Sterneköche das Gegenteil behaupteten. Und beide schafften sie mühelos drei Fische.

Nach dem Essen hätte sich Greven gerne auf die Couch gelegt und sich einer schwarzen Scheibe hingegeben, aber das ließ sein Dienst nicht zu. Es reichte gerade noch für einen Espresso und ein kurzes Gespräch, das ihn bereits wieder auf den aktuellen Fall zusteuern ließ. Kaum hatte er Mona von seinem Besuch bei Grönmann berichtet, begannen ihre Augen zu leuchten.

»Es kommt nur ein familiäres Motiv in Frage. Von und zu Aldenhausen. Weißt du eigentlich, was das bedeutet?«

»Dass die Familie zum Adel gehört«, antwortete er trocken. »Wie die Grafen zu Inn- und Knyphausen oder die von und zu Guttenbergs.«

»Das meine ich nicht. Das Adelsgeschlecht von und zu

Aldenhausen ist ostfriesischer Uradel mit einer Stammlinie, die bis ins frühe Mittelalter reicht.«

»Das hört sich so an, als ob du kürzlich beim Friseur warst.«

»Das weiß man, auch ohne den dritten Bildungsweg zu bemühen«, rollte Mona mit den Augen. »Ich wollte nur vorsichtig darauf hinweisen, dass die von und zu Aldenhausen in Ostfriesland eine nicht zu unterschätzende gesellschaftliche Rolle spielen. Ganz abgesehen von der wirtschaftlichen. Denk nur mal an die Ländereien rund um Aurich. Ubbo von und zu Aldenhausen ist MdB; Alko, sein Sohn, ist Chef der IHK.«

»Ich weiß noch immer nicht, worauf du hinauswillst.«

Mona blickte ihn vielsagend an: »Das habe ich doch schon gesagt. Für mich kommt nur ein familiäres Motiv in Frage. Ich wette, diese Thalke von und zu Aldenhausen hat eine Leiche im Keller, die auf keinen Fall ans Tageslicht kommen darf. Also wurde ein Killer damit beauftragt, die Leiche für immer zu beseitigen. Er soll alle belastenden Papiere oder Fotos oder was sonst noch in Frage kommt vernichten. Mitsamt den Zeugen natürlich, die von der Leiche wussten. Im Namen der Ehre des Geschlechts von und zu Aldenhausen.«

»Ich glaube, du warst doch beim Friseur. Oder du hast bei einer Freundin heimlich Privatfernsehen geschaut.«

Mona reagierte auf diese Antwort mit einem Gesicht, das Greven an seine alte Deutschlehrerin denken ließ. Vor allem, wenn sie ein Diktat zurückgab, das er aus Versehen mitgeschrieben hatte, weil ihm seine Eltern eine Entschuldigung verweigert hatten. Aber er hatte seinen Gedanken noch nicht zu Ende gebracht.

»Andererseits ist die Idee gar nicht mal so abwegig.«

Sofort wich die Finsternis einem zufriedenen Lächeln.

»Thalke hat offenbar ein ansehnliches Vermögen durchgebracht. Aber das dürfte kaum ein Geheimnis sein. Auch ist eine solche Verfehlung als Motiv ungeeignet. Wenn es in die Richtung geht, die du vermutest, dann hat es etwas mit ihren Liebhabern, mit ihren Lebensabschnittsgefährten zu tun.«

»Von denen wir erst zwei kennen«, warf Mona triumphierend ein.

»Oder mit ihren Exehemännern. Aber was könnte so gefährlich für den Ruf der Familie von und zu Aldenhausen sein, bleiben wir bei deiner These, dass man sich genötigt sieht, einen professionellen Auftragskiller anzuheuern?«

»Ein Verhältnis«, schlug Mona vor. »Ein Verhältnis mit einer Persönlichkeit, die, wie es so schön heißt, im Rampenlicht der Öffentlichkeit steht.«

»Wir leben aber im 21. Jahrhundert.«

»Stimmt auch wieder«, musste Mona zugeben.

»Außerdem muss deine Leiche im Keller nicht gleich den ganzen Clan bedrohen. Es reicht aus, wenn ein Mitglied seine Existenz gefährdet sieht. Massiv gefährdet sieht.«

»Oder einer ihrer Liebhaber. Vielleicht muss man nur die Perspektive ändern?«

Der Gedankengang gefiel Greven, und er folgte ihm umgehend. Er war mehr als gespannt, was das Testament offenbaren würde. Auch wurde ihm klar, dass die bisherigen Ermittlungen viel zu kurz griffen. Für ihn rückte jetzt Thalke ins Zentrum. Sie könnte tatsächlich der Schlüssel sein.

»Wir müssen so schnell wie möglich ihr gesamtes Liebesleben offenlegen«, sagte er mehr zu sich als zu Mona. »Wie gut, dass wir den Neuen haben.«

Das Szenario, das er sich zurechtbastelte, stieß jedoch schon nach kurzer Zeit auf Widerstand in Form herausgerissener Schubladen und durchwühlter Kisten und Kartons. Der Täter hatte ja nicht bloß nach Akten und Papieren gesucht, sondern auch nach einem Gegenstand. Und der besaß, dessen war er sich inzwischen wieder sicher, einen hohen materiellen Wert. Oder hatte er sich einfach nur vom ersten Tatort täuschen lassen? Hatte er

vorschnell nur deshalb auf etwas Materielles getippt, weil
der Täter in einer Goldschmiede danach gesucht hatte?
Wäre er auch zu diesem Ergebnis gekommen, wenn
Wichmann das erste Opfer gewesen wäre? Je länger er an
seinem neuen Szenario bastelte, umso größer wurden seine
Zweifel. Er vergrub sich so sehr in die Schubladen und
Kisten, dass er das Klingeln des Telefons nicht wahrnahm.

»Für dich!«, sagte Mona mit vertrautem Biss in der
Stimme und reichte ihm mit Schwung den Hörer. »Frei-
frau von Reeten!«

12

»Ich bin dir wieder einmal einen Schritt voraus«, begrüßte
ihn Herbert Pütthus. »Sollte das allerdings die Regel
werden, dann wird das teuer für dich. Dann kostet dich
jeder Anruf von mir einen Kasten Jever.«

»Bist du dir sicher, dass es unser Kandidat war?«, fragte
Greven.

»Jetzt lenk nicht vom Thema ab. Unsere kleine Vereinbarung gilt doch, oder?«

»Eine sehr einseitige Vereinbarung.«

»Darum habe ich sie dir ja auch angeboten.«

»Angeboten?«

Pütthus setzte ein hintersinniges Grinsen auf, gab aber
den Weg nicht frei.

»Okay, beim nächsten Mal wird ein Kasten Jever fällig.
Versprochen.«

»Ihr habt es gehört, Kollegen«, rief Pütthus zwei Männern in weißen Overalls zu, die in der Tür standen.

»Darf ich jetzt rein?«

»Aber natürlich, lieber Gerd, jederzeit. Folge mir zunächst ins Wohnzimmer.«

Pütthus hatte sich nicht geirrt. Der Gesuchte hatte erneut zugeschlagen. Wieder lagen die Schubladen verkehrt herum auf dem Boden, wieder hatte er in Akten gewühlt, wieder nur große Schranktüren aufgerissen, wieder Wertgegenstände nicht angerührt. Greven und Häring brauchten nur wenige Minuten, um sich einig zu sein.

»*The same procedure as last time*«, bemerkte Häring nach einem Rundgang durch das Haus.

»Als hätte er seine Unterschrift hinterlassen«, stellte Greven fest.

»Das ist aber auch alles«, ergänzte Pütthus. »Denn auf Fingerabdrücke oder andere Spuren scheint er wieder verzichtet zu haben. Selbst wenn wir seine Identität kennen würden, könnten wir ihm den Einbruch nicht nachweisen.«

»Aber den Mord an Wichmann können wir beweisen, und das reicht mir«, sagte Greven.

»Da hast du recht«, nickte Pütthus.

»Wo ist er eingestiegen?«

»Durch die Hintertür«, erklärte Pütthus. »Er ist ein wahrer Künstler mit der Brechstange. Statt an der Verriegelung hat er an den Scharnieren angesetzt. Das geht so nur bei dieser Art von Türen. Der kennt sich also aus. Das ist einer von denen, die in fast jedes Haus kommen, und das auch noch fast so schnell, als würden sie die Tür aufschließen.«

»Aber über so einen müssten wir doch etwas haben?«, meinte Häring. »Das gibt es doch nicht!«

»Ich habe schon alle Dateien durchgesehen. Die in Frage kommenden Kandidaten aus dem nordwestdeutschen Raum sitzen entweder, haben sich ordnungsgemäß bei ihren Bewährungshelfern gemeldet oder haben sich neue Regionen erschlossen.«

»Dann ist unser Kandidat also erst kürzlich zugezogen«, vermutete Häring.

»Oder aber er hat sein Handwerk länger nicht ausgeübt«, überlegte Greven laut. »Wie dieser Renken aus Emden. Kannst du dich noch an den erinnern?«

»Na klar«, antwortete Pütthus. »Der war plötzlich von der Bildfläche verschwunden, weil er bei einem Hehler einen neuen Job bekommen hatte. Renken hatte nämlich ganz passable kunstgeschichtliche Kenntnisse. Jahrelang haben wir nichts von ihm gehört. Doch dann haben wir die Bande erwischt, und Renken, der uns durch die Lappen gegangen war, kehrte zu seinem alten Job zurück. Schon nach dem ersten Bruch wussten wir, wer es war.«

Obwohl Greven nicht glaubte, neue Spuren zu entdecken, spielte er den Tathergang einmal durch, schlich sich auf dem gefegten, geklinkerten Weg zur Hintertür, brach sie auf, suchte nach dem einzigen Bewohner, der nicht im Haus war, und begann dann, Raum für Raum zu durchforsten.

»Er ist wirklich schnell«, stellte Greven fest. »Er ist schnell, geht diszipliniert vor, lässt sich nicht ablenken und verschwindet ungesehen.«

»Das muss man ihm lassen«, stimmte ihm Pütthus zu. »Der hätte es in der Politik oder bei der richtigen Bank weit bringen können.«

»Aber mit einem hat er nicht gerechnet«, analysierte Greven, »nämlich mit der Abwesenheit von Grönmann. Wer hat den Einbruch eigentlich entdeckt?«

»Seine Haushälterin.«

»Aber hätte die nicht auch im Haus sein müssen?«

»Sie war einkaufen und ist erst gegen halb zehn hier eingetroffen. Das könnte natürlich ein Zufall sein. Aber ich weiß, du glaubst nicht an den Zufall.«

»Nicht in diesem Fall. Nein, er hat gewartet, bis sie gegangen ist. Eine zweite Person ist ein großer Unsicherheitsfaktor. Darauf hat er sich nicht eingelassen. Er hat abgewartet und ist dann durch die Hintertür. Was glaubst du, wie lange er gebraucht hat?«

»Für die Nummer mit der Brechstange? Acht Sekunden? Zehn Sekunden?«

»Aber es hat ihm nichts genützt, denn Grönmann war nicht da«, schmunzelte Greven.

»Was mir ein Rätsel ist, denn seine Haushälterin sagte mir, dass Grönmann seit Jahren nicht außer Haus geschlafen hat. Vielleicht ist er gewarnt worden?«

»Da ist er, nämlich von mir«, grinste Greven. »Ich war gestern bei ihm und habe ihn nach Thalke von und zu Aldenhausen befragt.«

»Das hättest du mir ruhig am Telefon sagen können«, murrte Pütthus.

»Stimmt. Aber dann hättest du vielleicht Grönmann die Fragen gestellt, die ich ihm gleich stellen werde. Wo hat er eigentlich die Nacht verbracht?«

»In einem seiner Ferienhäuser am Deich.«

»Tja, Karig Simon legt man nicht so leicht aufs Kreuz. Wo ist er?«

»Im Bus. Auch wir müssen ab und zu eine Aussage protokollieren.«

»Ach was?«

Simon Grönmann saß im Einsatzwagen auf der Bank wie eine Buddha-Statue, entspannt und zufrieden, Zigarre rauchend, souverän, im schwarzen Anzug mit der Goldkette als Farbtupfer. Als wäre nichts geschehen, als wäre er nicht Opfer eines Einbrechers geworden. Greven beobachtete ihn einige Minuten durch die halb geöffnete Tür des Busses, sah, wie gelassen er einen Kollegen vom Raub mit belanglosen Angaben abspeiste. Je länger Greven durch den Türspalt sah, umso klarer wurde ihm, dass er sich zu früh gefreut hatte. Karig Simon legte wirklich niemand so leicht aufs Kreuz, und mit großer Wahrscheinlichkeit auch er nicht. Noch dazu waren die Emotionen auf seiner Seite, denn Grönmann wusste genau, welchem Schicksal er entronnen war. Langsam schob Greven die Tür auf.

»Moin, Gerd, bist du gestern noch gut nach Hause gekommen?«

Etwas in der Art hatte Greven erwartet.

»Es ist noch nicht ausgestanden, Simon. Er wird wiederkommen.«

»Der Einbrecher? Warum sollte er?«

»Sag es mir!«

»Ich verstehe deine Frage nicht. Er hat doch das ganze Haus umgekrempelt. Er hat alles gesehen. Also warum sollte er wiederkommen?«

»Um mit dir zu plaudern, Simon. Um von dir zu erfahren, was du mir verschwiegen hast. Nur stehen unserem Freund ganz andere Möglichkeiten zur Verfügung, dir gewisse Geheimnisse zu entlocken.«

»Ich weiß von keinen Geheimnissen.« Die Unschuldsmiene, die er dabei zum Besten gab, war bühnenreif, war geeignet, jeden laienhaften Zuschauer zu überzeugen.

»Du weißt, dass ich dir den Arsch gerettet habe, Simon. Wenn ich dich gestern nicht besucht hätte, würdest du jetzt aufgeschlitzt in deinem teuren Wohnzimmer liegen. Also überleg's dir noch mal und weih uns in das große Familiengeheimnis ein. Und denk daran: Er kommt wieder.«

Der dicke Mann aber dachte nicht daran. Er beharrte auf seiner Unschuldmiene und fügte sogar noch eine Spur Überheblichkeit hinzu. Greven hatte keine Handhabe. Offiziell war Grönmann das Opfer eines Einbruchs. Mehr nicht.

»Du musst wissen, was du tust.«

»Das weiß ich«, sagte Grönmann mit einem Ton, der vermuten ließ, dass er es tatsächlich wusste. Greven hatte keine Ahnung, was es sein könnte, aber nach allem, was er über Karig Simon wusste, durfte der seinen kleinen nächtlichen Ausflug genutzt haben, um eine Antwort auf sein Problem zu finden.

»Nur, weil mich deine Erklärung interessiert: Warum hast du eigentlich vergangene Nacht in einer Ferienwohnung verbracht. In einer ungeheizten noch dazu?«

»Um sie zu testen«, antwortete Grönmann. »Das habe ich deinen Kollegen bereits zu Protokoll gegeben. Außerdem war sie natürlich geheizt, denn ich hatte diesen Test schon seit Tagen geplant.«

»Natürlich«, kommentierte Greven. »Bis bald, Simon. Wird bestimmt nicht lange dauern.«

»Viel Erfolg. Hoffentlich erwischst du den Kerl.«

Greven ging zurück ins Haus, wo ihn Pütthus und Häring mit erwartungsvollen Blicken empfingen.

»Und? Was sagt dein alter dörflicher Freund?«

»Nichts. Der ist aalglatt. Der weiß genau, um was es geht, der steckt da mittendrin. Aber an den kommen wir nicht so leicht ran. Ach ja, er plant irgendetwas, denn er will nicht noch einmal unerwarteten Besuch bekommen.«

»Sollen wir ihn überwachen lassen?«, stöhnte Pütthus. »Bei unserer Personalstärke wäre das ein echtes Problem. Bei so einem vagen Verdacht.«

»Mir fehlen auch die Leute«, nickte Greven. »Und wenn ich sie hätte, würde ich die halbe Familie von und zu Aldenhausen überwachen. Aber ich habe eine bessere Idee. Hier taucht unser Mann vorerst sowieso nicht auf. Er ist Profi genug, um zu wissen, dass wir nun auf Grönmann aufpassen.«

»Tun wir doch gar nicht?!«

»Das weiß er aber nicht«, brummte Greven. »Vorläufig jedenfalls. Stattdessen werden wir diesmal mit dem Täter mithalten und morgen in aller Frühe ein anderes Haus überwachen.«

»Das werden wir«, meldete sich Häring zu Wort. »Ich habe nämlich den Vorgänger Grönmanns ausfindig gemacht. Er könnte das nächste Opfer sein.«

»Was hast du vor?«, fragte Pütthus. Aber es war natürlich eine rein rhetorische Frage.

13

Leichter Schneefall hatte eingesetzt. Noch war das frei stehende Haus am Husteder Weg gut zu erkennen, und Greven hoffte intensiv, dass sich daran auch nichts ändern würde. Die Meteorologen hatten eine ostfriesische Mischung aus Wolken und Sonnenschein versprochen. Aber vielleicht hatten sie einfach nur den falschen Satelliten befragt. Es wäre nicht das erste Mal. Skeptisch verfolgte Greven einige der dicken Flocken, die lautlos zu Boden fielen. Etwas, das wie eine Sonne aussah, konnte er nicht entdecken.

Um sich nicht zu verraten, hatten sie die Einsatzwagen in den umliegenden Wohngebieten unauffällig abgestellt und waren zu Fuß zu den vereinbarten Verstecken marschiert, die Häring noch am Vorabend am Laptop festgelegt hatte. Um zu ihnen zu gelangen, hatten sie gleich mehrere Umwege in Kauf nehmen müssen, da der Schnee im Gegensatz zu Grönmann kein Geheimnis für sich behalten konnte. Nur seine Kollegen Jaspers und Harding waren schon vor Ort. Sie hatten im Haus übernachtet. Zuerst hatten sie gemurrt, doch dafür brauchten sie sich jetzt nicht im Freien auf die Lauer zu legen.

Greven hatte Häring ermahnt, diesmal auf seinen schicken Anzug zu verzichten. Ansatzweise hatte sein Kollege auch den Rat befolgt, Winterstiefel angezogen und sich für eine Pudelmütze entschieden, die Greven allerdings wie ein Fremdkörper erschien. Ein beigefarbener Trenchcoat rundete sein Outdoor-Outfit und seine Tarnung ab.

Ihr Versteck entpuppte sich als eine junge Fichte, deren Größe gerade ausreichte, ihm und Häring eine halbwegs akzeptable Deckung und eine gute Übersicht über das Gelände zu gewähren. Zwischen ihnen und dem etwa 250 Meter entfernten Haus tanzten munter die Schneeflocken und ließen sich nicht von den Flüchen beeindrucken, die

die beiden Ermittler abwechselnd ausstießen. Greven dachte an den Schneevorhang, in den er drei Tage zuvor geraten war. An die Kälte brauchte er nicht zu denken, die schon nach kurzer Zeit in Stiefel und Hosenbeine schlich. Härings Zähne klapperten unrhythmisch vor sich hin, obwohl er immer mehr in sich hineinkroch.

Greven hatte andere körperliche Sorgen und fasste sich ans Knie, das sich heftig gegen das Warten im Schnee zur Wehr setzte. Er hatte sich zwar einen leichten Klappstuhl mitgebracht, der für Jäger gedacht war, aber der konnte sein Knie nur teilweise entlasten und bewahrte es nicht vor der Kälte. Warm hatten es nicht nur Jaspers und Harding, sondern auch Albert Bruns, das mutmaßliche Opfer, das sie am Vorabend in eine kleine Pension umquartiert hatten. Sein Haus, ein kleiner, renovierter und ausgebauter Hof, lag friedlich zwischen den weißen Feldern, Wiesen, Hecken und Gehölzen. Eine wahre Winteridylle. Keine Wagenspur führte zur Straße, als habe an diesem Tag noch niemand das Haus verlassen. Ein schönes Haus, wie Greven schon am Abend festgestellt hatte, obwohl er in der Dunkelheit nur einen flüchtigen Eindruck gewonnen hatte.

Albert Bruns hatte als Architekt gearbeitet und offenbar genug verdient, um sich diesen Alterssitz leisten zu können. Ein charismatischer, groß gewachsener Mann mit vollem Haar, der ihn entfernt an James Stewart erinnerte. Geschieden, zwei längst erwachsene Söhne. Ganze sieben Monate hatte er es mit Thalke ausgehalten, dann war ihm die Beziehung zu teuer und zu anstrengend geworden.

Der Architekt hatte sich einerseits zwar als ausgesprochen kooperativ und auskunftswillig erwiesen, hatte andererseits jedoch keinen blassen Schimmer, was der Täter bei ihm suchen könnte. Die Besitztümer und Werte, die Bruns freimütig aufgezählt hatte, kamen allesamt nicht in Frage. Auch hatte er nicht von Thalkes Erbe profitiert. Greven war gespannt, ob und wie Grönmann bedacht

90

worden war. Aber noch fehlte die Kopie des Testaments vom Gericht.

Während Häring immer mehr zu einer Kugel mutierte und seine Zähne einen gleichmäßigen Rhythmus suchten, nahm der Schneefall zu. Also doch ein falscher Satellit, dachte Greven und zog einen großen Feldstecher aus einem Etui. Noch war das Haus halbwegs zu erkennen, noch zeichneten sich die Vordertür und die Sprossenfenster ab. Mehr Schneeflocken durften aber nicht mehr hinzukommen. Die Landschaft vor ihnen verschwamm allmählich zu einer gespenstisch anmutenden Szene, zu einem surrealen Bild. Das als Wirklichkeit bekannte Phänomen löste sich nach und nach in pointillistische Farbtupfer auf, die, aus nächster Nähe betrachtet, kein erkennbares Motiv mehr ergaben. Die Welt verschwand vor ihren Augen hinter einer Milchglasscheibe, durch die sie nur noch ab und zu schemenhaft Strukturen erkennen konnten, die sie mal als Haus, mal als das Gehölz neben dem Haus interpretierten.

Greven war schon im Begriff, die Aktion abzubrechen, als das Haus wie hingezaubert wieder vor ihnen auftauchte. Sofort zog er seinen Daumen vom Sprechfunkgerät zurück, denn sie hatten Funkstille vereinbart, um den Täter nicht zu warnen. Hätte Greven sich gemeldet und hätten seine im Weiß verteilten Kollegen geantwortet, wäre die Aktion tatsächlich beendet gewesen. Stattdessen riskierte er einen neuen Blick durch den Feldstecher, den er gleich wieder absetzte, dann aber erneut vor seine Augen riss. Etwas hatte sich verändert. Für den Bruchteil einer Sekunde hatte sein Gehirn etwas registriert, aber versäumt, es auch seinem Bewusstsein zu übermitteln. Die Fenster? Die Tür? Der Weg? Der Zaun? Greven kniff die Augen zusammen und lotete mit dem Feldstecher den Schnee aus, der mit ihm zu spielen schien. Wahrscheinlich hatte er sich geirrt.

»Ist dir etwas aufgefallen?«

»Nein«, klapperten Härings Zähne. Auf seiner Mütze hatte der Schnee mittlerweile eine zweite kleine Mütze aufgehäuft.

Da auf das Auge kaum noch Verlass war, konzentrierte sich Greven auf sein Gehör. Hinter der Milchglasscheibe war es still. Außergewöhnlich still. Die Straße lag etwas außerhalb von Aurich, und das Wetter hielt viele vom Fahren ab. Aber das war es nicht. Greven setzte noch einmal den Feldstecher an, der dem Schnee aber nur wenig anhaben konnte. Nichts war zu sehen. Außer der Stille. Chingachgook kam ihm in den Sinn. Auch der Indianer hatte die Stille sehen können. Allerdings auch, was sich dahinter verbarg. Zwischen ihm und Chingachgook lagen also Welten.

»Siehst du denn etwas?«

»Nur die Stille«, antwortete Greven.

»Die Stille kann man nicht sehen.«

»Chingachgook schon.«

»Wer?«, klapperte Häring.

»James Fenimore Cooper. Nie gelesen?«

»Tut mir leid.«

»Du warst eben in einer anderen Zeit jung. Und jetzt sieh dir bitte die Stille genau an.«

Ihr Schweigen dauerte nur Sekunden.

»Du hast recht«, sagte Häring langsam und ohne zu klappern. »Hier stimmt etwas nicht. Das hast du doch gemeint, oder.«

»Genau das.«

Beide standen auf, verließen vorsichtig ihre Deckung und starrten unschlüssig ins Weiß.

Wieder wurde von unbekannter Hand die Welt an ihren Platz gezaubert, wenn auch nicht vollständig. Aber sichtbar genug, um zu erkennen, dass die Vordertür nicht mehr geschlossen, sondern einen Spaltbreit geöffnet war.

Sie kamen nicht einmal dazu, sich mit ihren Blicken die Entdeckung gegenseitig zu bestätigen, als die Stille durch ein vertrautes, aber merkwürdig dumpfes und fast verzerrt klingendes Geräusch beendet wurde. Der Schuss hätte aus einem alten Western stammen können und ähnelte dem lang gezogenen Knall einer Peitsche. Der Schnee beeinflusste nicht nur die elektromagnetischen Wellen des Lichts, sondern auch den Schall.

Zeit zum Reagieren blieb ihnen nicht, denn dem Schuss folgten weitere. Keine drei Meter vor ihnen fiel der Schnee plötzlich punktuell und abrupt nach oben, so dass sie sich fallen ließen. Häring zog und entsicherte seine Waffe. Greven zückte das kleine handliche Sprechfunkgerät.

»Hier Greven. Kann mir einer sagen, was da los ist?«

Noch einmal peitschte ein Schuss durch die Flocken, dann kehrte die Stille zurück.

»Hier ist Ackermann. Der Unbekannte hat einen Schuss abgegeben, den wir erwidert haben. So wie es aussieht, konnte er fliehen. Harding hat einen Streifschuss abbekommen.«

»Feuer einstellen!«, sagte Greven. »Sofort das Feuer einstellen! Wir treffen uns vor dem Haus. Müller sichert den Hintereingang. Äußerste Vorsicht!«

»Kein Zugriff?«, fragte Häring.

»Auf wen denn?«

In leicht gebückter Haltung überwanden sie die Entfernung bis zum Haus, die Greven weitaus länger als 250 Meter vorkam. Kein weiterer Schuss zerschnitt die zurückgekehrte Stille, unbehelligt erreichten sie die Tür, vor der bereits Ackermann und Peters mit der Waffe im Anschlag Posten bezogen hatten. Neben ihnen standen Jaspers und Harding, der sich mit der linken Hand den rechten Oberarm hielt.

»Schlimm?«

»Nicht der Rede wert. Ein Kratzer. Ich hatte Glück.«

»Das Schloss wurde mit einer Brechstange aufgebrochen«, stellte Ackermann fest, der eine Sturmhaube trug. »Sollen wir rein?«

»Warum seid ihr eigentlich hier und nicht im Haus?«, fragte Greven Jaspers und Harding.

»Nach dem ersten Schuss sind wir raus und dem Verdächtigen gefolgt«, erklärte Jaspers. »Dabei hat es Georg erwischt.«

»Also los, lasst uns erst einmal nachsehen«, brummte Greven.

In Lehrbuchmanier rückten seine Leute vor, sicherten Raum für Raum und erreichten schnell den Hinterausgang, der unverschlossen war und inzwischen von Müller bewacht wurde. Greven war noch nicht weit gekommen, als ihn schon die Meldung erreichte, dass das Haus menschenleer war. Nacheinander ließen die Männer ihre Waffen zurück in die Halfter gleiten.

»Der ist weg«, stellte Greven enttäuscht fest. »Vielleicht finden wir seine Spur, bevor hier alles zuschneit. Er hat bestimmt irgendwo einen Wagen.«

Die Worte Hubschrauber und Hunde wurden angesichts des Wetters nicht einmal gedacht.

»So, und jetzt zu dem Schusswechsel. Wer hat den ersten Schuss abgegeben?«

»Der Verdächtige«, antwortete Peters. »Sekunden später lief er aus der Tür. Ich habe das Feuer sofort erwidert.«

»Wie viele Schüsse wurden insgesamt abgegeben?«

Seine Kollegen zuckten mit den Achseln.

»Peter?«

Auch der begnadete Statistiker blieb die Antwort schuldig.

»Es waren insgesamt acht Schüsse. Also raus mit den Magazinen«, befahl Greven, während sich Häring umgehend an die Bestandsaufnahme machte. Statistik war schließlich sein Ressort.

»Sieben«, ergab die Zählung.

»Na also«, sagte Peters. »Dann passt doch alles.«

»Hier passt gar nichts!«, ärgerte sich Greven. »Zum einen war der erste Schuss kein Schuss! Zum anderen habt ihr sinnlos durch die Gegend geballert. Ihr habt wirklich echtes Schwein gehabt, dass es nur ein Streifschuss war! Unser lieber Kollege hätte auch tot sein können. *Friendly fire* gibt es bei der US-Army, aber doch nicht bei uns! Nicht bei uns!«

Die Truppe schwieg. Nicht alle hatten Greven bereits von dieser Seite kennengelernt.

»Also, auf was oder wen hast du geschossen?«

»Auf den Verdächtigen«, verteidigte sich Peters kleinlaut. »Er hat geschossen und kam aus der Tür gerannt. Ich habe ihn ordnungsgemäß aufgefordert, stehen zu bleiben und die Waffe fallen zu lassen. Aber er hat nicht reagiert.«

»Wie sah er aus?«

»Das konnte ich nicht so genau sehen. Bei dem Schneefall.«

»Du hast also irgendetwas gesehen, einen Schatten, eine Gestalt.«

»Ja«, gab Peters widerwillig zu. »Mehr war bei dem Schnee auch nicht drin.«

»Und geschossen hast du, weil du dieses Geräusch gehört hast?«, sagte Greven und trat trotz seines schmerzenden Knies mit dem Fuß kräftig gegen das Türblatt, das ins kaputte Schloss knallte und sich dann von selbst wieder leicht öffnete.

»Das Geräusch kam mir doch gleich so komisch vor«, bemerkte Häring.

»Den Schatten, auf den du geschossen hast, kann ich dir zeigen. Er steht hier und heißt Georg Harding!«

Die Gesichter vor ihm verfinsterten sich, was trotz der Maskierungen zu erkennen war. Greven wandte sich Jaspers und Harding zu.

»Ihr habt diesen besonderen Schuss natürlich auch gehört?«

»Wir waren oben, sind aber gleich runter. Nach dem Schuss, ich meine, nach dem Knall. Die Tür stand offen und bewegte sich noch, also sind wir ihm nach.«

95

»Toll!«, maulte Greven. »Und während ihr dann im Vorgarten euer Feuerwerk veranstaltet habt, ist unser Mann in aller Ruhe hinten raus und ab durch die Mitte. Wir haben ihn weder kommen sehen, noch haben wir ihn verschwinden sehen. Respekt, er ist wirklich ein Profi. Aber gehört haben wir ihn immerhin. Wenigstens einen Soundtrack hat unser kleiner Heimatfilm. Das große Schneeflockenschießen der Auricher Kripo.«

Es folgte eine Schweigeminute, die Greven bewusst nicht störte. Diese Aufgabe übernahm schließlich der Neue.

»Der Vorfall ist doch meldepflichtig, oder? Ich meine die Schussverletzung …?«

»Natürlich. So lauten die Regeln«, sagte Greven und ließ sich die Verletzung Hardings zeigen, die sich wirklich als harmlos herausstellte, als sogenannter Rinnenschuss, der lediglich die Haut aufgerissen hatte, ohne die darunterliegenden Muskeln zu verletzen.

»Glück gehabt«, lautete Grevens Diagnose. »Dabei war dein Sprint aus der Tür genauso unüberlegt und riskant wie der Schuss von Edzard. Hast du ihn denn nicht rufen gehört?«

Harding zuckte mit den Achseln.

»Immerhin haben wir die Verantwortung für diesen bedauerlichen Vorfall schnell geklärt«, fuhr Greven fort.

Die Gesichter der Betroffenen sprachen Bände. Jeder konnte sehen, dass sie innerlich bereits über den Formularen brüteten, die ihre Karrieren verändern würden.

»Andererseits«, wandte Greven betont nachdenklich und nun wieder mit sanfter Ironie ein, »fehlt uns die Zeit, den genauen Hergang mit gebührender Akribie und Vehemenz zu untersuchen. Schließlich suchen wir einen Mörder. Und wenn wir hier noch länger Hofrat halten, sind auch seine letzten Spuren vom Winde verweht. Daher halte ich die voreilig von mir aufgestellte und kaum beweisbare Theorie für falsch. Viel wahrscheinlicher ist, dass der Täter, nachdem er sich unbemerkt Zugang zum Haus verschafft hat, die Falle bemerkt und die Flucht ergriffen hat. Bevor er im Schneegestöber verschwunden ist, hat er einen Schuss abgegeben. Den ihr selbstverständlich erwidert habt. Könnte es so gewesen sein?«

Die Maskierten nickten zaghaft. Auch Häring nickte, nachdem ihm Greven auf eine Stiefelspitze getreten war.

»Ja, das klingt sehr plausibel.«

»Ach ja, Kollegen«, fügte Greven noch hinzu. »Das kommt mir nie mehr vor. Es war das erste und das letzte Mal. Nur, dass wir uns richtig verstehen. Und selbstverständlich werden hier vorschriftsmäßig die Kugeln aufgespürt. Soweit möglich, versteht sich. Und die entsprechenden Berichte geschrieben. Ist das klar? Ich meine, wirklich klar?«

Als wolle der Wind antworten, bewegte er das Türblatt und schlug es gegen den Rahmen.

»Ob das klar ist?!«

14

»Wie war die Hinrichtung?«, fragte Häring.

»Erster Klasse«, schnaufte Greven mit leicht gerötetem Kopf. »Ein glatter Schnitt mit der Guillotine.«

»Wie hat sie den Bericht aufgenommen? Ich meine, das Schneeflockenschießen?«

»Das hat sie nur am Rande interessiert. Die Zeit, die wir in die Formulierung investiert haben, hat sich also gelohnt. Nein, unserer lieben Frau Dr. Wilms ist lediglich die Tatsache aufgestoßen, dass er uns entwischt ist. Und das kann ich ihr nicht einmal verdenken. Den Schnee hat sie nicht gelten lassen. Bei ihr hätte die Sonne geschienen.«

»Das ist durchaus möglich«, meinte Häring. »Hat aber

nichts mit dem lokalen Wettergeschehen im Husteder Weg zu tun.«

»Schön gesagt. Aber unsere Staatsanwältin und Amateurmeteorologin ist da ganz anderer Ansicht. So dicht, hat sie mir versichert, könne der Schneefall gar nicht gewesen sein, dass wir den Verdächtigen nicht bemerkt hätten. Wir wären nur falsch positioniert gewesen. Schlechte Schützen seien wir außerdem. Sie hat daher ein intensives Schießtraining angeordnet.«

»Das war bestimmt noch nicht alles.«

»Und eine Pressekonferenz. Auf der ich den Aurichern die geräuschvolle Aktion erklären soll. Schließlich haben besorgte Bürger die Dienststelle mit Anrufen bombardiert.«

»Eine gute Idee. Ist unser Tatverdächtiger auch geladen?«

»Komm, Schwamm drüber, wir müssen Gas geben«, sagte Greven, dessen Gesichtsfarbe sich langsam wieder stabilisierte. »Den Rest erspare ich dir. Du kennst sie ja.«

»Apropos Gas geben«, sagte Häring. »Wenn dein Kopf wieder etwas fester sitzt, ich hab da etwas gefunden.«

Neugierig und dankbar für diesen Themenwechsel trat Greven an den Schreibtisch seines Kollegen und stellte sich hinter ihn, um auf den Monitor seines Laptops sehen zu können. Vor ein paar Jahren noch hatte Häring versucht, den Begriff Klapprechner durchzusetzen, hatte inzwischen aber aufgegeben. In die Speichen des Zeitrades zu greifen, wie Georg Büchner es einmal umschrieben hatte, war fast immer ein aussichtsloses Unterfangen. Gegen die allgemeine Anglizismensucht war kein Kraut gewachsen, schon gar nicht in Ostfriesland.

»Christian Wilhelm Philippus Aureolus Cornelius Johann von Reeten«, las Greven laut.

»Der Mann unserer schönen schwarzen Witwe«, erklärte Häring nicht ohne Stolz. »Auch er hat im World Wide Web seine Spuren hinterlassen. Und was für welche.«

98

Nachdem er den ersten Absatz der Seite gelesen hatte, die einem geologischen Institut gehörte, fiel Greven nur ein Kommentar ein: »Das ist ja ein Ding!«

»Hast du das gewusst?«, fragte Häring. »Ich meine, das mit dem Meerwasser?«

»Ehrlich gesagt, höre ich das zum ersten Mal«, staunte Greven und griff zum Scrollrädchen, um weiterlesen zu können. »Vielleicht ist ihr Mann deshalb so viel auf Reisen gewesen?«

»Und darum war er auch in Thailand«, fügte Häring hinzu. »Was meinst du, könnte er einen Weg gefunden haben?«

»Das ist eine gute Frage, die uns natürlich zu vielen weiteren Fragen führt«, sagte Greven, während er erneut am Rädchen drehte. »Zum Beispiel: Wenn er einen Weg gefunden hat, wer hat noch davon gewusst?«

»Onken«, schlug Häring vor.

»Das könnte zumindest unser Schneegespenst vermutet haben. Denn ein derartiges Verfahren wäre natürlich ein idealer McGuffin und würde auch erklären, warum er sich für andere Werte nicht interessiert. Warum sollte er auch. Wer das da kann, braucht keine Broschen mehr zu klauen.«

»Er sucht also gar keine Namen oder Adressen«, setzte Häring den Gedankengang fort. »Er sucht eine Formel, eine Risszeichnung, einen Plan ... der sich nicht auf einer Diskette befindet, sondern auf Papier. Korrekt?«

»Und vielleicht ein Laborgerät, eine Art Modell für eine große Anlage. Sieh dir dies mal an.«

Der Monitor zeigte neben dem Bild eines ihnen unbekannten Chemikers das Foto einer kleinen Versuchsapparatur, aufgebaut aus Röhren und Glasbehältern, deren Funktion sie nicht einmal erahnten. Es reichte ihnen, dass das Gerät mit etwas Fantasie in einer Schublade Platz finden würde. Weiter unten tauchten in der umfangreichen historischen Abhandlung Bilder von Schiffen und weiteren Forschern auf, die gierig die Welt-

99

meere abgeklappert hatten. Diese Episode hatten ihm seine Geschichtslehrer am Ulrichsgymnasium in Norden vorenthalten.

»Was meinst du, ob er wirklich tot ist?«, fragte Häring, nachdem Greven seine Lektüre beendet hatte.

»Wieder eine gute Frage. Du meinst, er hat tatsächlich eine Methode gefunden und den Tsunami genutzt, um irgendwo ein neues Leben zu beginnen?«

»So ungefähr stelle ich mir das vor. Möglich wär's.«

»Ich glaube, es wird mal wieder Zeit für einen Besuch. Kommst du mit?«

»Jederzeit«, antwortete Häring. »Soll ich uns anmelden?«

»Nein«, entschied Greven. »Wir lassen es darauf ankommen. Ich hätte gerne das Moment der Überraschung auf meiner Seite.«

Keine Viertelstunde später parkten sie ihren Dienstwagen neben dem roten Jaguar, dem Greven diesmal nur einen kurzen Blick zuwarf. Häring, sonst jedem Trend verfallen, ignorierte den Oldtimer. Wie bei seinem letzten Besuch musste Greven Geduld aufbringen, bevor sich die Tür öffnete. Diesmal hatte sich die Hausherrin immerhin höchstpersönlich zur Tür bemüht und bat sie umgehend hinein. Über den unangemeldeten Besuch schien sie sich in keiner Weise zu wundern.

Statt des schwarzen Kleides, an das sich Greven schon fast gewöhnt hatte, trug sie an diesem Tag eine enge schwarze Lederhose, die nicht einmal Häring ignorieren konnte. Mit dem Ellenbogen stupste er Greven an und signalisierte mit einem maskulinen Kennerblick, welche Rundungen er gerade entdeckt hatte. Greven machte ein ernstes, unbeteiligtes Gesicht und schüttelte kurz den Kopf. Dann sah auch er kurz hin, denn die Lady in Black ging ihnen ins Wohnzimmer voraus. Er hatte keinen Zweifel, dass sie sich ihrer Wirkung bewusst war. So, wie sie sich bewegte. Wie sie mit der Hand durch ihr langes Haar fuhr, wie sie sich unnötig vorbeugte, um die Türklinke herunterzudrücken.

»Darf ich Ihnen etwas anbieten? Einen Whisky vielleicht?«

»Nein danke«, antwortete Greven und war jetzt derjenige, der etwas ignorierte, und zwar einen Blick, der anderenfalls das von ihm anberaumte Gespräch gefährdet hätte.

»Wir haben nur einige Routinefragen«, begann Häring, wie auf der Fahrt vereinbart.

»Aber bitte, gerne«, bemühte sich die Gräfin um eine entspannte Atmosphäre.

»Es handelt sich um Ihren Mann, Frau von Reeten. So leid mir es auch tut, aber wir müssen uns kurz mit ihm befassen.«

Schlagartig stellte sich das Moment der Überraschung ein. Ihr heiterer, fast lasziver Blick wich einem verblüfften, verständnislosen.

»Mein Mann? Der liegt draußen im Garten! Das wissen Sie doch!«

»Für Sie schon«, widersprach Greven.

»Mein Mann hat wohl kaum etwas mit dem Einbruch bei mir und den beiden Morden zu tun!«

»Das überlassen Sie bitte uns«, entgegnete Häring mit ernsterem Ton.

»Beantworten Sie einfach unsere Fragen«, fuhr Greven fort. »Welchen Beruf hatte Ihr Mann?«

»Nun gut. Wenn es unbedingt sein muss. Er war Chemiker. Promovierter Chemiker.«

»Und womit hat er sich beschäftigt? In seiner Firma?«

»Mit Recycling-Verfahren. Also mit etwas äußerst Nützlichem!« Dabei sah sie Greven direkt und lange in die Augen.

»Könnten Sie uns das etwas ausführlicher erklären?«

»Er hat im Auftrag anderer Firmen Verfahren entwickelt, aus Müll, Schrott und Altgeräten Rohstoffe zu gewinnen.

Gewürzmetalle vor allem, falls ihnen das etwa sagt. Tantal, Lithium, Germanium, Antimon, Indium und so weiter. Wertvolle und seltene Metalle, ohne die Ihr Handy und Ihr Computer nicht gehen. Diese Gewürzmetalle sind unverzichtbar, aber nur in sehr geringen Mengen in unseren Hightech-Geräten enthalten. Daher ist es auch schwer, sie wieder aus ihnen herauszuholen. Verstanden?«

»Unbedingt«, sagte Häring. »Wir hatten da aber nicht an Elektroschrott, sondern an eine ganz andere Quelle gedacht.«

»Nämlich an das uns allen bekannte und weniger seltene Meerwasser«, erklärte Greven.

»Ach, jetzt verstehe ich, worauf das Ganze hinausläuft«, rollte Sophie von Reeten mit den Augen. »Nun gut, wenn Sie es für wichtig halten.«

»Halten wir«, bekräftigte Häring.

»Das war allerdings nur so eine Art Hobby von meinem Mann. Aber da Sie so gezielt danach fragen, werden Sie es längst wissen.«

»Bislang nur sehr wenig. Darum sind wir ja zu Ihnen gekommen«, sagte Häring.

»Nun gut. Es ist ja kein Geheimnis. Im Meerwasser sind bekanntlich nicht nur Salze gelöst, sondern auch Metalle wie Magnesium, Kupfer oder eben auch Gold. In winzigen Mengen natürlich. Wenn ich mich richtig erinnere, hat er immer von 0,01 bis 0,05 Milligramm Gold pro Tonne Seewasser gesprochen. Eigentlich kaum der Rede wert. Es sei denn, man nimmt sich das Wasser in größeren Mengen vor. Nimmt man alle Ozeane und Meere zusammen, ergibt sich eine gigantische Menge Gold.«

»Rund 70 Millionen Tonnen«, dozierte Häring.

»Sie haben Ihre Hausaufgaben gemacht. Bravo«, sagte von Reeten.

»Bitte weiter«, forderte Greven sie auf, der sein Knie spürte. Sie hätten sich doch zuerst hinsetzen sollen.

»Das ist, wie gesagt, kein Geheimnis. Schon mehrfach haben daher Chemiker versucht, dieses Gold dem Meerwasser zu entziehen. Der bekannteste ist Fritz Haber, der im Ersten Weltkrieg Giftgas für Deutschland entwickelt hat. Nach dem Krieg hat er versucht, Gold aus Meerwasser zu gewinnen, um die Reparationen an die Siegermächte zahlen zu können. Er hat mehrere Expedition mit verschiedenen Schiffen unternommen und Tausende von Proben gesammelt, um das ergiebigste Wasser zu finden. Aber geschafft hat er es nie. Seine Methoden waren unzureichend und zu teuer. In den sechziger Jahren haben amerikanische und auch deutsche Chemiker neue Verfahren getestet, die aber auch nicht funktioniert haben oder deren Einsatz am Ende teurer war als das gewonnene Gold. Daran hat sich bis heute nichts geändert«

»Ihr Mann hat aber geglaubt, das Problem lösen zu können«, stellte Greven fast.

»Geglaubt ist das falsche Wort. Eher gehofft, davon geträumt.«

»Es ist ihm also nicht gelungen?«, fragte Häring provokant.

»Nein, ist es nicht! Natürlich nicht! Es war nur so ein Faible von ihm, ein harmloser Spleen, ein Jugendtraum.«

»Ein Alchimistentraum.«

»Wenn Sie so wollen. Aber mehr als die anderen Chemiker hat auch er nicht erreicht. Doch möglich ist es, hat er immer gesagt. Das stimmt. Eines Tages. Mit dieser Nanotechnologie oder irgendwelchen künstlichen Bakterien oder Enzymen. Fragen Sie mich nicht, ich habe nämlich nicht Chemie studiert, sondern Kunstgeschichte.«

»Er hat also nicht ernsthaft daran gearbeitet?«

»Nein, Herrgott noch mal! So, war's das jetzt?«

»Haben Sie noch irgendwelche Unterlagen von Ihrem Mann, die dieses außergewöhnliche Hobby betreffen?«, fragte Greven.

»Im Arbeitszimmer muss noch ein Ordner stehen«, sagte

von Reeten und ging wortlos voraus. Ihr Körper bewegte sich diesmal ganz anders.

Im äußerst modern eingerichteten Arbeitszimmer, das stilistisch nicht zu den anderen Räumen passte, marschierte sie zielsicher auf ein großes Regal zu, in dem neben zahlreichen Büchern auch mehrere Aktenordner standen. Nach kurzer Suche mit ausgestrecktem Zeigefinger zog sie einen der Ordner heraus und knallte ihn mehr auf den fast leeren, großen, schwarzen Schreibtisch als ihn hinzulegen.

»Bitte!«

Nachdem sie einen Schritt zurückgewichen war, schlug Häring den schwarzen Ordner auf. Es war eine Art Dokumentation der Geschichte der Goldsuche im Meerwasser. Die Kurzfassung hatten sie bereits im Internet gelesen. Christian von Reeten hatte aber jede Veröffentlichung von dem Nobelpreisträger Fritz Haber, jede Fahrt und jede chemische Analyse abgeheftet. Fast alles kopierte Seiten aus Fachbüchern. Hier stießen sie auch wieder auf die Schiffe, deren Fotos sie bereits im Internet gesehen hatten, auf die *Hansa* und die *Württemberg*, auf die *Dana* und die *Godthaab*. Es folgten Analysen und Tabellen, mit denen sie nicht viel anfangen konnten. Nach einem Registerblatt kamen die sechziger Jahre an die Reihe. Tübinger Professoren und amerikanische Chemiker. Genau, wie Sophie von Reeten gesagt hatte. Nach einer letzten Registerkarte bildeten handschriftliche Notizen, Zeichnungen und Formeln den Abschluss, die ihnen so viel sagten wie die Analysetabellen zuvor. Immerhin tauchten Namen von Meeresströmungen und Küstenregionen auf. Die Nordsee, lange Zeit Friesisches Meer genannt, gehörte auch dazu. Auf einer kopierten Seekarte waren in der Nähe von Borkum, Juist und Norderney mehrere Stellen mit kleinen roten Kreuzen markiert, neben denen Zahlen standen.

»Sind Sie jetzt zufrieden?«, stichelte die Gräfin.

»Das ist wirklich alles, was Sie noch besitzen?«

»Ja. Und ich habe Ihnen vor wenigen Minuten versucht zu erklären, dass diese sinnlose Goldsuche nur ein Hobby von ihm war.«

»Hat der Einbrecher diesen Ordner auch in Händen gehabt?«, fragte Greven.

»Mit Sicherheit, denn er lag hier irgendwo auf dem Boden. Meine Putzfrau hat sich darum gekümmert. Ach ja, einer ihrer Männer hat doch jede Menge Fotos gemacht. Darauf müsste er doch zu finden sein?«

»Sie wissen nicht zufällig, ob etwas fehlt?«, wollte Greven wissen.

»Jetzt hört es aber auf! Das hätte ich Ihnen nicht einmal zu Lebzeiten meines Mannes sagen können, denn ich habe mir den Ordner noch nie näher angesehen. Ich habe ihn nur behalten, weil er alles so mühsam zusammengetragen hat. Als Erinnerung. Das ist alles.«

Als Greven sich wieder dem Aktenordner zuwandte, hielt ihm Häring einen gelochten Papierfetzen unter die Nase, den er nach der letzten Seite im Klemmbügel entdeckt hatte. Er stammte von einem Blatt, das herausgerissen worden war.

15

»Du hast sie nicht verhaftet?«

»Warum sollte ich?«, fragte Greven.

»Weil sie etwas damit zu tun hat!«, empörte sich Mona.

»Aber nur, weil sie zu den Opfern zählt.«

»Es sei denn, sie hat den Einbruch bei sich inszeniert, um nicht dem Kreis der Verdächtigen zugeordnet zu werden. Immerhin hat sie den Anschlag überlebt.«

»Den hat Grönmann auch überlebt.«

»Aber nur, weil du ihn mehr oder weniger gewarnt hast«, warf Mona ein. »Und diesen Architekten hattet ihr ja ohnehin ausquartiert. Sonst wäre er auch reif gewesen. Oder ihr hättet ihn womöglich auch noch angeschossen.«

»Mona, bitte, das ist jetzt aber unfair«, wehrte sich Greven. »Welche Laus ist dir denn heute über die Leber gelaufen?«

»Keine«, war ihre Antwort. »Ich glaube nur, dass dir diese Aristokratenwitwe den Blick auf die Realitäten versperrt.«

»Und wie sollte sie das tun?«

»Mit ihren großen Augen, ihren langen Haaren und ihren Möpsen!«

»Du hast den Jaguar vergessen. Und den Warhol«, lachte Greven und versuchte so, Monas Eifersuchtattacke zu entschärfen.

»Du gibst es also zu!?«

»Mona, diese Frau interessiert mich nur rein beruflich.«

Ihn scannte ein Blick, der nach Vertrauen und Bestätigung suchte. Greven wiederum versuchte, ihr durch seinen Blick, der ihrem nicht auswich, die Suche zu erleichtern. Im Grunde kannte er die Ursache ihrer bisweilen gesteigerten Eifersucht, mit der sie auf seine gelegentlichen geschlechtsspezifischen Blicke oder Kommentare reagierte, auf die sie früher nicht reagiert hatte. Es war schlicht der 60. Geburtstag, der in greifbare Nähe rückte. Dabei hatte sie mit ihrem jugendlichen Erscheinungsbild und ihrer Figur keinen Anlass, das runde Jubiläum zu fürchten. Aber darum ging es letztendlich auch gar nicht, es ging um die Zahl, die das Dezimalsystem nun einmal für diesen Anlass bereithielt. Es ging um die Zäsur, die runde Geburtstage im Kopf auslösten, obwohl sich im Fluss der Zeit nichts änderte. Es war das Denken in Dekaden, das auch Historiker und Feuilletonisten beherrschte, so irrational es auch sein mochte. Die 20er Jahre. Die 50er Jahre. Die 90er Jahre. Bücher und

106

Rückblicke trugen diese Titel, verbanden mit der Null das Ende eines historischen Zeitabschnitts und den Beginn eines neuen. Die 60er waren so, die 70er ganz anders. Selbst wenn man sich dieser durch Priestern, Pharaonen, Julius Caesar, Gregor XIII. und andere getroffenen Entscheidung über die Zählweise von Tagen, Monaten und Jahren bewusst war, konnte man sich der Magie der Null nicht ohne Weiteres entziehen.

Greven überlegte und kam auf die Idee, Mona ein Gegenangebot zu unterbreiten: »Dabei fällt mir ein, bis zu meiner Pensionierung ist es nicht mehr weit. Sofern mich mein Knie nicht schon vor der Zeit nach Hause schickt.«

»Wie kommst du jetzt denn darauf?«

»Weil ich dann wohl kaum noch Aristokratenwitwen verhören werde.«

»So ein Quatsch! Aber mal im Ernst. Das ist ja wirklich nicht mehr lange hin.«

Greven senkte langsam den Kopf und hob ihn wieder.

»Aber … was machst du denn dann den ganzen Tag?«

»Das habe ich mir noch nicht überlegt«, schmunzelte Greven.

»Sag bloß, du bist dann den ganzen Tag zu Haus?«

»Warum nicht? Ich könnte endlich einmal in Ruhe meine ganzen Platten und CDs durchhören. Die verpassten Romane lesen. Ein Kochbuch schreiben. Das wollte ich doch schon lange.«

Mona machte ein Gesicht, als hätten ihr sämtliche Galeristen der Welt gekündigt.

»Was ist mit dir?«, fragte Greven. »Geht's dir nicht gut?«

»Doch. Mir geht's gut. Ich hab mir das nur gerade so vorgestellt. Das ist alles.«

»Noch ist allerdings ein bisschen Zeit«, fuhr Greven fort. »Und vielleicht ist mir die viele Freizeit auf Dauer doch zu viel. Ich könnte noch ein paar Jahre als Privatdetektiv dranhängen. Oder?«

Mona nickte stumm. Er sah ihr an, dass sie mit Bildern

und Szenarien hantierte, mit welchen, konnte er nur vermuten. Greven griff neben sich und hob sein Weinglas an den Mund. Ein südafrikanischer Cabernet Sauvignon, den ihm ein Schulfreund empfohlen hatte. Keine schlechte Wahl. Vor allem das kräftige Johannisbeeraroma gefiel ihm. Sicher kein schwer zu verstehender Wein, aber darauf kam es ja keineswegs immer an. Im CD-Player lief die Neue von Hellmut Hattler, die Mona kürzlich aus Oldenburg mitgebracht hatte. Aber sie war nur die Erste eines ganzen Stapels an Neuanschaffungen. Joe Lovano, Bill Frisell, Paul Motian, Der Rote Bereich und andere warteten auf dem kleinen Tisch neben ihrer Couch auf ihren Einsatz. Eine schönere Art des abendlichen Abschaltens konnte er sich nicht vorstellen.

»Privatdetektiv?«

»Ja«, grinste Greven. »Warum nicht?«

»So mit Hinterzimmerbüro, Karteikarten und Schrift auf dem Türglas?«

»Nein, so bestimmt nicht. Ich meine nicht *Spade & Archer*, ich meine Gerd Greven. Ermittlungen der besonderen Art.«

»Aha.«

»Möchtest du noch Wein? Ich finde ihn wirklich gut. Auf Karls Tipps kann man sich eben verlassen.«

»Unbedingt. Wir sollten gleich eine zweite Flasche dekantieren.«

»Na, dann sind wir uns ja einig«, lächelte Greven.

»Sind wir«, sagte Mona und versuchte, ebenfalls zu lächeln.

»Du hast mir noch gar nichts von deiner Ausstellung erzählt. Hast du überhaupt noch Bilder?«

»Ich habe heute das zwölfte Bild verkauft.«

»Fantastisch! Wer hätte das gedacht? Hier in Aurich?«

»Ja, wer hätte das gedacht«, wiederholte Mona.

»He, was machst du für ein Gesicht? Hör dir die tollen Melodien an, die tolle Gitarre, den tollen Bass, die tolle

Stimme. Und noch ist ja Zeit. Ein paar Jahre mache ich ja noch.«

»Wie beruhigend.«

»Finde ich auch. So, und jetzt ist aber Themenwechsel«, schlug Greven vor und füllte Monas Weinglas.

»Halt, du hast mir noch nicht gesagt, ob das tatsächlich stimmt mit dem Gold.«

»Es stimmt«, sagte Greven. »Häring hat in Kiel einen Wissenschaftler aufgetrieben, der sich damit auskennt. Er hat alles bestätigt. Aber er hält es für sehr unwahrscheinlich, dass jemand ohne ein großes Institut im Rücken diese Aufgabe lösen könnte. Das Einzige, was er zu bedenken gegeben hat, ist der permanent steigende Goldpreis. Sollte das kein Ende finden, lohnen sich irgendwann sogar die bereits entwickelten Methoden.«

»Aber wenn er wirklich eine einfache und billige Lösung gefunden hätte? Durch einen Zufall oder eine geniale Eingebung?«, ließ Mona nicht locker.

»Dann würde er mit einem Spezialschiff, sagen wir, der *Goldrush*, unentwegt um die Welt fahren und sich zum reichsten Mann der Welt machen«, sagte Greven. »Aber dieser Kieler Professor hat abgewinkt.«

»Weiß das auch dein Täter?«

»Wenn es das ist, was er will, bestimmt nicht«, antwortete Greven. »Ach ja, er fährt übrigens ein Sport Utility Vehicle.«

»Einen Arztfrauenpanzer? Seid ihr sicher, dass es ein Mann ist? Ich sehe immer bloß frustrierte, wohlstandsverwahrloste Frauen in diesen hässlichen Kuben.«

»Auch Männer fahren solche Riesenkisten, Mona. Ich weiß zwar nicht, warum, aber sie tun es. Und vergiss bitte seinen genetischen Fingerabdruck nicht.«

»Woher wisst ihr das eigentlich? Das mit dem SUV?«

»Edzard und ein Kollege von der Spusi konnten seine Fußspur doch noch finden und sind ihr bis zum Schoolpad gefolgt. Die Reifenspuren waren auch noch bedingt

109

brauchbar. Es hat jedenfalls ausgereicht, um auf einen großen SUV zu schließen. Die Marke war leider nicht mehr feststellbar.«

»Dann ist er aber ein gutes Stück zu Fuß gegangen«, wunderte sich Mona. »Warum ist er nicht einfach vorgefahren?«

»Er hat es offenbar vorgezogen, nicht nur nicht gesehen, sondern auch nicht gehört zu werden. Und wie wir wissen, beherrscht er diese Strategie perfekt. Das Risiko des langen Fußwegs war durch den starken Schneefall absolut kalkulierbar.«

»Du scheinst ihn ja fast zu bewundern?«

»Zugegeben, ein bisschen schon. Er arbeitet allein, und er ist alles andere als ein Anfänger. Ein Berufsverbrecher mit viel Erfahrung. Eventuell sogar mit einer militärischen Ausbildung. Mit Sicherheit aber ist er seit Jahren aktenkundig. Nur wissen wir nicht, wo wir nachsehen sollen.«

»Ihr tretet also wieder mal auf der Stelle?«

»Ja«, gab Greven unumwunden zu. »Wir haben zwar die Namen der anderen Lebensabschnittsgefährten von Thalke von und zu Aldenhausen, drei an der Zahl, aber die scheiden aus verschiedenen Gründen aus. Einer ist vor einigen Jahren tödlich mit seinem Motorrad verunglückt, einer ist nach Australien ausgewandert, und der dritte vegetiert nach einem Schlaganfall in einem Heim vor sich hin.«

»Aber ihr habt doch ihr Testament?«

»Das ist immer noch auf dem Dienstweg unterwegs. Die Mühlen der Justiz mahlen langsam«, klagte Greven und füllte nun sein Weinglas. »Ich werde mir daher morgen noch einmal Onkens Goldschmiede vornehmen. Vielleicht finde ich dort die nötige Inspiration. Welche CD soll ich auflegen?«

»Lovano«, antwortete Mona. »Er hat eine Frau am Bass. Diese Spalding.«

»Gut«, sagte Greven und hob sich aus dem roten Sofa.

Unterwegs zog er die CD aus dem Stapel und ging vor der Anlage vorsichtig in die Knie. Dass die Schmerzen in den letzten Tagen deutlich zugenommen hatten, hatte er Mona bislang verschwiegen. Wenn er es sich richtig überlegte, hatte sich der Schmerz seit zwei oder drei Jahren nicht mehr so schnell aus dem Nichts aufgebaut. Intensiv hoffte er auf das Zusammenwirken verschiedener Faktoren, auf die Luftfeuchtigkeit, die Kälte und die ungewohnten Bewegungen, die das Schneeflockenschießen und andere winterliche Einsatzarten ihm abverlangten. An eine weitere Operation oder Schlimmeres wollte er nicht denken.

»Was ist mit dir?«, fragte Mona von der Couch. »Hast du etwa wieder Schmerzen?«

»Nein«, antwortete Greven. »Der Tag war nur sehr anstrengend.«

16

Es hatte aufgeklart. Die Wolken ließen der Sonne genügend Raum, um den Sous-Turm glänzen und glitzern zu lassen, als wäre er ein Weihnachtsbaum aus einer fernen Zukunft. Geschmückt war er auch, denn einige Auricher hatten Kerzen aufgestellt und Blumen auf die Stufen gelegt. Ein Abschiedsgruß an einen Goldschmied, den kaum jemand gekannt hatte.

Greven hatte den umstrittenen Turm von Anfang an gemocht und nicht verstanden, warum einige Bürger regelrecht Sturm gegen das neue Wahrzeichen gelaufen waren. Einen von ihnen kannte er sogar persönlich. Hermann Oldewurtel, einer ihrer Nachbarn, etwa gleich alt, und lange Zeit wild entschlossen, den Turm zu Fall zu bringen. Mit Leserbriefen und Anrufen bei lokalen

Radiostationen hatte er versucht, sich zum Wortführer der Gegner aufzuschwingen. Passt nicht in unsere Stadt, hatte er argumentiert, zu modern, zu technisch, zu metallen, zu fremd, zu unverständlich.

Zufällig hatte ihn Greven in einem riesigen neuen Betonklotz in einem Auricher Gewerbegebiet getroffen und ihn gefragt, warum er denn an diesen Ort gehe, wo er doch den Turm so vehement ablehne. Oldewurtel aber hatte ihn nicht verstanden. Auch als Greven nachhakte und ihn mit der Frage konfrontierte, warum er einem derartigen Gewerbegebiet eine ästhetische Chance gäbe, nicht aber dem Turm, erntete er nur ein Kopfschütteln. Das könne man doch nicht vergleichen, hatte sein Nachbar gemeint.

Greven wiederum war als Vergleich immer der Eiffelturm eingefallen. Denn das Wahrzeichen der Pariser Weltausstellung sollte nur zwanzig Jahre stehen bleiben und 1909 wieder abgerissen werden. Was die Pariser sehr begrüßten, denn sie sahen in dem Turm eine Art technisches Monster und befürchteten die nachhaltige Zerstörung ihres Stadtbildes. »Schornstein« oder »Laternenpfahl« wurde der Pariser Turm genannt, »Weltraumpenis« oder »Schrotthaufen« der Auricher. Doch je näher der Tag des Abrisses rückte, umso mehr Pariser Bürger wollten ihren Turm behalten, der längst das Wahrzeichen ihrer Stadt geworden war.

Greven gefiel der Sous-Turm. Er passte gerade in die Stadt, gerade in die Provinz, die es im Zeitalter des Internets und der Globalisierung eigentlich nicht mehr gab. Er zeigte ein anderes Aurich, eines, das nicht nur in der Gegenwart von Fastfood-Restaurants, Baumärkten und Gewerbegebieten angekommen war.

Ein letztes Mal ging Greven die verschiedenen Segmente des Turms durch, dann kehrte sein Blick auf den Markplatz zurück. Das gute Wetter hatte mehr Menschen als sonst in die Innenstadt gelockt. Viele waren mit Einkaufstüten bestückt. Schließlich stand Weihnachten vor der Tür. Grevens Ziel aber war keines der vielen Geschäfte, sondern die Marktpassage. Gerade hatte er den Kurs festgelegt, als er drei schwarz gekleidete Jugendliche aus der Passage kommen sah. Annalinde und zwei ihrer Anhänger. Wie gewohnt mit finsteren Gesichtern, entschlossen, aber desinteressiert, alles ablehnend, aber dennoch äußerst präsent. Sie bemerkten ihn nicht und bogen zielstrebig in die Burgstraße ein. Greven sah ihnen noch kurz nach und steuerte dann auf die Marktpassage zu. Fast am Ende lag etwas versteckt die kleine Goldschmiede.

Greven kramte in aller Ruhe den Schlüssel aus seiner Hosentasche und steckte ihn in das Sicherheitsschloss. Der Schlüssel passte, aber das Schloss verweigerte die Drehung des Schlüssels. Er versuchte es ein zweites Mal, aber der Schließzylinder streikte. Selbst auf sanften Druck reagierte er nicht. Also zog er den Schlüssel wieder heraus und besah sich die Tür. Die auf den Türspalt aufgeklebten Siegel waren mit einer scharfen Klinge durchschnitten, aber derart wieder arrangiert worden, dass die Beschädigung auf den ersten Blick nicht zu sehen war. Auf der Höhe des Schlosses klemmte ein Stück Pappe oder Filz in dem Türfalz. Damit war das Türblatt in der Zarge festgeklemmt worden. Ob von innen oder außen, war nicht zu erkennen.

Richtung Marktplatz war die Passage menschenleer, aber von links vom Georgswall her näherte sich eine Frau mit Kinderwagen. Greven zückte seinen Ausweis, ging auf die Frau zu und forderte sie auf, umzukehren. Doch als er wieder vor der Tür stand, war sie ihm gefolgt.

»Ich muss aber zum Marktplatz!«

»Seien Sie bitte still und bringen sich in Sicherheit«, flüsterte Greven und hielt ihr nochmals seinen Ausweis unter die Nase. »Gehen Sie! Bitte! Dies ist ein Polizeieinsatz!«

Die Frau schüttelte den Kopf und marschierte einfach an ihm vorbei Richtung Marktplatz. Greven zog seine

Dienstwaffe, die er seit Onkens Ermordung nicht mehr in seinem Büro zurückließ, wie er es sonst fast immer tat. Er drehte sich kurz um und lud sie so leise wie möglich durch. Von links näherte sich eine Passantin, aber sie war noch weit genug weg. Mit seinem ganzen Körpergewicht lehnte er sich gegen die Tür, die ihren Widerstand schnell aufgab und sich willig öffnete. Das Sicherheitsschloss war nicht mehr intakt, Falle und Riegel waren beschädigt.

Greven schlüpfte durch die Tür, die Waffe im Anschlag, und schloss sie sofort wieder vorsichtig und leise durch eine gefühlvolle Bewegung seines Körpers. Das Schloss konnte zwar nicht mehr einschnappen, das Türblatt aber war träge genug, um ungefähr seine Position zu halten.

Die Goldschmiede schien so leer wie sein Konto, alles schien in jenem Zustand zu sein, den er von seiner letzten Tatortbesichtigung in Erinnerung hatte. Einige der Uhren tickten noch, andere standen bereits. Ohne ihren Meister waren sie zum einstweiligen Tod verurteilt. Die herumliegenden Papiere fehlten natürlich, denn die lagerten in seinem Büro. Die Vitrinen waren geöffnet, die wenigen Exponate in Sicherheit gebracht worden. Auch Onkens Vorräte an Gold, Silber und Platin waren nicht mehr da. Die Goldschmiede war demnach kein lohnendes Ziel für Diebe mehr. Und trotzdem hatte jemand die Tür auf perfide Weise aufgebrochen und auch wieder verschlossen.

Die beiden Fenster reichten kaum aus, den Raum zu erhellen. Die Passage schluckte einfach zu viel Licht. Sobald sich eine Wolke vor die Sonne schob, dämmerte es sogar in dem kleinen Laden. Der Schalter an der Wand neben ihm hätte das Problem gelöst, ihn aber auch endgültig verraten. Er ging in die Knie, was ihm nicht leichtfiel, und sah sich die Goldschmiede aus der Froschperspektive an. Sein an sich noch gutes Gehör nützte ihm wenig, denn das Ticken der überlebenden Uhren überlagerte alle Geräusche. Wie hatte das Onken bloß den ganzen Tag ausgehalten?

Ein Schatten huschte lautlos durch den Raum. Er musste

einem Passanten gehören, der draußen vorbeigegangen war. Vielleicht der Frau, die er vorhin gesehen hatte. Konzentriert versuchte er, am Ticken der Uhren vorbei in die Goldschmiede zu horchen. Sinnlos. Da war kein Durchkommen. Ein neuer Schatten flog vorbei. Greven zuckte zusammen, nur um sich anschließend darüber zu ärgern, denn wieder war nur ein Passant vorbeigelaufen.

Von rechts müsste er einen besseren Überblick haben und auch hinter die Vitrinen schauen können. Trotzdem zögerte er, denn sein Knie ging gerade in Flammen auf. Er musste so schnell wie möglich seine gebückte Körperhaltung ändern. Auf dem gesunden Bein balancierend, streckte er das andere Bein und verschaffte so seinem Knie Entlastung. Aus den Flammen wurde wieder ein erträgliches Glimmen. Ein paarmal holte er tief Luft, riss sich zusammen und riskierte vier oder fünf Kinderschritte, ohne seine Körperhaltung aufzugeben.

Nichts rührte sich. Seine Position sah nun viel besser aus. Er hatte die Uhren im Rücken, aber dank des Arbeitstisches eine sehr gute Deckung. Wieder streckte er ein Bein aus und begann, den Raum abzutasten. Die Vitrinen, den kleinen Tresen mit der Kasse, die Schränke. Die Goldschmiede blieb menschenleer. Jetzt rebellierte sein anderes Bein gegen die einseitige Behandlung. Zum Äquilibristen fehlte ihm jegliches Talent, er musste einfach aufstehen, was ihm beide Beine umgehend dankten.

Da ein weiterer Lauschangriff auch keine Resultate brachte und er sich an die fliegenden Schatten gewöhnt hatte, peilte er die erste der beiden Türen an. Leider war sie geschlossen, so dass er die Klinke herunterdrücken musste. Dem Kick mit dem Fuß folgte seine Waffe, doch die kleine Toilette war leer. Sofort schloss er die Tür wieder und huschte zur nächsten Tür.

Das Ticken der Uhren störte zwar seine Wahrnehmung, hatte aber den Vorteil, auch seine Geräusche zu übertönen. Kurz hielt er den Atem an. Nichts. Das Türblatt war nur angelehnt. Wieder setzte er seinen Fuß ein, um sie zu öffnen, den Finger am Abzug.

Da saß er.

»Hände hoch! Waffe fallen lassen! Polizei!«

Der Mann vor ihm rührte sich nicht. Er saß wie angewurzelt auf einem Stuhl, die Hände in seinem Schoß, die Handflächen nach oben.

Schnelle Blicke. Sonst war niemand in der Küche. Greven langte zum Lichtschalter neben der Tür.

Die Augen des Mannes, die die Decke anstarrten, waren ebenso weit geöffnet wie sein Mund. Der Mann war nicht sehr groß, etwa einssiebzig, aber kräftig gebaut, schlank, sportlich, etwa vierzig Jahre alt, kahl rasierter Schädel, Jeans, dunkelblauer Pullover, grauer Dreiviertelmantel, Lederhandschuhe, schwarze Stiefel. Mitten auf seiner Stirn befand sich das Einschussloch eines kleinen Kalibers, aus dem ein dünnes Blutrinnsal entlang der Nase bis zum Kinn gelaufen war. Die entsprechende Pistole lag vor seinen Füßen auf dem Boden. Ein ausländisches Fabrikat.

Der Mann war auf eine Weise offensichtlich tot, die Greven auf den obligaten Griff zur Halsschlagader verzichten ließ. Aus dem ausgesprochen guten Zustand der Leiche und der frisch wirkenden Wunde schloss er laienhaft, dass der tödliche Schuss erst kürzlich gefallen sein musste. Ein Kampf hatte aber nicht stattgefunden, denn auch die Küche war so, wie er sie zuletzt gesehen hatte. Die Fotos der Spusi würden zeigen, was eventuell verändert worden war.

Nachdem er seine Waffe gesichert und wieder ins Halfter gesteckt hatte, zog er einen Kugelschreiber aus seiner Jacke und hob nacheinander beide Revers des Dreiviertelmantels an, um den Inhalt der Innentaschen feststellen zu können. Aber der Tote hatte keine Papiere dabei. Auch seine Seitentaschen waren leer. Dafür trug er ein Halfter, das aber ebenfalls leer war. Weiter wollte Greven der Spusi nicht vorgreifen, war sich aber ziemlich sicher, dass sie nicht wesentlich erfolgreicher sein würde als er.

Die Kollegen. Fast hätte er sie im Eifer des Gefechts vergessen. Er zückte sein Handy und ließ es die gespeicherte Nummer wählen. Der Neue meldete sich, den er sofort anwies, das Team in Marsch zu setzen und Häring zu verständigen. Dann machte er einen Schritt zurück und besah sich die gesamte Szene. Wieder eilte er den Experten voraus und sah in der Küche auch den Tatort. So, wie der Mann auf dem Stuhl saß, war er hier erschossen worden. Eventuell sogar mit seiner eigenen Waffe, die nach einer russischen oder tschechischen Armeepistole aussah.

Je länger Greven den wie versteinert auf dem Stuhl Sitzenden betrachtete, umso mehr verdichtete sich die Überzeugung, den gesuchten Mörder und Einbrecher gefunden zu haben. Leider fehlte Pütthus, um mit ihm eine Wette abzuschließen. Aber dieser Mann hatte Onken und Wichmann brutal ermordet und war bei Sophie von Reeten und Grönmann eingebrochen. Einerseits war Greven nun fast erleichtert, dass Aurich von dieser Bedrohung befreit war. Andererseits zeigte diese Tat unmissverständlich, dass der Gesuchte nicht der einzige Mitspieler in dieser ungewöhnlichen und anspruchsvollen Partie war.

Der Tatort war gut gewählt, denn nach einer Versiegelung wurde im Allgemeinen der Ort nicht so schnell wieder betreten. Die Untersuchungen waren abgeschlossen, die Fahnder und Spurensicherer saßen über ihren Berichten. Es konnte Wochen dauern, bevor neue Ermittlungen stattfanden oder Erben eine Wohnung für sich beanspruchten. Außerdem war die Goldschmiede unbeheizt. So schlecht der Winter zum Verstecken oder Vergraben von Leichen geeignet war, in einer kalten Wohnung verhinderten die niedrigen Temperaturen lange Zeit eine verräterische Geruchsbildung. Wurde eine Leiche schließlich gefunden, taten sich die Forensiker schwer, den genauen Todeszeitpunkt zu ermitteln. Der große Unbekannte hatte die Siegel also bewusst so schön drapiert und wahrscheinlich darauf gehofft, dass die Leiche an diesem Ort gut aufgehoben sein würde.

Grevens Blick wanderte ein weiteres Mal über den Toten, dem der Mörder offenbar alles abgenommen hatte. Identifizieren würden sie ihn trotzdem schnell. Der Fall war komplizierter geworden, aber er hatte auch an Dynamik gewonnen. Wussten sie erst mal, wer das tödliche Interesse an Onken und Wichmann gezeigt hatte, würden sie einen großen Schritt weiter sein. Das hoffte er jedenfalls.

Gerade wollte Greven sich wieder abwenden, um in der Goldschmiede Licht für die Kollegen zu machen, als ihm im Gegenlicht des winzigen Küchenfensters etwas ins Auge fiel. Ein schwacher Schimmer auf der rechten Wange des Toten. Greven beugte sich, doch viel war nicht zu erkennen. Ein kleiner Fleck, ein Farbschimmer, der ganz schwach zu glänzen schien. Der Farbton war schwer zu bestimmen. Zunächst tendierte er zu schwarz, doch dann revidierte er sein Urteil und entschied sich für ein dunkles Violett.

17

Das Klopfen war nicht zu überhören. Vier Schläge, die an das Anfangsmotiv von Beethovens 5. Sinfonie erinnerten, drei Achtelnoten, gefolgt von einer halben Note. Greven, Häring, Ackermann und Peters, die sich zu einer kleinen Lagebesprechung eingefunden hatten, Jaspers war mit der Staatanwältin zum Gericht gefahren, wussten also, wer gleich in der Tür erscheinen würde. Ein kleiner Mann mit langen Haaren, der sich ab und zu die Frage gefallen lassen musste, wie er bei seiner Größe überhaupt hatte Polizist werden können. Gefolgt von der Frage, inwieweit die Länge seiner Haare mit den Dienstvorschriften kompatibel war. Ihn mit diesen Fragen zu konfrontieren, barg jedoch gewisse Risiken, deren geringstes aus einer bösen, ironischen Replik bestand. Wer den Leiter des Raubdezernats kannte, hielt sich also mit bestimmten Fragen und Anspielungen besser zurück.

»Jetzt komm schon rein!«

Herbert Pütthus hatte ein hintersinniges Lächeln aufgesetzt und hielt eine dünne Aktenmappe in der Hand, die er wie einen Köder vor sich hin und her schwenkte. Reihum sah er seine Kollegen an.

»Spann uns nicht auf Folter, Herbert. Sag es einfach!«, forderte ihn Greven auf.

Pütthus gab nach und legte die Mappe auf Grevens Schreibtisch. »Eine Fingerübung, mehr nicht. Der Mann heißt Carsten Heyden, geboren am 13. Februar 1966 in Bochum, gelernter Dreher, arbeitete aber auch in einem Fitnessstudio und bei einem privaten Sicherheitsdienst. Verurteilungen wegen schwerer Körperverletzung und Einbruchdiebstahl. Der Totschlag oder vielleicht sogar der Mord an einem Einbruchsopfer konnte ihm nicht nachgewiesen werden. Heyden war in den letzten Jahren als eine Art krimineller Dienstleister für verschiedene Auftraggeber unterwegs, unter anderem für diverse Hehlerbanden. So, das muss fürs Erste reichen. Ich habe auch noch andere Fälle. Außerdem können einige von euch ja lesen. Tschüss und munter hollen.«

»Besten Dank und Allerbest!«

»Das ging wirklich schnell«, freute sich Greven, nachdem Pütthus das Büro wieder verlassen hatte. »Ich wusste doch, dass wir es mit einem Stammkunden zu tun haben. Schade, dass so ein DNA-Abgleich so lange dauert. Aber da auch die Kollegen von der Spusi auf diesen Heyden als unseren Mann setzen, gehen wir zunächst einmal weiterhin davon aus. Eine Selbsttötung scheidet aus, denn nach der vorläufigen Untersuchung wurde der Schuss aus etwa

119

einem Meter Entfernung abgegeben. So weit würden nicht einmal die Arme von Vitali Klitschko reichen.«

»Wer würde auch schon so Selbstmord begehen?«, warf Ackermann ein, neben Häring der dienstälteste Mitarbeiter von Greven. »Sich mitten in die Stirn zu schießen.«

»Ein Problem hat sich damit von selbst erledigt«, fasste Greven zusammen. »Zwar haben wir den Mörder nicht erwischt, aber dafür hat es ihn erwischt. Allerdings haben wir es nun mit einem zweiten Mörder zu tun. Der Fall ist also alles andere als gelöst, zumal wir weder das Motiv Heydens kennen noch das seines Mörders. Wir können nur vermuten, dass es sich um dasselbe Objekt der Begierde handelt. Irgendwelche Ideen? Durchaus auch spekulative?«

»Meiner Meinung nach kommen nur drei mögliche Täter in Frage«, legte Häring gleich los. »Erstens: ein Komplize. Zweitens: ein Auftraggeber. Drittens: eines seiner Opfer wie zum Beispiel Simon Grönmann.«

»Viertens: ein Konkurrent«, fügte Peters noch hinzu.

»Gut«, nickte Greven. »Aber warum die Goldschmiede?«

»Ich dachte, das hatten wir schon?«, sagte Ackermann. »Ein versiegeltes Versteck, in dem niemand so schnell eine Leiche suchen würde. Ohne Gerds Besuch hätte dieser Heyden dort wahrscheinlich Sylvester verbracht.«

»*Dinner for one*«, kommentierte Peters trocken.

»Das meine ich nicht«, brummte Greven, sich auf seinem Drehstuhl hin- und herbewegend.

»Aus demselben Grund«, schlug Häring vor. »Die Goldschmiede ist auch ein ausgezeichneter Treffpunkt. Heyden und sein Mörder haben sich dort getroffen. Wo wären sie ungestörter?«

»Oder es war eine Falle«, meinte Ackermann. »Der Mörder hat Heyden in die Goldschmiede bestellt. Er hat ihn dort erwartet, hat sich mit ihm beraten, ein bisschen geblödelt, sich ganz harmlos seine ungewöhnliche tschechische Pistole zeigen lassen und dann unvermittelt abgedrückt, als sein Opfer ahnungslos auf dem Stuhl saß. Wenn nicht zufällig jemand draußen vorbeigeht, verhallt der Schuss ungehört.«

Es folgten nachdenkliche Gesichter, denen anzusehen war, dass ihre Besitzer den vorgeschlagenen Tathergang durchspielten.

»Zumindest einer von ihnen muss die Goldschmiede gekannt haben. Nämlich derjenige, der Onken ermordet hat. Sofern es nicht doch zwei waren. Denkt an das, was die Kollegen über die Fußspuren geschrieben haben«, gab Greven zu bedenken.

»Wenn sich die Beute lohnt, kann ein Komplize schnell zum Konkurrenten werden«, meinte Peters.

»Ich tendiere eher zu einem Auftraggeber, denn wenn ich Herbert richtig verstanden habe und seine vor uns liegenden gesammelten Werke stimmen, war Heyden fast immer nur ein Ausführender und hat nur selten auf eigene Faust gehandelt«, sagte Greven. »Schon gar nicht bei einer großen Sache. Und dies ist eine große Sache, denn sonst hätte er nicht zwei Menschen ermordet. Nehmen wir also an, Heyden hat auf Anweisung gehandelt. Aus welchem Grund sollte ihn dann sein Auftraggeber ermorden?«

»Auftrag ausgeführt«, preschte der Neue vor. »Er hat besorgt, was zu besorgen war, und der Auftraggeber wollte weder zahlen noch einen Zeugen zurücklassen. Also hat er sich zu einer billigen und sicheren Lösung entschlossen.«

»Nicht schlecht«, sagte Greven. »Wobei es auch noch andere Theorien gibt, etwa den klassischen Streit, worum auch immer. Es könnte auch das Gegenteil der Fall gewesen sein, nämlich dass Heyden nicht liefern konnte und es dem Auftraggeber zu lange gedauert hat oder ihm die Sache zu heiß geworden ist. Die Schlagzeilen dürfte auch er gelesen haben. Er wollte sie beenden und hat seinen angeheuerten Profi erschossen. Aus die Maus.«

»Was unterm Strich besagt, dass wir eigentlich nichts wissen«, stellte Häring fest.

»Ich gebe dir nur ungern recht«, stimmte Greven ihm zu. »Aber genau so ist es, liebe Kollegen. Wir haben wunderbare Theorien, die ich auch keineswegs für abwegig halte, aber für die Aufklärung fehlen uns noch immer entscheidende Details und vor allem das ursächliche Motiv.«

»Das könnte uns Thalke von und zu Aldenhausen sagen«, meinte Ackermann.

»Ebenso wie Heyden selbst. Aber die beiden scheiden aus bekannten Gründen aus«, konstatierte Greven. »Sie werden dennoch unsere Ansatzpunkte sein. Wenn wir uns diese ostfriesische Aristokratenfamilie näher ansehen, bin ich sicher, dass wir früher oder später auf das Motiv stoßen werden. Und natürlich müssen wir uns so schnell wie möglich mit Heyden befassen. Wir brauchen sein Auto, müssen wissen, wo er hier gewohnt hat. Eine Pension vielleicht. Ein Hotel geht natürlich auch, aber ich denke, er hat etwas Unauffälliges gewählt, wo er sich nicht eintragen musste. Ein Hotel garni, eine kleine Pension, eine billige Ferienwohnung, die er im Voraus gezahlt hat. Die Oldenburger Kollegen sollen sich seine Wohnung vornehmen, am besten noch heute. Wir haben den kleinen Vorteil, dass sein Mörder, wenn er nicht zufällig durch die Marktpassage geschlendert ist, noch nicht weiß, dass wir Heyden gefunden haben. Wir können also auf unbeseitigte Spuren hoffen.«

»Wir warten demnach nicht die abschließenden Berichte ab?«, fragte Peters vorsichtig.

»Nein«, antwortete Greven dem Neuling. »Wenn wir das immer täten, würden wir zwar weniger Fehler begehen, dafür aber so manchem Täter einen stattlichen Vorsprung einräumen. Also, wer übernimmt welche Aufgabe?«

Prompt meldete sich Häring zu Wort und präsentierte den Ausdruck einer Internetseite, auf der eine filigrane Grafik, gespickt mit außergewöhnlich langen Namen zu erkennen war. Die fragenden Blicke, die ihn umgehend trafen, schien er regelrecht zu genießen.

»Der Stammbaum derer von und zu Aldenhausen«, dozierte er, »zusammengestellt von einem Professor der Universität Oldenburg, dessen Spezialgebiet die regionale Aristokratie ist.«

»Das kann man kaum lesen. Hast du das nicht größer?«, fragte Ackermann und lag natürlich richtig. Als hätte er diese Frage erwartet, stand Häring auf, ging zum Flipchart, schlug das erste Blatt nach oben und gab die Sicht auf eine vergrößerte Grafik frei. Andere wären sicherlich überrascht gewesen, für Ackermann und Greven aber war diese kleine Vorführung eine Selbstverständlichkeit. Nur Peters machte große Augen.

»Da haben wir sie ja alle«, freute sich Greven, »und noch dazu mitsamt der ehelichen Neuzugänge wie Christian von Reeten. Ein lobenswert fleißiger Mann, dieser Professor.«

»Die diversen Liebhaber und Lebensgefährten fehlen allerdings«, ergänzte Häring. »Aber ansonsten ist das doch ein brauchbarer Überblick.«

»Den du uns schon längst hättest präsentieren können«, meinte Greven.

»Du hast ja nicht danach gefragt.«

In diesem Augenblick ertönte zum zweiten Mal an diesem Tag das Anfangsmotiv von Beethovens 5. Sinfonie. Ohne eine Antwort abzuwarten, trat Pütthus ein.

»Wie ich sehe, habt ihr euren Fall schon fast gelöst. Meinen Glückwunsch. Falls es doch noch Fragen gibt, habe ich da vielleicht einen Tipp.«

»Wir bitten darum«, sagte Greven leicht genervt.

»Ich mache es kurz. Wir befassen uns gerade mal wieder mit dem Einbruch in Dornum.«

»Das Fabergé-Schiffchen«, wusste Häring.

»Beneidenswert, so ein Mitarbeiter«, sagte Pütthus. »Wie auch immer, es gibt da gewisse Hinweise auf eine Oldenburger Hehlerbande, von den dortigen Kollegen scherzhaft Sicken-Connection genannt. Schon mal gehört?«

Greven, Häring, Peters und Ackermann hoben ihre Achseln.

»Kopf und Namensgeber der Sicken-Connection ist der Überzeugung der Oldenburger nach der angesehene und vermögende Antiquitätenhändler Manfred Sicken. Bislang konnten ihm allerdings nur kleinere Steuervergehen nachgewiesen werden. Fest steht nur, dass die Beute von Kunstdiebstählen aus dem gesamten norddeutschen Raum immer wieder auf europäischen Messen und bei Auktionen auftaucht. Die Kollegen glauben, dass Sicken die Fäden zieht und wahrscheinlich sogar gezielt Diebstähle in Auftrag gibt. Nur beweisen können sie es ihm einfach nicht. Der Mann ist nämlich nicht dumm. Für seine inoffiziellen Geschäfte verzichtet er auf Telefon, Handy und Internet und verschickt lieber gewöhnliche Ansichtskarten mit sinnlos klingenden Texten. In Wahrheit eine simple, aber dennoch nicht ohne Weiteres zu knackende Geheimschrift. Polyalphabetische Substitution. Schon mal gehört?«

Häring hob umgehend den Finger und zog prompt die Blicke seiner Kollegen auf sich, die ihn ansahen wie Mitschüler einen Streber.

»Bravo«, lobte Pütthus und zupfte dabei an seinen langen Haaren herum. »Aber zurück zum Thema. Es hat also lange gedauert, bis die Oldenburger den Kartentrick durchschaut haben. Zwei oder drei Karten konnten sie abfangen, dann hat sich Sicken etwas Neues einfallen lassen. Allerdings wissen sie noch nicht, was.«

»Gut«, sagte Greven. »Aber warum erzählst du uns das? Käme dieser Sicken etwa als Mörder von Heyden in Frage?«

»Wohl kaum. Sicken macht sich die Finger nicht schmutzig. Außerdem ist bei den Einbrüchen, die höchstwahrscheinlich auf sein Konto gehen, noch nie Blut geflossen. Wie gesagt, der Mann ist kein Dummkopf.«

»Aber Heyden hat für ihn gearbeitet.«

»Auch für ihn. Steht alles in den Akten. Aber das meine ich gar nicht. Mir ist da gerade nur ein Gedanke gekommen. Wer immer eine irgendwo verschwundene goldene Uhr, ein geklautes Modellschiffchen von Peter Carl Fabergé oder einen ähnlichen Wertgegenstand fraglicher Provenienz zu Geld machen will ...«

»... der findet in diesem Sicken immer den richtigen Ansprechpartner mit den besten Kontakten«, setzte Greven den Satz seines Freundes und Kollegen fort.

»Mehr wollte ich nicht sagen«, lächelte Pütthus, hob zweimal die Augenbrauen als Abschiedsgruß, machte zwei Schritte rückwärts und zog die Tür hinter sich zu.

»Das könnte ein wertvolles Puzzleteil sein«, meinte Greven und wollte sich gerade wieder der Flipchart zuwenden, als sich die Tür erneut auftat. Es war jedoch nicht Pütthus, der etwas vergessen hatte, sondern Jaspers, der wie eine Trophäe das so lang vermisste Testament in Fingern hielt.

»Der zuständige Richter hatte die Grippe. Das war alles.«

»Na, dann wollen wir mal sehen«, sagte Greven und schlug den Aktendeckel auf. Nach der üblichen Vorrede folgte eine Auflistung der wenigen Besitztümer Thalke von und zu Aldenhausens und schließlich die Aufteilung.

»Grönmann ist nicht unter den Glücklichen«, musste Greven feststellen. »Er hat also in diesem Fall die Wahrheit gesagt. Dafür steht jemand anderes auf der Liste, den ich hier nicht erwartet hätte.«

Diesmal flogen ihm alle Blicke zu.

»Annalinde von Reeten.«

18

Schon zweimal war Greven die Osterstraße und die Burgstraße auf und ab gepilgert, ohne der Lösung näher gekommen zu sein. In den Buchläden hatte er die Kunst- und Bildbände durchgesehen, in zwei Boutiquen sich die Schals zeigen lassen, sich bei einem Juwelier nach Ohrringen erkundigt. Einer Entscheidung aber war er aus dem Weg gegangen, hatte lobende Worte zurückgelassen, war dann aber wieder gegangen. *The same procedure as every year.* Und das, obwohl sie sich vor Jahren versprochen hatten, dem obligaten und vorsätzlichen Austausch von Weihnachtsgeschenken ein Ende zu setzen. Nur um dann für den Partner rein zufällig und wider alle Vereinbarungen doch eine Kleinigkeit parat zu haben. Aber welche Kleinigkeit? Welches handliche, kleine Geschenk sprengte nicht den Rahmen, erfüllte noch nicht die gängigen Kriterien, ein vollwertiges Weihnachtsgeschenk zu sein? Welche von einem Verkäufer professionell verpackte Aufmerksamkeit ging gerade noch eben als Nichtgeschenk durch, bereitete Freude, ohne das Heiligabendritual heraufzubeschwören, das man ja eigentlich zu boykottieren gedachte?

Schon hatte er wieder den Wall erreicht und machte ein weiteres Mal kehrt. Zwei Einzelkämpfer mit Siegermienen kamen ihm entgegen, Einkaufstüten wie Medaillen hin- und herschwenkend. Die hatten es hinter sich. Ob er Leidensgenossen vor sich hatte, die wie er ausgezogen waren, in letzter Minute Wir-schenken-uns-nichts-Geschenke zu kaufen, konnte er allenfalls vermuten.

Das Schaufenster voller Bücher war zu einer festen Haltestelle geworden, sein Blick wanderte wieder über die Angebote und Neuerscheinungen. Bretagne? Toskana? Oder doch Gerhard Richter? Neo Rauch?

»Moin, Gerd, noch nicht komplett?«

Greven hatte gar nicht bemerkt, dass sich neben ihm ein älterer Mann eingefunden hatte. Seine Stimme reichte aus, ihn als Otto Niebuhr zu erkennen, einen Kollegen, der vor ein paar Jahren pensioniert worden war. Als Greven zur Seite sah, erschrak er, denn der einst so erfolgreiche Kommissar hatte äußerlich mehr als nur ein paar Jahre verloren. Seine Haare waren schlohweiß, seine Stirn, sein Kinn, sein Hals von Falten durchzogen, die Wangen schmal, sein Blick war trübe, fast ein wenig hilflos und ließ bereits den Greis erkennen.

»Moin, Otto. Lange nicht gesehen. Wie geht's dir?«

»Ich kann nicht klagen«, antwortete der Mann in einem Ton, in dem die Klage mitschwang. »Aber wie sieht es bei dir aus? Kommst du voran?«

»Ich suche für Mona eine Kleinigkeit, kann mich aber nicht entscheiden.«

»Das meine ich nicht«, sagte der alte Kollege. »Ich dachte an den aktuellen Mordfall.«

»Wenn ich so weitermache, habe ich den eher gelöst, als ein Geschenk gefunden.«

Während ein Lächeln über Niebuhrs Gesicht huschte und sich ein kleiner Smalltalk entspann, dachte Greven an seine Pensionierung. Der Mann vor ihm, wurde ihm langsam bewusst, erlaubte ihm einen Blick in seine eigene Zukunft. Dabei fühlte er sich der Vergangenheit noch gar nicht entronnen, dachte noch oft an seine Studienzeit in Frankfurt, an die Demos und Partys, an die Seminare und Konzerte. Emotional lag das noch gar nicht so weit zurück, waren die Gesichter, Straßen und Wohnungen noch ohne Mühe abrufbar. Niebuhr erzählte von seinen Enkeln, die ihren Besuch angekündigt hatten. Er steckte in einem Wintermantel, der eine Nummer zu groß zu sein schien, aber bestimmt noch vor Jahren ganz gut gepasst hatte. Sein einst ebenso breiter wie gerader Rücken hatte nachgegeben und zwang ihn dazu, leicht gebeugt vor dem Schaufenster zu stehen. Auf die Enkel folgte seine seit

127

Jahren kranke Frau und schließlich wieder der aktuelle Fall. Mit aufflammender Begeisterung erzählte der alte Kollege von weit zurückliegenden, aber nicht weniger komplizierten Fällen und gab verschiedene Ratschläge. Eine Falle, betonte er, eine Falle müsse man dem Täter stellen. Die Verdächtigen müsse man auf raffinierte Art und Weise provozieren und so aus der Deckung locken. Der Jüngere nickte zustimmend, achtete aber darauf, seinen Job zu behalten.

»War schön, dich mal wiederzusehen«, sagte Niebuhr nach kalten zehn Minuten. »Komm doch mal vorbei, wenn du Zeit hast.«

»Das mache ich gerne«, sagte Greven, obwohl er wusste, dass für Besuche dieser Art die Zeit eigentlich nie reichte. Vornübergebeugt stapfte der Ex-Kommissar der Dunkelheit entgegen.

Greven löste sich vom Bücherfenster und peilte nun die Parfümerie an, die er bislang ausgelassen hatte. Da Mona einen großen Verbrauch an bestimmten Duftnoten hatte, würde er hier vielleicht fündig werden. Ein Parfüm war zwar ein klassisches Last-Minute-Geschenk, aber für Mona eine durchaus passende Überraschung. Mit einem Flakon hatte er ihr noch nie am Heiligabend aufgelauert.

Kaum hatte er den Laden betreten, da stürzte sich auch schon eine Verkäuferin auf ihn und bot rasche Entscheidungshilfe an. Obwohl der Raum aus Veilchen, Rosen und Lavendel zu bestehen schien, zückte sie umgehend einige Teststreifen, auf die sie exklusive Destillate aus bereitstehenden Flakons sprühte und mit Adjektiven wie frisch, blumig oder jugendlich versah. Schon nach drei dieser Papierstreifen, die er sich unter die Nase halten musste, war er überfordert und erwirkte einen Aufschub. Die Namen auf den Flakons waren ihm vertraut, aber die Wahl zwischen den verschiedenen Düften erleichterte dieses Wissen nicht. Wie vorhin bei den Büchern stellte sich ein Gefühl der Ratlosigkeit ein. Schließlich versuchte er es mit Schnelligkeit und verzichtete auf Pausen zwischen der Prüfung der Teststreifen, aber auch das half ihm nicht weiter. In sicherer Entfernung wartete die Verkäuferin auf seine Entscheidung, wahrscheinlich vertraut mit vorweihnachtlichen Kunden wie ihn.

»Hallo, Herr Kommissar.«

Greven ließ die Teststreifen sinken und sah zur Seite. Rechts neben ihm stand Annalinde von Reeten. Doch das allein war noch nicht die Überraschung, die vielmehr in dem freundlichen Lächeln bestand, mit dem sie ihn bedachte. Die dunkelvioletten Lippen bildeten keinen horizontalen Balken, wie bisher gewohnt, sondern waren nach oben gebogen. Die Augen leuchteten. Der Teenager lebte.

»Hallo, Frau von Reeten. Suchen Sie auch noch ein Geschenk?«

»Nein, mir war nur die Farbe ausgegangen. Aber vielleicht kann ich Ihnen helfen?«

Wie selbstverständlich nahm ihm Annalinde von Reeten die Papierstreifen aus der Hand und legte sie auf den Tresen. Kritisch betrachtete sie die Vorauswahl der Verkäuferin und sah ihn fragend an. »Für Ihre Lebensgefährtin?«

Greven nickte.

Zielstrebig steuerte das Gothicgirl auf das Regal zu und kehrte mit zwei Schachteln zurück. Routiniert öffnete sie die Kartons und zog die Flakons heraus.

»Das würde ich nehmen«, sagte sie, griff seine linke Hand und drückte auf den Zerstäuber.

Der Duft unterschied sich deutlich von denen, die die Verkäuferin ins Rennen geschickt hatte. Er war differenziert und ungewöhnlich, nicht blumig, sondern indisch und gewürzorientiert, nicht schwer, nicht aufdringlich, aber sehr prägnant und unverwechselbar. Zu seiner Überraschung reagierte sein Kopf mit einer Melodie auf das olfaktorische Angebot, und zwar mit *A Love Supreme* von John Coltrane.

Als er die Hand sinken ließ, griff der Teenager erneut zu und besprühte seine rechte Hand. Diesmal kroch ihm ein ferner Strand in die Nase, an dem Kokospalmen wuchsen und Orchideen blühten. Das Meer aber blieb spürbar und brachte sich mit einer Note ein, die Fernweh verströmte.

»Na, was sagen Sie?«

»Fantastisch. Die sind beide fantastisch. Aber da ich nur eines nehmen kann, wird es wohl das Erste sein.«

»Eine gute Wahl«, freute sich Annalinde von Reeten. »Genau das Richtige für eine Künstlerin, die so starke Bilder malt.«

Greven sah in ein Gesicht, das mit dem aus der Gründerzeitvilla kaum noch etwas gemein hatte. Er fragte sich, wie das Mädchen wohl hinter ihrer Maske aussah.

»Waren Sie denn in der Ausstellung?«

»Natürlich. So etwas lasse ich mir doch nicht entgehen. Starke Bilder. Wirklich.«

Greven überlegte kurz, ob er die Gelegenheit nutzen sollte und entschied sich, sie nicht verstreichen zu lassen.

»Danke für den Tipp. Sie haben mich wirklich gerettet. Darf ich Sie noch etwas fragen? Auch wenn es mit Weihnachten nichts zu tun hat?«

»Klar doch.«

»Ich habe das Testament von Thalke bekommen und mich gewundert, dass auch Sie zu den Bedachten gehören.«

»Meine Großtante hat mich irgendwie gemocht. Ich weiß auch nicht, warum. Jedenfalls hat sie mir einen Karton mit Krimskrams hinterlassen. Steht irgendwo auf dem Dachboden. Wir haben nur einmal kurz reingesehen.«

»Warum haben Sie mir das nicht schon eher gesagt?«

»Sie haben mich nicht danach gefragt. Sie haben überhaupt noch nicht mit mir gesprochen, nur Ihre Kollegen.«

»Sie haben natürlich recht, aber Ihre Mutter …?«

»Für Frau Mutter bin ich nicht verantwortlich!« Tonfall und Mienenspiel waren unmissverständlich.

»Könnte ich den Karton einmal sehen?«

»Klar doch. Jederzeit. Ist aber nichts Wertvolles drin. Nur altes Zeug.«

Greven sah kurz auf die Uhr. Eine entsprechende Frage brauchte er allerdings nicht zu formulieren, da Annalinde von Reeten ihm zuvorkam.

»Wenn Sie mich nach Hause fahren, können Sie gleich nachsehen. Ist sowieso günstig, Frau Mutter kommt erst spät zurück.«

Greven winkte der Verkäuferin, die den Duft weihnachtstauglich und mit vielen Schleifen verpackte. Sie schien mit der Wahl nicht einverstanden zu sein und taxierte den Teenager an seiner Seite mit ablehnenden Blicken, die Annalinde von Reeten mit einem überheblichen Lächeln beantwortete.

Die Fahrt dauerte nur wenige Minuten, dann tauchte die Villa aus der Dunkelheit des winterlichen Spätnachmittags auf. Greven hielt wieder auf den Vordereingang zu, doch sein Fahrgast lenkte ihn auf die Rückseite des Hauses. Der Weg war nicht gekehrt. Der Schnee knirschte unter den Reifen. Im Licht der Scheinwerfer erschien ein kleiner Anbau mit einer grünen Tür. Es war die Werkstatt, in die er beim ersten Besuch einen kurzen Blick geworfen hatte.

»Ich hab nur den Schlüssel für die Hintertür«, sagte sie, sprang fast aus dem Auto und schloss auf. Der Raum, in dem sich Heyden nicht lange aufgehalten hatte, war wieder aufgeräumt. Gartenschläuche und Gartengeräte waren wieder an ihren Plätzen. Auf einer langen Werkbank war eine große Ständerbohrmaschine montiert. Dunkelgrüne Metallschränke verbargen das übrige Werkzeug. Werkstücke oder Arbeitsspuren wie Metallspäne waren keine zu sehen; die Werkstatt war lange nicht mehr benutzt worden.

»Hier hat also Ihr Vater experimentiert?«

»Nein«, antwortete Annalinde von Reeten fast verwundert. »Hier hat er nur Stative für seine Laborgeräte gebaut. »Experimentiert hat er in seinem Labor. Wollen Sie es sehen?«

»Natürlich.«

Der Teenager griff hinter den aufgewickelten Gartenschlauch, und ein Teil der Wand glitt lautlos zur Seite. Leuchtstoffröhren flackerten auf und erhellten einen Raum von der Größe einer Garage. Wahrscheinlich war es sogar einmal eine Garage gewesen. Die Wände waren von Labortischen gesäumt, so dass in der Mitte nur wenig Platz für den Betreiber des Labors blieb. Auf den Tischen standen moderne Analysegeräte und verschiedene Apparaturen, bestückt mit Erlenmeyer- und Rundkolben. In schmalen Regalen warteten unbekannte Chemikalien auf ihren Einsatz. Auf dem rechten Tisch thronte ein großer Monitor samt Keyboard und Rechner. Staub konnte Greven indes nicht entdecken.

»Meine sentimentale Frau Mutter hat alles so gelassen. Zur Erinnerung«, erklärte Annalinde von Reeten.

»War Heyden, ich meine, war der Einbrecher auch in diesem Raum?«

»Nein. Wie sollte er auch. Ihre Kollegen waren übrigens auch nicht drin. Aus dem gleichen Grund.«

»Der Schalter hinter dem Gartenschlauch.«

»Ganz genau.«

»Und warum zeigen Sie mir dieses Labor?«

Annalinde von Reeten lächelte kurz, zuckte mit den Achseln und drehte sich um. Greven sah sich einige der Apparaturen näher an, ohne auch nur zu ahnen, wozu sie dienten. Chemie hatte er schon am Gymnasium gehasst. Schließlich folgte er seiner Gastgeberin, die in der Tür auf ihn wartete und gleich wieder den Schalter betätigte, als er wieder in der Werkstatt stand. Lautlos verschwand das Labor hinter einer unscheinbaren Wand.

»Gehen wir auf den Dachboden«, sagte das Mädchen und beschleunigte seine Schritte, dass er aufgrund seines Knies Mühe hatte, mit ihr mitzuhalten. Sie joggte förmlich die große Treppe hinauf und führte ihn zu einer schmalen Tür, hinter der sich eine weitere Treppe verbarg.

Eine nackte alte Glühbirne sorgte für ein fahles Licht, in dem er Möbelstücke, Kisten und Kartons erkennen konnte. Annalinde von Reeten huschte im Zickzackkurs über den Dachboden und wurde schnell fündig. Aus einem kleinen Hügel abgelegter Kleider zog sie den Umzugskarton hervor, den ihr die Großtante vermacht hatte.

»Den hat der Einbrecher auch nicht gesehen?«

»Nein«, antwortete das Mädchen. »Bis zum Dachboden ist er nicht gekommen.«

Gemeinsam zogen sie den Karton unter die Glühbirne und öffneten die großen Laschen. Auf der einen Seite lag ein Stapel Kinderbücher, auf der anderen zusammengelegte Kinderkleider.

»Das sind ja meine Sachen!«, stellte der Teenager überrascht fest.

19

»Hast du sie jetzt endlich verhaftet?«

»Aber warum sollte ich sie denn verhaften?«

»Na, sie hat dir doch so einiges verschwiegen«, sagte Mona, während sie die nächste Kiste vorbereitete.

Greven hob vorsichtig das Bild an, balancierte es zur Kiste und ließ es langsam hineingleiten. »Passt perfekt. Vier Bilder noch, und wir haben es geschafft.«

»Jetzt lenk nicht ab.«

»Ich lenke nicht ab. Es gibt nur keinen Grund, sie zu verhaften, es sei denn, den, dass du sie nicht magst.«

»Reicht das nicht?«

»Nein«, entgegnete Greven mit Nachdruck. »Das reicht nicht.«

»Schade. Sehr schade.«

»Tut mir leid.«

»Bestimmt.«

»Sag mal, was ist eigentlich mit dem Schönberg-Bild?«, wechselte Greven das Thema.

»Das müssen wir mitnehmen. Der Käufer kann es erst nach Weihnachten abholen.«

Greven wuchtete auch sein Lieblingsbild von der Wand und verstaute es in der Kiste. Die Show war vorbei. Die Behelfsbar war bereits abgebaut, nur einige leere Proseccoflaschen und Sektgläser warteten noch auf ihre Entsorgung. Der Galerist beteiligte sich nicht an der Verpackungskunst, sondern telefonierte mit lauter Stimme in seinem Büro. Außer mit der Abrechnung hatte er mit Monas Ausstellung kaum noch etwas zu tun. Da sie über die Hälfte ihrer Bilder verkauft hatte, würde auch er mit der Ausstellung und seinem Anteil zufrieden sein.

»Die letzte Kiste«, sagte Mona.

Greven füllte sie mit den beiden letzten Bildern und klappte den Deckel zu.

»Prosecco?«

»Ich dachte, es ist nichts mehr da?«, wunderte sich Greven.

»Hinten im Kühlschrank steht die letzte Flasche«, sagte Mona und verschwand in dem kleinen Flur. Mit zwei Gläsern und dem Prosecco kehrte sie gleich darauf zurück.

»Ich finde, das haben wir uns verdient.«

»Die Kisten sind noch nicht im Wagen.«

»Das schaffen wir auch noch. Erst stoßen wir an!«

Der eiskalte, moussierende Wein tat gut und versöhnte mit den leeren Wänden, den Kisten und den zwei Stunden Aufräumarbeit, die hinter ihnen lagen. Und davor hatte er bereits einen ganzen Tag im Büro verbracht und Berichte gelesen und geschrieben. Viel war dabei nicht herausgekommen, abgesehen von ein paar Details. So hatte sich der kleine, dunkelviolette Fleck auf der Wange von Heyden als bedeutungslose Schmauchspur entpuppt. Da die Treibladungen der Patronen nicht immer gleichmäßig verbrannten, konnte so etwas vorkommen. Genau hatte das der Ballistiker auch nicht erklären können.

Mona hob das Glas und sah ihn fast ein wenig melancholisch an: »Jedes Mal freue ich mich, wenn eine Ausstellung so gut gelaufen ist. Und jedes Mal bin ich ein bisschen traurig, wenn alles vorbei ist. Die Ausstellung war das Ganze, jetzt ist alles in seine Einzelteile zerfallen. Die Bilder werden auseinandergerissen und erhalten Einzelplätze an unterschiedlichen Orten. Nur in meinem Kopf bilden sie noch ein Ganzes und gehören weiterhin zusammen. Jeder Käufer aber sieht bald nur noch sein Bild. Er verliert das Ganze aus den Augen.«

»Bei mir ist es genau umgekehrt«, meinte Greven, das Glas in der Hand und bequem an die letzte Kiste gelehnt. »Ich sehe zuerst nur wenige Teile und muss sie zu seinem Ganzen zusammensetzen. Sobald ich es erkenne, ist bei mir alles vorbei. Was bei dir der Anfang ist, ist bei mir das Ende.«

»Und was glaubst du inzwischen zu erkennen?«

»Noch immer zu wenig«, musste er eingestehen. »Einzelne Bilder, mittlerweile ein paar mehr, aber noch lange kein Ganzes.«

»Aber du wirst doch einen Verdacht haben? Meinen kennst du ja.«

»In gewisser Weise dürftest du sogar recht haben. Das Motiv ist irgendwo im Kreise der Familie Aldenhausen zu suchen.«

»Das ist nichts Neues«, sagte Mona und schenkte noch etwas Prosecco nach. »Haben denn die Oldenburger nichts über diesen Heyden herausgefunden?«

»Wenig genug. Unser Killer war ja nicht blöd, wenn wir einmal von den letzten Minuten seines Lebens absehen. Er hat also eine saubere Wohnung hinterlassen. Keinen Rechner, kein Adressbuch, keine Beute. Alles absolut sauber. Die

135

Kollegen tippen auf ein externes Versteck. Bei einem Kumpel oder auch nur in einem Schließfach. Immerhin haben sie im Altpapier eine Postkarte von Onken gefunden. Total zerlegt, aber sie konnten sie wieder zusammenkleben.«

»Und was steht drin?«

»Wenn wir das wüssten. Ein paar banale Sätze. *Danke für Ihren Einkauf. Grüße aus Aurich.* Sonst nichts. Natürlich ist es eine Art Code, aber wenn bestimmte Wörter für bestimmte Aktionen oder Termine vereinbart wurden, ist dieser Code nicht zu knacken. Das Datum des Poststempels ist auch nicht zu lesen.«

»Was ist mit dem Arztfrauenpanzer?«

»Denn suchen wir noch. Wir lassen jeden SUV, der irgendwo auf einem Auricher Parkplatz steht, überprüfen. Wenn ihn aber der Mörder mitgenommen hat, sieht es schlecht aus. Auf Heyden ist ein Golf zugelassen, den SUV hat er also gestohlen und eventuell zur Dublette gemacht.«

»Dublette?«

»Er hat einen SUV ausgesucht, der einem anderen weitgehend ähnlich ist. Gleiche Marke, gleiche Farbe. Dann hat er sich identische Nummernschilder machen lassen. So ein Auto zu finden, ist also gar nicht so leicht. Denn wenn man es überprüft, ist es nicht als gestohlen gemeldet.«

»Na fein. Und wenn der Mörder von Heyden sich jetzt zurückzieht, sitzt ihr auf dem Trocknen.«

»Das will ich nicht sagen. Wir werden uns die Familie vornehmen. Nicht erst seit dem Zusammentreffen mit Annalinde weiß ich, dass es dort noch viele Geheimnisse zu lüften gibt. Mir wäre es sogar lieber, der Mörder würde sich zurückziehen. Drei Tote sind mehr als genug.« Greven leerte das Glas und stellte es zu den anderen in die Ecke. »Lass uns die Kisten zum Auto tragen.«

Vor dem Hintereingang hatte der Galerist einen kleinen Bus geparkt, den sie für den Transport nutzen konnten. Die Kisten waren schwer, aber der Weg nicht weit. Viermal mussten sie den Weg zurücklegen, dann waren die

Bilder verstaut. Inzwischen hatte wieder leichter Schneefall eingesetzt. Dafür war es nicht mehr so kalt wie noch vor Tagen. Greven bezweifelte sogar, dass noch immer Minusgrade herrschten. Trotz der Flocken in der Luft glaubte er nicht an eine weiße Weihnacht.

»Kannst du eigentlich noch fahren? Ich merke nämlich den Prosecco.«

»Nach einem Glas kann man immer fahren«, sagte Greven.

»Nach eineinhalb Gläsern.«

»Trotzdem.«

»Dann fahr doch bitte bei der Villa vorbei. Aus reiner Neugier.«

Greven wählte also die Route durch die Laurinstraße, in die sie schon nach wenigen Minuten einbogen. Trotz der Dunkelheit war die Villa schon von Weitem zu erkennen, denn in fast allen Räumen brannte Licht. Als sie näher kamen, bemerkten sie mehrere Autos, die in der Auffahrt parkten. Schatten bewegten sich hinter den Gardinen der hohen Fenster.

»Wieder ein Geheimnis«, unkte Mona. »Da sterben drei Menschen, und die feiern eine Party.«

»Vielleicht hat jemand Geburtstag?«

»Schade, und du bist nicht eingeladen. Fahr bitte rechts.«

Greven bog ab, so dass sie auch einen Blick auf die Rückfront werfen konnten, hinter der weitere Autos parkten. Große und teure Autos. Er fuhr langsamer und kurbelte das Fenster herunter. Die Schlussakkorde von *Stairway to Heaven* waren zu hören.

»Wie passend«, kommentierte Mona, während der Wagen die letzten Häuser der Straße passierte und in die Dunkelheit eintauchte. Bis zum Gulfhof waren es nur wenige Kilometer.

»Müssen wir den Wagen heute noch zurückbringen?«

»Morgen früh reicht«, sagte Mona. »Aber ausladen sollten wir gleich noch.«

Eine halbe Stunde später hatten sie die letzte Kiste ins Lager hinter dem Atelier geschleppt und spürten den Tag in ihren Knochen. Dass sein Knie mittlerweile einen Dauerschmerz kultiviert hatte, gab Greven noch immer nicht preis. Er hoffte einfach auf eine Art Selbstheilung, auf ein Verschwinden des Schmerzes während der Weihnachtstage. Geschafft plumpste er auf die Wohnzimmercouch und schnappte nach Luft. Seine Kondition ließ mal wieder zu wünschen übrig. Mona war ins Bad entschwunden. Nach ein paar Minuten schwang er sich wieder auf und ging in die Küche, wo ein dekantierter Wein stand. Mit zwei gefüllten Gläsern in der Hand kehrte er zurück, um aus dem Stapel der neuen CDs etwas Ruhiges auszusuchen. Als Mona mit nassen Haaren und eingepackt in ihren Bademantel bei ihm eintraf, wirkte sie nicht entspannt, wie nach einer Dusche bei ihr üblich, sondern sah ihn ernst und konzentriert an.

»Sag mal, du suchst doch ein Motiv. Ich meine, etwas wirklich Wertvolles?«

Greven reichte ihr das Glas und nickte.

»Mir ist da vielleicht etwas eingefallen«, antwortete Mona und nahm einen kräftigen Schluck. »Aber lach jetzt bitte nicht. Das Friesengold.«

»Das Friesengold?«

»Das hab ich mir gedacht. Aber mir ist es ja auch nicht eher eingefallen. Ich vermute, weil es so offen vor unseren Augen liegt.«

Aus den tieferen Sedimenten seiner Erinnerungen tauchten langsam längst vergessen geglaubte Bilder auf. Die Hand seiner Mutter, die ihn führte. Ein riesiger Park, den er durchwandern musste. Ein Schloss. Hohe, knarrende Türen. Bilder von langhaarigen Männern in Harnischen. Ritterrüstungen. Gold hinter Glas.

»Der Goldschatz von Schloss Aldenhausen.«

»Genau den meine ich«, sagte Mona.

»Dass ich daran nicht gedacht habe! Dabei sind meine

Eltern mit mir ein paarmal nach Schloss Aldenhausen gefahren. Bei dieser Gelegenheit haben wir auch den Schatz
angesehen. Der müsste doch noch da sein? Oder haben
die den irgendwann in ein anderes Museum gebracht?«

»Davon hätte ich gehört. Bestimmt. Aber lass uns mal
nachsehen«, sagte Mona und verließ das Wohnzimmer,
um gleich darauf mit ihrem Laptop zurückzukehren.
Wenn sie auch keinen Fernseher besaßen, zumindest
Mona konnte auf einen Rechner nicht verzichten. Sie fuhr
ihn hoch, bearbeitete im Zweifingersystem die Tastatur
und stieß nach wenigen Klicks auf Gold.

»Es ist immer noch auf Schloss Aldenhausen. Vor zehn
Jahren war es einmal nach Oldenburg für die große
Friesenausstellung ausgeliehen. Aber es ist tatsächlich
noch immer da.«

»Der Raub einer derartigen Kostbarkeit wäre uns wohl
kaum entgangen«, bemerkte Greven und besah sich die
Bilder von Münzen, Broschen und Fibeln.

»Was denkst du?«

»Das wäre natürlich ein Motiv. Abgesehen von der Tatsache, dass sich dieser sagenhafte Schatz hinter Panzerglas
und von Alarmanlagen gesichert in einem Museum befindet«, meinte Greven. »Wem gehört der Schatz eigentlich?«

»Hier steht es. Einer Stiftung mit Sitz in Aurich. Vor-
stand ist Folef von und zu Aldenhausen. Stiftungsgründer
ist Fokko von und zu Aldenhausen, der Großvater von
Folef«, erklärte Mona und rief die nächste Seite auf, die
über die Herkunft des Schatzes Auskunft gab.

»Angeblich stammt er von Karl dem Dicken, einem
Nachkommen von Karl dem Großen. Um die Friesische
Freiheit zu bekräftigen, soll er 885 diesen Schatz den Frie-
sen geschenkt haben. Daher auch der Name Friesengold.
Gesichert aber ist das nicht. Wertvollstes Stück ist der
sogenannte Friesische Adler, eine mit Edelsteinen besetzte
Statue aus Gold, die die Friesische Freiheit symbolisiert.
Jahrhundertelang galt der Schatz als verschollen, bevor er

1929 bei Umbauarbeiten im Schloss Aldenhausen zufällig hinter einer Wand zum Vorschein kam. Wie er ins Schloss und in den Besitz derer von und zu Aldenhausen gelangt ist, konnte bislang nicht geklärt werden.«

»Ein wirklich schönes Motiv, aber auch ein sehr bekanntes und offensichtliches. Wenn der Schatz verschwindet, ist der Wirbel groß. Es sei denn, man tauscht ihn gegen Fälschungen aus.«

»Du denkst an Onken«, sagte Mona. »Naheliegend, aber kaum durchführbar. Selbst wenn eine perfekte Kopie gelingt, spätestens beim nächsten Verleih werden die Exponate von der Versicherung geprüft, und der Schwindel fliegt auf. Die kratzen ein bisschen Gold ab und schicken es einmal durch ihren Gerätepark. Heute kann man sogar feststellen, aus welcher Mine das Gold stammt.«

»Wir werden es uns trotzdem ansehen«, entschied Greven, während Mona den Rechner wieder herunterfuhr. Noch immer ärgerte ihn, dass er an das Friesengold, das direkt vor den Toren Aurichs fast täglich zu besichtigen war, nicht gedacht hatte. So unwahrscheinlich es auch war, ignorieren durfte er es auf keinen Fall.

Mona hatte gerade ihren Laptop wieder zurück in ihr Büro gebracht, als das Telefon klingelte. Greven stand auf, aber sie hatte bereits abgenommen. Ihm blieb nur, eine neue CD einzulegen. Er hatte noch keine Entscheidung gefällt, als Mona mit dem gleichen ernsten und konzentrierten Gesicht zurückkam wie vorhin.

»Wir brauchen am ersten Feiertag nicht zu kochen. Wir sind gerade zum Weihnachtsessen eingeladen worden.«

»Schön. Von wem?«

»Sophie von Reeten.«

Grevens Mund öffnete sich langsam, auch fehlten ihm erst einmal die passenden Worte. »Und du hast zugesagt? Hast du die laufenden Ermittlungen vergessen?«

»Hast du meine Neugier vergessen?«

20

»Frau Gräfin wohnen nicht schlecht«, sagte Mona, als sie neben dem roten Jaguar hielten. »Scheint keine arme Familie zu sein. Sogar ein kleines Auto haben sie. Was ist die Dame noch mal von Beruf?«

»Privatière.«

»Ein schöner Beruf. Wird viel zu selten ergriffen. Dabei benötigt man gar keine Ausbildung. Oder hat sie eine?«

»Sie hat Kunstgeschichte studiert«, antwortete Greven mit straff gespannten Nerven. »Mona, wenn du so drauf bist, brauchen wir gar nicht erst reinzugehen.«

»Natürlich gehen wir. Deshalb sind wir ja hier. Du hast Schuppen oder Dreck auf dem Mantelkragen«, sagte sie und stieg aus.

Sie hatten die Stufen noch nicht erreicht, als ihnen Sophie von Reeten die Tür öffnete. Natürlich war sie wieder ganz in Schwarz, bodenlang diesmal und hochgeschlossen, aber figurbetont. Mit ihren langen Haaren erinnerte sie ihn an eine Fee oder einen Dämon. Lilith. Adams erste Frau. Nimm dich in Acht vor ihren schönen Haaren. Aber es war nicht Walpurgisnacht, sondern Weihnachten. Die Schöne hatte beste Laune und breitete ihre Arme für sie aus.

»Ich freue mich, dass ihr so spontan kommen konntet. So, und jetzt herein in die gute Stube!«

Mona rollte kurz mit den Augen, reichte ihr aber artig die Hand. Greven hatte beschlossen, das Wundern einzustellen und reichte ihr ebenfalls die Hand, die die Gastgeberin auch ergriff und ihn dabei kurz an sich zog. Mona entging diese kleine Geste, da sie damit beschäftigt war, die Schleifen auf dem mitgebrachten Präsent in Bestform zu bringen. »Eine Kleinigkeit. Schließlich ist ja Weihnachten«, sagte sie im Foyer und überreichte der Gastgeberin das Geschenk, das unschwer als Bild

141

zu erkennen war. Ein Stillleben, ein Apfel, wie Greven wusste, der die Warhol'sche Banane ergänzen sollte. Die Beschenkte bedankte sich mit einem gekonnten Knicks und einem Lächeln.

An der Treppe wartete Annalinde, begrüßte sie ebenfalls ausgesprochen freundlich und half ihnen aus den Mänteln. Sophie von Reeten führte sie dann direkt ins Esszimmer, wo sie ein perfekt eingedeckter Tisch erwartete, Blumenarrangement inklusive. Selbst Monas Blick signalisierte Anerkennung. Auf Hochglanz poliertes Silber rahmte altehrwürdiges Porzellan ein, auf dem das goldene Monogramm H.v.R. zu lesen war.

»Setzt euch doch!« Sophie von Reeten blieb beim pluralen Du. »Einen Aperitif? Champagner?«

Greven und Mona nickten im Plural und setzten sich auf die von Annalinde angewiesen Stühle. Biedermeier.

»Ausgezeichnet, der passt auch am besten zu den Austern. Annalinde? Bist du so gut?«

Die Gastgeberin verstand ihr Handwerk. Während Annalinde die Champagnergläser reichte, betrat eine uniformierte Serviererin das Esszimmer, stellte sich bescheiden vor und verteilte die Austern. Belon-Austern, wie Greven anhand der runden Form der Schale feststellte. Sophie von Reeten hatte sich das Essen etwas kosten lassen.

»Frohe Weihnacht. Ich freue mich, dass ihr gekommen seid!«

Alle vier Teilnehmer des Weihnachtsmenüs hoben ihre Gläser und prosteten sich zu. Mit Erleichterung registrierte Greven, dass sich Monas Emotionen wieder austariert hatten. Der freundliche Empfang zeigte Wirkung. Auch schienen sich Mutter und Tochter an diesem Tag grün zu sein. Vielleicht zeigte hier Weihnachten Wirkung. Die Austern waren die besten, die er je gegessen hatte.

»Sind gestern per Express gekommen«, erklärte Sophie von Reeten.

142

Der Abend schien also gerettet zu sein. Seine Stimmung hob sich von Auster zu Auster, seine Nerven schwangen in den Normalzustand zurück. Beim zweiten Gang, einer Fasanenconsommé, entspann sich sogar ein intensives Gespräch zwischen Mona und Sophie von Reeten über den aktuellen Kunstmarkt. Greven hatte Mühe, seinen Ohren und Augen zu trauen, denn die beiden Frauen teilten überraschend viele Ansichten und fällten schon bald einstimmige Urteile über namhafte Künstler und Galeristen. Beim anschließenden Salatgang war er erst einmal draußen, denn so namhaft die Verurteilten auch sein mochten, er hatte von den meisten noch nie zuvor etwas gehört. Ein Versuch, das Gespräch auf den fränkischen Bacchus und somit auf den Wein zu lenken, scheiterte kläglich. Die Gastgeberin kassierte zwar sein Lob, kehrte aber umgehend zur Kunst zurück. Wie er auf die böse Vorahnung gekommen war, am Tisch könne Totenstille herrschen, wusste er selbst nicht mehr. Schließlich gab ihm Annalinde eine Chance, denn sie fragte nach dem Erfolg des Nichtgeschenks.

»Ein Volltreffer. Sie haben auf Anhieb Monas Geschmack getroffen, auch wenn sie heute noch einen alten Duft eingesetzt hat.«

»Was haben Sie denn bekommen?«

»Ein Bild. Mein Lieblingsbild aus ihrer letzten Ausstellung. Es zeigt Minnie Schönberg aus Dornum. Die Mutter der Marx Brothers, falls Ihnen das etwas sagt.«

Annalinde hob kurz ihre Schulter.

»Eine legendäre amerikanische Komikertruppe der 30er und 40er Jahre mit Wurzeln in Ostfriesland.«

»Okay. Wie groß ist das Bild?«

»So einen mal eineinhalb Meter, schätze ich.«

»Haben Sie schon einen Platz für das Bild?«

»Ja. Es hängt bereits im Wohnzimmer. Wir haben es einfach gegen ein anderes Bild von Mona ausgetauscht. So etwas machen wir ab und zu.«

»Gute Idee. Wir sollten unseren Warhol auch mal austauschen.«

Behutsam versuchte Greven nun das Thema zu wechseln und auf das äußere Erscheinungsbild des Teenagers überzuleiten. Er wollte mehr über ihre Lebensphilosophie erfahren, die sich hinter der Maskerade verbarg. Aber schon der erste Versuch scheiterte.

»Meine Entscheidung!«

Weiter kam er nicht und leitete schnell zur Familie über, zu den von und zu Aldenhausen. Die von Reetens ließ er erst einmal unbehelligt. Mit diesem Thema hatte er mehr Erfolg. Bereitwillig erklärte ihm Annalinde das Familiengeflecht und berichtete über Onkel, Tanten, Cousins und Cousinen. Zentrum der weitläufigen Familie mit verwandtschaftlichen Beziehungen bis nach Dänemark und England war das in der Nähe gelegene Schloss Aldenhausen. Dort fanden sich Annalinde und Sophie von Reeten jedoch nur äußerst selten ein, etwa zu runden Geburtstagen oder Trauerfeiern.

»Frau Mutter mag diesen Teil der Familie nicht sonderlich. Sind sehr spießig. Fahren Mercedes und Audi. Laufen nie ohne Halsgepäck rum.«

»Halsgepäck?«

»Na, Krawatte.«

»Verstehe.«

»Spießer eben. Und Pferde. Jede Menge Pferde. Die ganzen Stallungen sind voll von den Viechern. Und die reiten die auch noch. Alles im vornehmen Reiterdress natürlich«, sagte Annalinde und lachte dabei spöttisch.

»Wer lebt dort noch außer Ihrem Onkel Folef?«

»Meine Tante Talea samt Lover und mein Onkel Abbo samt Familie.«

»Und Ihre Tante Thalke?«

»Die hat auch auf dem Schloss gewohnt. Jedenfalls hat sie im Westflügel eine Wohnung gehabt. Die hat sie nie aufgegeben, auch wenn sie gerade einen Lover hatte.«

»Was ist mit Ihren Großeltern mütterlicherseits?«

»Nur meine Oma lebt noch. In einem Pflegeheim. Seit ihrem Schlaganfall geht's ihr beschissen.«

Greven versuchte, dem Gespräch noch eine neue Richtung zu geben. »Kennen Sie eigentlich das Museum im Schloss?«

»Das berühmte Friesengold? Na klar. Wer kennt das nicht?«

Greven nickte zustimmend, als habe er das Gold erst letzte Woche in Augenschein genommen.

»Ich war ein paarmal da, als ich kleiner war«, erklärte der Teenager. »Im Sommer kommen massig Touris, um das Zeug anzugaffen. Steh'n alle total auf Gold.«

»Sie tragen auch eine goldene Kette.«

»Das ist etwas ganz anderes. Sie ist nur ein Symbol für das Weltliche, das uns immer weiter in den Abgrund reißt.«

»Was reißt uns in den Abgrund?«, grätschte Mona unvermittelt in das Gespräch.

»Das Gold«, antwortete Annalinde von Reeten. »Und mit ihm alles Weltliche.«

»Wo sie recht hat, hat sie recht«, sagte Mona, die notgedrungen der Kunstszene den Rücken gekehrt hatte, da die Gräfin aufgestanden war, um sich um den Hauptgang zu kümmern. Perlhuhnbrüste und Risotto alla milanese. »Wir müssen uns nun einmal damit abfinden, dass der Untergang nicht aufzuhalten ist. Wenn du mich fragst, können wir es drehen und wenden, wie wir wollen, es liegt an der Evolution und der Spezies Mensch. In der Steppe Afrikas sind vor Millionen von Jahren die Würfel zugunsten unseres Erfolgs gefallen. Schon damals lautete die Devise: Macht euch die Erde untertan! Was so viel bedeutet wie: Plündert den Planeten und macht alles platt. Und das haben wir auch gemacht. Die Erde und den Menschen selbst. Die Ziele haben sich seitdem nicht gewandelt. Häuptling werden, Macht über andere haben,

Reichtümer aufhäufen. Alles andere ist bloße Makulatur. Die Evolution hat uns dazu verdonnert, das erfolgreichste, raffgierigste und tödlichste Wesen zu werden, das die Erde je gesehen hat.«

»Mona, bitte!«, unterbrach sie Greven.

»Lassen Sie sie doch!«, verteidigte sie Annalinde. »Ich finde, sie liegt völlig richtig. Dieser ewige Kampf um Macht und Geld.«

Damit hatte sich ein neues Thema etabliert, dem Greven die Teilnahme jedoch verweigerte. Zum einen war ihm im Moment das Perlhuhn wichtiger, in dessen Genuss er selten kam. Auch glaubte er nicht, die Welt durch einen demonstrativen Verzicht auf den Hauptgang entscheidend ändern zu können. Nicht, dass er noch nie an die eine oder andere kleine Verbesserung der Welt gedacht hätte. Im Gegenteil, seit dem Erwachen seines Bewusstseins in der Pubertät hatte er sich um die berühmten Speichen des Zeitrades bemüht, im Kleinen wie im Großen. Eigentlich hatte er das Verändern der Welt sogar zu seinem Beruf gemacht. Er hatte kriminelle Manager und Waffenschieber gejagt, hatte sich mit Drogenbaronen und korrupten Politikern angelegt. Und seit dem Anschlag auf sein Knie waren es eben Mörder in der Provinz.

Zum anderen hatte er diesem Thema schon sehr viel Zeit gewidmet, ohne auf wirklich befriedigende Antworten gestoßen zu sein, die nicht irgendeinen faden Beigeschmack besaßen, oder die einfach nicht durchsetzbar waren. Und ganz falsch war Monas These bestimmt auch nicht. Vielleicht war der Mensch tatsächlich nicht zu bekehren, weil er mit einem Genpool behaftet war, der ihn auf den Abgrund zutrieb. Der Unterschied zu vergangenen Epochen bestand lediglich darin, dass er die Methoden verbessert und verfeinert hatte und sich immer mehr Menschen an der Treibjagd beteiligten. Sieben Milliarden. Wenn das keine furchterregende Meute war, die sich fortwährend selbst ankläffte, aufgestachelt, verführt und betört von unzähligen Alphamännchen und Beutesüchtigen.

»So, hier kommen die Perlhühner!« Mit zwei Tellern in der Hand meldete sich die Gastgeberin auf der Bühne zurück. Die Serviererin trug die anderen beiden Teller.

»Guten Appetit!«

Kaum hatte sich Sophie von Reeten gesetzt und das neue Thema aufgeschnappt, stieg sie in die Zivilisationskritik ein und half umgehend mit, Wohlstand und Armut neu zu definieren, das Bankensystem zu reformieren und das Geld abzuschaffen. Greven schwieg und genoss die Perlhuhnbrust, an der nichts auszusetzen war. Dass er zu den Glückspilzen auf diesem Planeten gehörte, war ihm schon lange bewusst.

21

Tauwetter hatte der fast weißen Weihnacht ein jähes Ende bereitet. Es regnete in Strömen, als sie die Vorburg von Schloss Aldenhausen erreichten, das vor den Toren Aurichs lag. Schon auf dem Parkplatz wirbelten Bilder durch seinen Kopf. Bilder von seinen Eltern, die nach sonntäglichen Ausflugzielen suchten und sich an schönen Frühlings- oder Herbsttagen für Schloss Aldenhausen entschieden. Wegen der Farben. Greven hatte diese Reisen nicht geliebt, denn die Fahrt schien ihm damals unendlich lange zu dauern. In einem Käfer, der nur VW hieß und hinten eine winzige geteilte Heckscheibe besaß. An die Farbe des Autos konnte er sich nicht mehr erinnern, wohl aber an die Anweisungen seines Vaters, der bemüht war, immer neue Routen durch den Schlosspark zu finden. Die Schwäne. Auf sie konnte man in der Nähe des Burggrabens treffen. Einer hatte ihn sogar einmal angegriffen.

Mit einem gellenden Schrei hatte seine Mutter ihn aus der Reichweite des Schnabels gezogen, während sein Vater sich dem wütenden Tier entgegenstellte. So hatte er es jedenfalls in Erinnerung.

Nach dem Spaziergang hatten sie im Café Tee getrunken und Kuchen gegessen. Teekuchen. Von seinem Vater auch Beerdigungskuchen genannt, da er oft nach Beerdigungen auf der anschließenden Teetafel zu finden war. In diesem Café hatte er mit großer Wahrscheinlichkeit seine erste Cola getrunken. An einem heißen Sommertag. Auf Anhieb hatte ihn damals das unbekannte Getränk überzeugt. Sehr zum Leidwesen seiner Mutter.

Den Sommertag musste er sich nun vorstellen, denn es regnete bei plus fünf Grad Bindfäden. Im Laufschritt überwanden sie die Brücke über den Burggraben. Mona hatte ihren Schirm vergessen und er seinen Hut.

»Wir hätten doch zurückfahren sollen. Die paar Kilometer. Sieh dir mal meine Frisur an!«, schimpfte Mona, als sie den kleinen Schalter erreichten, hinter dem ein älterer Mann den Eintritt kassierte. Da Greven keine nennenswerte Frisur besaß, kam er glimpflicher davon. Trotz des regnerischen Januartags waren sie nicht allein im Museum, das mit seinen Exponaten Auskunft über die Geschichte der Friesen im Allgemeinen und die derer von und zu Adenhausen im Besonderen gab.

»Ein völlig veraltetes Konzept«, war Monas erste Analyse. »Hier sieht es ja aus wie in einem Heimatmuseum der 70er Jahre. Alles vollgestopft, keine Orientierung, keine erkennbare Struktur. Alles steht irgendwie nur herum. Die haben lange nichts investiert. Dieses Museum gehört selbst in ein Museum.«

Immerhin stießen sie auf einige Modelle, aufwendige Bastelarbeiten, die verschiedene Siedlungsformen in Geest und Marsch veranschaulichten. Besonders tief brauchten sie nicht in das Museum einzudringen, denn schon im zweiten Raum, der dem Mittelalter zugedacht war, erwartete sie eine Scheibe aus Panzerglas, neben der ein uniformierter Wärter mit bedeutungsvoller, ernster Miene stand. Eine rote Kordel sorgte für einen gebührenden Sicherheitsabstand des Betrachters zum Glas. Als sich Greven dennoch bis auf wenige Zentimeter der Scheibe näherte, schritt der Wärter ein. Statt einer freundlichen Aufforderung, doch bitte die Kordel zu beachten, krächzte ihm der Mann ein »Gehen Sie da sofort weg!« entgegen und machte zwei schnelle Schritte auf ihn zu.

»Ist ja schon gut, lieber Herr Wachmann«, empfing ihn Greven, zog seinen Ausweis aus der Tasche und hielt ihn ihm entgegen.

»Wat sall dat weden?«

»Können Sie nicht lesen? Das ist ein Mitgliedsausweis. Der Verein heißt Mordkommission. Kripo Aurich.«

»Und ik bün de Kaiser van Schina!«

»Wohl kaum. So, und jetzt beruhigen Sie sich wieder. Es ist alles in Ordnung. Ich bin tatsächlich von der Polizei. Tut mir auch leid wegen der Kordel. Aber ich habe als Kind schon hier gestanden. Damals gab es noch keine Kordel.«

»Torügg gahn, heb ich seggt!«

Mona wollte gerade einschreiten und vermitteln, als sich von links ein älterer, nobel gekleideter Herr näherte und sofort den Wärter ansprach.

»Gibt es ein Problem, Herr Bödefeld?«

»Jawohl, Herr Graf. Dieser Mann ist das Problem. Er hat die Kordel missachtet. Und er behauptet, von der Polizei zu sein.«

Erst jetzt richtete der Herr im feinen Zwirn seinen Blick auf Mona und Greven, der ihn auf Anfang sechzig schätzte. Sein graues Haar war voll und nach hinten gekämmt. Seine stahlblauen Augen erinnerten entfernt an Hans Albers, ebenso seine Statur und seine Bewegungen.

Ein Monokel, das Greven gefallen hätte, fehlte. Dafür

trug er eine ungewöhnliche bunte Krawatte, die von einer goldenen Krawattennadel gehalten wurde. Nicht nur sein Anzug schien teuer gewesen zu sein, sondern auch sein Hemd und seine schwarzen Schuhe.

»Entschuldigen Sie bitte den kleinen Vorfall. Darf ich mich vorstellen: Folef von und zu Aldenhausen. Der Hausherr.«

»Mona Jenns. Freut mich, Ihre Bekanntschaft zu machen.«

»Doch nicht etwa die Künstlerin?«

Monas Gesicht begann zu leuchten, und Greven wusste auch, warum. Sie liebte es nämlich, Künstlerin genannt zu werden, auch wenn sie gegen die Berufsbezeichnung Malerin nichts einzuwenden hatte. Und sie liebte es, erkannt und gekannt zu werden. Außerdem war ihr anzusehen, dass ihr der konservativ, aber nicht altbacken gekleidete Aristokrat mitsamt seinem souveränen Auftreten und seiner nicht zu leugnenden Ausstrahlung auf Anhieb gefiel.

»Gerd Greven. Sehr erfreut. Und ich bin tatsächlich von der Polizei.«

»Es ist alles in Ordnung. Ein Missverständnis«, wandte sich der Graf zunächst kurz dem Wachmann zu.

»Sie sind hoffentlich nicht wegen eines Verbrechens hier?«

»Wir sind nur gekommen, um uns das Friesengold anzusehen. Ich war zuletzt als Kind hier, da wurde es mal wieder Zeit. Die Kordel hat es damals allerdings noch nicht gegeben.«

»Da bin ich aber erleichtert«, sagte der Graf. »Ich dachte schon, es hätte etwas mit diesen äußerst unappetitlichen Morden in Aurich zu tun. Aber den Täter scheint man ja inzwischen zu haben, wenn auch nicht mehr lebendig.«

»Darf ich?«, fragte Greven und deutete mit dem Finger auf die Kordel.

»Aber selbstverständlich. Darf ich Ihnen wiederum die einzelnen Stücke vielleicht erklären?«

150

»Das wäre ausgesprochen nett«, antwortete Mona und stellte sich neben Greven an die Panzerglasscheibe.

Was folgte, war ein unterhaltender und gekonnt gehaltener Vortrag über die Geschichte des Schatzes. Der Graf war ein echter Erzähler, ein Entertainer, der es verstand, seine Zuhörer mitzunehmen und mitzureißen. Mit wenigen Worten skizzierte er das Leben des zu den Karolingern gehörigen Kaisers Karl III., auch bekannt als Karl der Dicke. Weniger trocken malte er die feierliche Übergabe der goldenen Statue an die Friesen aus, der fortan als Friesischer Adler die Friesische Freiheit und die Reichsunmittelbarkeit symbolisieren sollte.

»Das ist natürlich nur eine Legende«, fügte er seinen Ausführungen hinzu. »Historisch belegt ist das ebenso wenig wie die Abenteuer Klaus Störtebekers. Woher der Schatz tatsächlich stammt, ist trotz aller Bemühungen der Forschung unbekannt. Die Münzen, wahrscheinlich als Beigaben gedacht, stammen jedenfalls aus der Zeit Karls des Dicken.«

Folef von und zu Aldenhausen schilderte nun den Strudel der Zeit, in der Schatz durch die Wirren verschiedener Kriege geraten war. Mehrmals habe der Schatz den Besitzer gewechselt, bevor er von der historischen Bildfläche verschwunden sei. Natürlich habe es immer einmal wieder Hinweise auf den Verbleib des Schatzes gegeben, Behauptungen namenloser Zeugen, die ihn mal in Leeuwarden, dann wieder in Emden gesehen haben wollten.

»Ein niederländischer Gesandter etwa hat nach seiner Rückkehr aus Ostfriesland in Amsterdam berichtet, ihm sei in einer Häuptlingsburg in der Krummhörn ein mit Edelsteinen besetzter goldener Adler gezeigt worden. Das war so um 1320. Gute zweihundert Jahre später will ihn wiederum ein lettischer Arzt am Hof Balthasars von Esens gesehen haben.«

»Kommt mir sehr bekannt vor«, kommentierte Greven.

151

»Mit derartigen Zeugenaussagen habe ich auch bisweilen zu kämpfen.«

»Das kann ich mir vorstellen«, schmunzelte der Graf. »Aber zurück zum Schatz, der trotz der regelmäßigen Sichtungen verschwunden blieb. Bis am 16. August 1929 zwei Bauarbeiter eine Wand im Ostflügel dieses Schlosses mit Spitzhacken bearbeiteten, um sie abzubrechen. Der beauftragte Architekt hatte sich nämlich in den Kopf gesetzt, den ursprünglichen Zustand eines Flures wiederherzustellen. Als sich der Staub gelegt hatte, bemerkte einer der Arbeiter einen sonderbaren Glanz und schob die soeben entfernten Steine zur Seite. Zum Vorschein kam der Schatz. Ohne Kiste oder Truhe, ohne jeden weiteren Schutz war er während des Dreißigjährigen Kriegs in großer Eile eingemauert worden. Mit Erfolg. Denn vor wem auch immer das Gold in Sicherheit gebracht worden ist, er hat es nicht gefunden. Seitdem wird der Schatz hier im Museum aufbewahrt.«

Mit großen Augen nahmen Mona und Greven das Gold in sich auf, vor allem natürlich den Adler, der seine Flügel an den Körper angelegt hatte und stolz in die Ferne blickte.

»Eine unglaubliche Arbeit«, bemerkte Mona. »Das Werk eines Meisters.«

»Was könnte der Adler wert sein?«, fragte Greven.

»Er ist unverkäuflich«, lachte der Graf. »Ein Gebot wäre also von vornherein sinnlos.«

»Natürlich. Aber rein hypothetisch?«

»Wenn wir den historischen Wert ignorieren, müssten Sie wohl weit über eine Million auf den Tisch legen.«

»Hat es je einen Versuch gegeben, den Schatz zu stehlen?«

»Aber selbstverständlich. Sonst wäre es ja kein echter Schatz«, lachte der Graf. »1947 wurde der Schatz aus einem Bunker geholt, wo er während des Kriegs eingelagert worden war. Zwei gewitzte Diebe sind auf die Idee gekommen, den Transport von Emden nach Aurich zu überfallen. Es ist ihnen zwar gelungen, den Lastwagen zu rammen. Doch die beiden britischen Soldaten, die die Fahrt begleiteten, konnten die Diebe mit ein paar Schüssen in die Luft vertreiben. Sie wurden nie gefasst.«

»Immerhin, ein lobenswerter Versuch«, sagte Greven und bemühte sich, dem Humor des Grafen zu folgen.

»Heute wäre ein derartiger Versuch völlig sinnlos, da der Schatz durch eine moderne Anlage gleich mehrfach gesichert ist. Folienverstärktes Panzerglas, das nicht einmal die Feuerwehr einschlagen kann. Bewegungsmelder und Sensoren aller Art. Unabhängig vom Stromnetz.«

»Wie wäre es mit einem Schlüssel?«

»Den hätte ich natürlich«, lachte der Graf. »Aber Sie kennen ja die üblichen Regeln. Ein Schlüssel reicht nicht. Man braucht mindestens zwei. Ich könnte also die Tür, die sich auf der anderen Seite befindet, nicht allein öffnen. Außerdem befindet sich auch dort ein Sensor, der sofort Alarm auslösen würde. Ich fürchte also, Sie werden ohne den Schatz nach Hause gehen müssen.«

»Tja, sieht ganz so aus«, nickte Greven.

»Haben Sie sonst noch Fragen? Ich war nämlich gerade auf dem Weg in mein Büro, um einige wichtige Anrufe zu erledigen.«

»Verzeihen Sie bitte«, sagte Mona betont freundlich. »Es war nicht unsere Absicht, Sie von der Arbeit abzuhalten. Danke für Ihre spannenden Ausführungen.«

»War mir ein Vergnügen, Frau Jenns. Herr Greven.«

Der Hausherr empfahl sich mit einer angedeuteten Verbeugung und verließ den Raum.

»Es war nicht unsere Absicht ...«, wiederholte Greven. »Seid wann kultivierst du denn diesen Duktus?«

»Seit heute. Und spar dir bitte weitere Kommentare. Nimm dir lieber ein Beispiel an dem Auftreten des Grafen.«

»Danke für den Tipp.«

»Bitte.«

Greven ruderte zurück und richtete den Blick wieder auf den Schatz.

»Fassen wir zusammen: Ein Diebstahl des Schatzes scheint unmöglich zu sein. Aber wenn er den oder die anderen Schlüssel besäße oder Nachschlüssel hätte, könnte er dann die Originale nicht einfach gegen Kopien austauschen?«

»Du denkst wieder an Onken«, stellte Mona fest. »Im Prinzip wäre das schon möglich, aber nicht in der Realität. Das habe ich dir doch schon erklärt.«

»Wäre ja auch zu schön gewesen«, brummte Greven und betrachtete noch eine Weile den goldenen Adler, der seinen Blick auf beinahe magische Weise zu erwidern schien.

22

Als Greven das Büro betrat, stand Häring bereits vor dem Flipchart und schrieb. Auf der Pinnwand hatte er in Form von Fotos und Namenschildern frische Spuren hinterlassen. Die anderen Kollegen waren noch unterwegs.

Greven grüßte kurz und ließ sich missmutig auf seinem Sessel nieder. Sein Knie schmerzte und seine Laune war definitiv im Keller. War ihm das operativ vor Jahren mühsam gerettete Knie medizinisch halbwegs verständlich, konnte er für die Laune keinen objektiven Grund finden. Sie hatte seinen Kopf einfach übernommen, hatte ihm schon im Bett aufgelauert, ihn vor dem Spiegel im Bad bedrängt und spätestens während des Frühstücks überwältigt. Schon nach der ersten bissigen Bemerkung über die ungesunde Farbe des neuen Blauschimmelkäses hatte Mona sie zu spüren bekommen, die Annahme jedoch verweigert. Solle er doch in Zukunft den Käse einkaufen, war ihre Entgegnung gewesen. Immerhin hatte er so einen Grund erhalten, sich während der Herfahrt zu ärgern. Über sich selbst und seine überflüssige Bemerkung. Auf der Treppe war ihm dann auch noch die Staatsanwältin entgegengekommen und hatte ihn gleich auf Heyden und den Fall angesprochen, hatte Text abgesondert wie ein Volksvertreter, hatte gemahnt, gedrängt, gefordert. Resultate. Resultate. Resultate. Die Presse. Die Öffentlichkeit.

Schließlich hatte er die Notbremse gezogen. »Mein Knie!«, hatte er unvermittelt gestöhnt und übertrieben humpelnd die Flucht ergriffen. Nur um sich oben auf dem Flur über seine Feigheit zu ärgern. Inzwischen hatte die in ihn gefahrene Laune ein neues Ziel ausgemacht. Peter Häring. Was der wieder einmal aus seinem begehbaren Kleiderschrank gezogen hatte. Grauenhaft. Allenfalls für Parteitage und Vorstandsitzungen geeignet. Ebenso elegant wie eigenschaftsfrei. Ebenso …

»Ich wäre dann so weit«, meldete sich Häring von der Flipchartfront.

»Womit wärst du so weit?«, frotzelte Greven.

»Na, mit meinem kleinen Vortrag. Womit denn sonst. Ich wollte dich nur kurz in das einweihen, was ich hier und da nebenbei erfahren habe. Was sonst? Sag mal, geht's dir nicht gut? Du siehst irgendwie schlecht aus.«

»Danke, es geht mir gut. Ich habe nur schlecht geschlafen. Also, was hast du herausgefunden?«

»Der für tot erklärte Christian von Reeten«, begann Häring mit einer leichten Unsicherheit in der Stimme, »hat drei Monate vor seiner Abreise nach Thailand die Meyerwerft in Papenburg besucht. Es war aber nicht die einzige Werft.«

»Bravo!«

»Ich glaube, dir geht es wirklich nicht gut.«

»Entschuldige. Also, was hat er in Papenburg gemacht?«

»Er hat sich bei einem Mitarbeiter der Geschäftsführung und einem der Ingenieure grob nach dem Preis für ein

155

Spezialschiff erkundigt, das nach seinen Vorstellungen konstruiert werden sollte.«

»Nicht schlecht«, meinte Greven, der jetzt ahnte, was es mit dem Frachter auf sich hatte, der mit einer Nadel auf der Pinnwand am Sinken gehindert wurde. »Hast du auch etwas über diese Vorstellungen erfahren?«

»Leider nicht«, musste Häring gestehen. »Offenbar hat von Reeten genau das für sich behalten, und seine Pläne nur vage angedeutet. Nur die Eckdaten, also Bruttoraumzahl, Länge, Tiefgang und so weiter hat er natürlich preisgeben müssen. Sogar eine Art Risszeichnung hatte von Reeten dabei. Aber an Details kann sich der Ingenieur nicht mehr erinnern. Von Rohren und Pumpen war die Rede, hat er gesagt. Aber das ist schon alles. Das ist ja auch schon eine Weile her.«

»Rohre und Pumpen«, wiederholte Greven halblaut. »Die benötigt wahrscheinlich auch jedes Schiff, das für bestimmte Recycling- und Filteraufgaben eingesetzt wird. Vermute ich. Aber es könnte natürlich auch ganz anders sein.«

»Das dachte ich auch.«

»Wir können es zumindest nicht ausschließen«, stimmte Greven zu und begann, sich wieder auf den Fall zu konzentrieren. Die destruktive Laune, die ihn bis jetzt durch den Tag begleitet hatte, verlor spürbar an Macht über ihn. »Bei welchen Werften ist er mit seiner Zeichnung noch vorstellig geworden?«

»Aus den Unterlagen, die uns Sophie von Reeten überlassen hat, geht hervor, dass er auch Kontakt zur Kaiserwerft in Hamburg und zur Saarinen-Werft in Turku in Finnland aufgenommen hat. Beides Werften, die für ihre Spezialbauten bekannt sind.«

Bilder liefen wie ein Film durch Grevens Kopf. Bilder von einem Spezialschiff, das in der Lage war, aus dem Wasser der Weltmeere Gold zu filtern und es hinterher wieder auszuspucken. Während sich die Laderäume mit dem Edelmetall füllten, fiel der Goldpreis an den Börsen. Aber keineswegs ins Bodenlose. Die Kosten waren zwar hoch, aber der Profit dennoch fantastisch. Schließlich schürfte das Schiff auf dem größten Claim aller Zeiten. »Wir sollten da dranbleiben, so skeptisch ich die Sache auch sehe. Was meinst du?«

»Scheint dir besser zu gehen«, freute sich Häring. »Nichts anderes habe ich vor. Die E-Mails an die Werften sind längst unterwegs.«

»Gut. Wie sieht es mit seiner Familie aus?«

»Die hat doch Edzard übernommen.«

»Sorry, hatte ich vergessen.«

»Dafür habe ich noch mal mit den Kollegen aus Oldenburg telefoniert«, fuhr Häring fort. »Heyden hatte offenbar beste Kontakte zu mehreren Hehlerringen unterhalten, nicht nur zur sogenannten Sicken-Connection, sondern auch zum von Belgrad aus operierenden Kovač-Ring, der seit Jahren Auktionshäuser mit Kunstwerken zweifelhafter Herkunft versorgt.«

»Wie wir uns ja schon gedacht haben, ein Mann mit besten Beziehungen«, meinte Greven. »Was uns aber nach wie vor nicht weiterhilft, da wir immer noch nicht wissen, was er bei Onken gesucht und nicht gefunden hat. Das Friesengold scheidet leider aus, denn das habe ich gestern mit eigenen Augen gesehen. Schade. Das wäre es gewesen.«

»Welches Friesengold?«, fragte Häring.

»Der alte Friesenschatz von Schloss Aldenhausen.«

»Tut mir leid, nie davon gehört.«

»Ist auch nicht so wichtig. Aber zurück zu Heyden. Hast du noch etwas?«

»Die Oldenburger Kollegen haben gestern zufällig Heydens Auto gefunden. Ein nicht mehr ganz neuer Golf. Er stand in Westerstede auf einem öffentlichen und kostenfreien Parkplatz und wird bereits kriminaltechnisch untersucht. Aber jetzt kommt's. Nicht weit entfernt wurde am Tag vor Onkens Ermordung ein nagelneuer, silberner X5 gestohlen. Aus der Einfahrt des Besitzers. Der Schlüssel steckte.«

»Der SUV!«

»Ich weiß, du glaubst nicht an den Zufall«, sagte Häring. »Daher habe ich Typ, Farbe und Kennzeichen einfach mal durchgegeben. Vielleicht haben wir ja Glück.«

»Und ob das kein Zufall ist. Ein Profi wie Heyden wildert doch nicht vor der Haustür. Der wildert unterwegs, fährt in Westerstede von der Autobahn, parkt unauffällig seinen Wagen, natürlich ohne ein Ticket zu riskieren, und fährt mit dem passenden Fahrzeug weiter zum Tatort. Eventuell sogar mit gefälschten Kennzeichen, die er mitgebracht hat. Wie hört sich das an?«

»Einwandfrei. So ungefähr habe ich mir das auch vorgestellt«, nickte Häring zufrieden. »Und bei der Kommunikation tippe ich auf gestohlene Handys oder Prepaid-Handys, die er anschließend umweltfreundlich entsorgt hat. Ein paar chiffrierte Postkarten dürften wohl kaum ausgereicht haben.«

»Da können die Kollegen natürlich lange suchen«, stimmte ihm Greven zu. »Wie schon gesagt, dieser Heyden war kein Anfänger. Genützt hat es ihm aber am Ende nichts, denn er hat einen klassischen Fehler begangen. Er war sich seiner Sache nämlich zu sicher, er war zu sehr von seiner Überlegenheit überzeugt. Nur, weil er die Polizei ein paarmal erfolgreich an der Nase herumgeführt hat. Aber wie heißt es schon bei Wilhelm Busch? Wenn einer, der mit Mühe kaum gekrochen ist auf einen Baum, schon meint, dass er ein Vogel wär, so irrt sich der. Und Heyden hat sich sogar tödlich geirrt. Er hat nämlich seinen Auftraggeber komplett falsch eingeschätzt. Wie sonst hätte dieser ihm ohne Widerstand einfach so eine Kugel in den Kopf schießen können?«

Häring betrachtete konzentriert die Pinnwand. »Es muss jemand sein, dem Heyden keinerlei Misstrauen entgegengebracht hat. Ein harmlos wirkender Mensch. Einer, von dem keine Gefahr auszugehen scheint. Einer, dem man bedenkenlos seine geladene Pistole in die Hand geben kann. Ein vermeintlicher Amateur. Also niemand aus dem kriminellen Milieu, bei dem er doch wohl etwas zurückhaltender gewesen wäre.«

»Das ist das Problem«, sagte Greven, der die schlechte Laune inzwischen vergessen hatte. »Es könnte wirklich jeder sein. Zum Beispiel ein Mitglied der Familie von Reeten oder Aldenhausen.«

»Oder jemand, der in bestimmte Geheimnisse dieser Familien eingeweiht ist«, setzte Häring den Gedanken fort, »wie etwa Simon Grönmann.«

»Ich weiß, ich weiß«, brummte Greven, erhob sich aus seinem Sessel und ging auf Häring zu, um der Pinnwand näher zu sein, an der die Namen einiger Familienmitglieder prangten. Zwei waren mit einem breiten Filzstift rot eingekreist. Christian von Reeten und Thalke von und zu Aldenhausen. Doch ausgerechnet diese beiden Schlüsselfiguren weilten nicht mehr unter den Lebenden. Langsam wanderte sein Blick von Name zu Name und von Foto zu Foto. »Wahrscheinlich sind wir näher dran, als wir ahnen. Hat der Frachter eigentlich etwas mit von Reetens Schiff zu tun?«

»Nur symbolisch.«

»Gut, wenn du meinst.«

Hinter ihnen sprang die Tür auf. Als sie sich umdrehten, stand Edzard Peters vor ihnen. Ihr neuer Kollege war leicht außer Atem und holte erst einmal tief Luft.

»Moin. Bin ich zu spät?«

»Keine Sekunde«, antwortete Greven. »Ganz im Gegenteil. Wir haben gerade ein kleines Update vorgenommen und sind nun bei der Familie von Reeten angelangt. Wenn du dich vom Treppensteigen erholt hast, können wir mit dir fortfahren.«

Peters schnaufte noch ein paarmal durch, sah kurz auf

Pinnwand und Flipchart und legte los: »Leider hat noch kein Oldenburger Professor diese Aristokratenfamilie erforscht. Ich konnte also keinen Stammbaum im Internet auftreiben. Aber ich war bei Eduard von Reeten, dem Bruder von Christian. Der hat zuerst gar nicht gewusst, was ich von ihm will, war dann aber doch sehr hilfreich. Er ist fest davon überzeugt, dass sein Bruder tot ist, und hat wohl auch alles unternommen, ihn zu finden, ich meine, die Leiche zu finden. Auf seine Schwägerin ist er nicht so gut zu sprechen, hat die Gründe allerdings für sich behalten. Dafür hat er mir eine kleine Zeichnung angefertigt. Gegenüber den Aldenhausens sind die von Reetens eine echte Großfamilie, ein richtiger Clan. Wenn wir die alle durchleuchten wollen, kommt viel Arbeit auf uns zu.«

»Sophie von Reeten hat ja schon so etwas angedeutet«, unterbrach ihn Greven.

»Und das nicht ohne Grund«, sagte der Neue und zog die Zeichnung aus seiner Mappe, die Greven und Häring staunend begutachteten. An die dreißig Namen in einer außergewöhnlich ästhetischen Handschrift waren durch Pfeile miteinander verbunden. Ehepaare und Kinder waren durch Kreise und Symbole gekennzeichnet.

»Da hat sich aber einer Mühe gegeben«, meinte Häring.

»Eine fruchtbare Familie«, meinte Greven und sah bereits die neue Front, die Peters durch seine kleine Exkursion in die Grafschaft Bentheim eröffnet hatte. Diesmal zeigte ihm das Kino im Kopf den Aufmarsch neuer Kollegen, die er aufbieten musste, um Licht in das familiäre Dunkel zu bringen. Nicht sein Knie meldete sich zu Wort, sondern sein Magen. Hatte er von Anfang an die falsche Brennweite gewählt? Hatte er den Kreis von vornherein zu klein gezeichnet? Sein Magen schien jedenfalls dieser Ansicht zu sein. Für einen kurzen Moment sackte er einfach weg, war nicht mehr im Oberbauch zu halten, führte sich auf, als habe er zwei Portionen Grünkohl aus der Kantine zu verdauen. Während Peters anhand seines Notizbuchs aufzuzählen begann, welches Familienmitglied aus welchen Gründen auf der Grafik nicht vertreten war, versuchte Greven, den Film in seinem Kopf zu stoppen. Das Telefon kam ihm dabei zu Hilfe, denn es beendete durch sein synthetisches Klingeln Peters Aufzählung. Greven löste sich aus der kleinen Gruppe und griff zu. Zunächst sagte ihm der Name der Frau nichts, doch dann konnte er ihn doch zuordnen. Es war die Haushälterin von Simon Grönmann.

»Er war seit zwei Tagen nicht mehr hier. In seiner Ferienwohnung ist er auch nicht, und wenn man seine Handynummer wählt, meldet sich nur die Mobilbox. Seine Kunden können ihn auch nicht erreichen und rufen bei mir an. Den Bürgermeister hat er auch versetzt. Das hat er noch nie gemacht. Da habe ich mir gedacht, ich rufe bei Ihnen an. Sie hatten mir ja Ihr Kärtchen gegeben.«

23

»Der Graf hat gleich für Sie Zeit. Nehmen Sie bitte so lange in seinem Büro Platz«, sagte die Sekretärin, die nicht nur aufgrund ihres Alters, ihrer grauen Haare und ihrer warmen Stimme für den Eindruck sorgte, der gute Geist des Schlosses zu sein. Greven peilte den braunen Ledersessel an, während sich hinter ihm die Tür schloss.

Das Büro war kleiner, als er es sich vorgestellt hatte, und auch die Ordnung entsprach nicht dem Erscheinungsbild des Grafen, so dass er sich auf Anhieb wohlfühlte. Der große alte Schreibtisch aus Eiche, bestückt mit verschiedenen Schubladen, quoll über vor Papieren und Akten. Ein Computer fehlte, dafür zählte er gleich drei Telefone. Auch in den beiden Regalen hinter dem Schreibtisch hatten sich Ordnungsprinzipien nicht etablieren können.

Ordner und Bücher standen nicht in Reih und Glied, sondern bildeten einen bunten Haufen.

An der Wand gegenüber dem Fenster zum Hof hing ein künstlerisch fragwürdiges Gemälde, das die gesamte Schlossanlage zeigte, wie sie vor dem 20. Jahrhundert einmal ausgesehen hatte. Allerdings war auf den ersten Blick zu erkennen, dass der Künstler seine Darstellung geschönt und romantisiert hatte. Die Anlage mit der Vorburg, dem Schloss mit seinen beiden Flügeln und die Nebengebäude bildete eine auf einer Waldlichtung gelegene Idylle. Um diesen Eindruck zu unterstreichen, hatte der Maler die Gebäude zusammengeschoben.

»Haben Sie mich also doch noch erwischt!«

Greven stand langsam auf, um sein Knie zu schonen, und reichte dem Grafen die Hand. Er erinnerte ihn entfernt tatsächlich an Hans Albers. Ein gut gelaunter Hans Albers, also nicht der aus der *Großen Freiheit Nr. 7*, sondern der aus *Der Mann, der Sherlock Holmes wa*r.

»Bleiben Sie sitzen, bleiben Sie sitzen«, sagte Folef von und zu Aldenhausen. »Ich habe mir ja schon so etwas gedacht, als Sie neulich im Museum waren.«

»Wie kommen Sie darauf?«

»Nun, die Vermutung liegt nahe, dass Sie sich nach meiner verstorbenen Schwester Thalke erkundigen wollen. Schließlich ist sie mit einem der Mordopfer einige Zeit liiert gewesen. Abgesehen natürlich von meiner Nichte Sophie, die mit viel Glück eine Begegnung mit dem Mörder vermeiden konnte.«

»Sie treffen den Nagel auf den Kopf«, sagte Greven und versuchte, das charmante Lächeln des Grafen zu erwidern. »Wobei es mir weniger um Sophie, sondern vor allem um Thalke geht.«

»Meine Schwester ist gewissermaßen das schwarze Schaf in der Familie, wie Sie wahrscheinlich bereits wissen.« Erst jetzt umrundete der Graf den Schreibtisch und nahm ihm gegenüber in seinem Sessel Platz. Greven erwartete eine

Entschuldigung für das Chaos, doch das blieb aus. Die Papiereruptionen schienen für ihn so selbstverständlich zu sein, dass ihm eine Erklärung gar nicht in den Sinn kam.

»Also, wie kann ich Ihnen weiterhelfen? Fragen Sie nur! Ach ja, darf ich Ihnen etwas anbieten? Vielleicht einen Kaffee?«

»Gerne, einen Kaffee.«

Der Graf griff zu einem seiner Apparate und orderte den Kaffee bei seiner Sekretärin.

»Wo waren wir? Ach ja, bei meiner Schwester.«

»Nach dem Tode Ihres Vaters hat doch Thalke auch einen Teil des Familienvermögens geerbt?«, begann Greven.

»Aber natürlich. Wobei der Begriff ›Vermögen‹ in diesem Fall eigentlich fehl am Platz ist. Wie Sie wahrscheinlich ebenfalls bereits wissen, hat ja mein Großvater Fokko das Schloss und fast das gesamte Familienerbe in eine Stiftung überführt. Sein Ansinnen war es, das Schloss so vor einem Verkauf durch einen seiner Erben zu bewahren. Ihnen die Hintergründe zu erklären, würde jedoch zu weit führen. Seine Enkel, also wir, genießen immerhin ein testamentarisch verfügtes Wohnrecht und können das Schloss auch anderweitig nutzen. Außerdem steht allen Familienmitgliedern eine bescheidene Apanage aus dem Stiftungsfonds zu. Ein paar andere Annehmlichkeiten gehören gewiss auch noch dazu, aber Vermögen würde ich dies nicht gerade nennen. Wie Sie sehen, muss ich meinen Lebensunterhalt ebenso verdienen wie Sie. Und das gilt natürlich auch für meine Geschwister.«

»Thalke hat also auch hier gewohnt?«, fragte Greven.

»Im Westflügel. Aber sie ist keiner Arbeit nachgegangen. Sie hat von dem gelebt, was uns Fokko und unsere Eltern gelassen haben. Später hat sie sich dann aufs Heiraten und auf Männerbekanntschaften verlegt. Ich sage Ihnen auch ganz ehrlich, dass es oft Streit in der Familie gegeben hat. Immerhin stehen die von und zu Aldenhausen ja auch im Fokus der Öffentlichkeit.«

163

Es klopfte, und die Sekretärin brachte auf einem Tablett den Kaffee. Der Graf bediente sich umgehend, während Greven sich Zeit ließ.

»Der Mörder, inzwischen selbst ein Mordopfer, wie Sie bestimmt aus der Zeitung erfahren haben, hat den Erben Thalkes einen mitunter tödlichen Besuch abgestattet. Daraus kann man zwei Schlüsse ziehen. Erstens, er muss gewusst haben, wer im Testament Erwähnung findet. Zweitens, das Objekt seiner Begierde steht in irgendeinem Zusammenhang mit diesem Erbe. Sie haben nicht zufällig eine Idee?«

Das Gesicht des Grafen nahm mit einem Mal ernstere, nachdenklichere Züge an. Fast nebenbei trank er langsam seinen Kaffee, sah kurz aus dem Fenster und blickte dann wieder Greven an. »Dieser Zusammenhang ist auch mir nicht verborgen geblieben, dazu muss man kein Kommissar sein«, sagte er schließlich. »Und daher habe ich mir exakt diese Frage bereits gestellt.«

»Und, haben Sie eine Antwort gefunden?«

»Leider nicht. Nicht einmal im Ansatz. Ich verstehe es einfach nicht. Meine Schwester war am Ende ihres Lebens arm wie eine Kirchenmaus. Ohne ihre Wohnung hier und unsere Unterstützung hätte sie dieses Hartz IV beantragen müssen. Nein, das Interesse an dem lächerlich zu nennenden Erbe meiner Schwester kann ich nicht nachvollziehen. Falls ich dennoch mit einer Erklärung dienen kann, dann wäre es die eines fundamentalen Irrtums von Seiten des Täters. Oder die einer Falschinformation, die ihm wer auch immer zugespielt haben muss.«

Greven beobachtete sein Gegenüber nicht nur sehr genau, er folgte auch dessen Gedanken, denen er zwar nicht unbedingt zustimmte, die aber auch nicht aus der Luft gegriffen waren. Aus seiner Warte waren sie sogar einer erkennbaren Logik verpflichtet. Der Feldzug gegen die Erben einiger Umzugskartons konnte tatsächlich einem simplen Irrtum zu verdanken sein. Einem falsch interpretierten

Tipp, einem Fehler bei der Übermittlung. Das war keine Ausnahme auf diesem Planeten. Teuerste Satelliten waren schon im All verendet, weil Techniker Zoll mit Zentimetern verwechselt hatten und somit falsche Koordinaten in die Programme eingegeben hatten. Selbst Professionalität schützte vor derartigen Irrtümern nicht. Heyden und sein Auftraggeber konnten schlicht ins Klo gegriffen haben, was am Ende Heyden das Leben gekostet hatte. Ausgeschlossen war dieser Hergang nicht. Und noch einen anderen wichtigen Punkt gab es. Grönmann zählte nicht zu den Erben.

»Gut, belassen wir es dabei. Existiert eigentlich die Wohnung noch?«

»Thalkes Wohnung? Ja, Sie haben Glück. Wir wollen sie zwar schon lange renovieren, aber bei diesem Wunsch ist es auch geblieben. Wollen Sie sie sehen?«

»Genau darum wollte ich Sie bitten.«

»Meine Zeit reicht gerade noch aus«, sagte der Graf und sah auf die Uhr. »Also, folgen Sie mir bitte.«

Folef von und zu Aldenhausen hatte keine Probleme, seinen Sessel zu verlassen. Kaum stand er neben ihm, zog er ihn förmlich mit sich. Seiner Sekretärin warf er ein paar Worte zu, dann öffnete er für ihn das Labyrinth. Schon nach wenigen Treppen und Fluren hätte Greven große Mühe gehabt, den Weg wieder zurück zum Büro zu finden. Das Schloss war innen größer, als es von außen schien. Der Hausherr kannte sich natürlich aus und war zudem gut zu Fuß. Wieder wechselte er die Richtung, und sie betraten einen langen und breiten Korridor. Vor einer der Türen, die alle auf der rechten Seite lagen, hielt er endlich an und warf erneut einen Blick auf die Uhr. Greven schnappte nach Luft.

»Hier ist es. Der Schlüssel steckt. Gehen wir also hinein.«

Hinter der Tür, die der Hausherr für ihn öffnete, lag eine geräumige Dreizimmerwohnung mit Blick auf den Burggraben und die Vorburg. Eine schöne, eine helle Wohnung, wie Greven bemerkte, mit hohen Räumen

165

und barocken Stuckdecken. Allerdings war sie nur unvollständig möbliert, in den Regalen standen nur noch wenige Bücher, an den Wänden fehlten Bilder, wie an einigen rechteckigen hellen Flecken zu erkennen war. Die Umzugskartons hatten ihren Tribut gefordert. Trotz dieses Flurschadens war immer noch zu erahnen, wie Thalke gelebt hatte. Greven entschied sich für den Begriff exzentrisch, auch wenn sie keine Engländerin war. Die wenigen Möbel stellten ein skurriles Sammelsurium dar, als seien sie vom Sperrmüll und aus teuren Designerstudios. Die kleine Küche verfügte über alles, was zum Kochen unverzichtbar war, Töpfe in allen Größen, Löffel, Kellen, Schneebesen, Spitzsiebe, Messer. Gute Messer, von denen keines im Messerblock fehlte.

Greven ließ kein Zimmer aus, wanderte durch die Reste von Thalkes Welt, um ihr auf die Spur zu kommen, um noch etwas von ihr zu erwischen. *Her Spirit*, wie es in einem amerikanischen Rocksong hieß. Auf der Fensterbank lag eine angebrochene Zigarettenschachtel, auch den dazu passenden Aschenbecher konnte er aufspüren. Im längst abgeschalteten Kühlschrank warteten noch immer zwei Champagnerflaschen auf Thalkes Rückkehr, ebenso einige Flaschen Cognac in einem Barfach im Wohnzimmer. Vieille Réserve. Dafür hatte sie Geld gehabt.

»Wer hat eigentlich die Umzugskartons gepackt?«

»Meine Schwester höchstpersönlich. Etwa drei Wochen vor ihrem Tod. Als sie das letzte Mal hier war. Wann sie das Testament gemacht hat, weiß ich nicht. Aber die Kartons standen alle nummeriert im Wohnzimmer. Der Notar hat sie abholen lassen.«

»Sie wurden aber nicht bedacht.«

»Wohl kaum. Dazu hätte unser Verhältnis besser sein müssen. Viel Vergnügen hätte ich allerdings an ihren Hinterlassenschaften nicht gehabt. Sehen Sie sich doch mal um.«

Greven tat, wie ihm geheißen, und kam zu dem Schluss,

dass Thalke von und zu Aldenhausen ein intensives und für ihre Herkunft auch ein eher unkonventionelles Leben gelebt haben musste. Eines, das zumindest ihrem Bruder nicht gefallen hatte. Dennoch hatten er und die Familie sie dulden müssen, da ihr diese Wohnung nun mal zustand. Vielleicht war es sogar ein wirklich wildes Leben gewesen. Ein Balanceakt mit vielen Risiken und Schattenseiten. Einen dieser Schatten hatte sie möglicherweise kurz vor ihrem Tod einem der Umzugskartons anvertraut. Oder aber hier in dieser Wohnung verborgen.

»Wurde hier eigentlich schon einmal eingebrochen?«

»Ins Schloss? Lassen Sie mich nachdenken … Ja, das muss 1978 gewesen sein. Aber es war nicht das Schloss, es war eines der Nebengebäude.«

»Ich meine, in Thalkes Wohnung?«

»In diese Wohnung?«, schmunzelte Folef von und zu Aldenhausen. »Warum sollte jemand in diese Wohnung einbrechen? Hier ist doch nichts zu holen. Das sehen Sie doch. Und hier war auch nie etwas zu holen, glauben Sie mir.«

»Das müsste dann aber unser Raubmörder gewusst haben. Sonst hätte er nämlich hier angefangen und dann erst die Erben ins Visier genommen. Was meinen Sie?«

Der Graf sah ihn irritiert an, als könne er ihm nicht folgen.

»Es sei denn, er brauchte gar nicht einzubrechen, weil hier ja immer der Schlüssel steckt.«

Der Hausherr blieb sprachlos. Greven aber ging ein paar Schritte zurück und nahm noch einmal das Schlafzimmer in sich auf. Schon beim ersten Durchgang war ihm die Matratze aufgefallen, die am Kopfende nicht tief genug im Holzrahmen steckte, als sei sie angehoben und nicht wieder ordnungsgemäß hineingedrückt worden. Die Wäschestapel im Kleiderschrank gefielen ihm auch nicht, ganz zu schweigen von den drei Schubladen der Kommode, die allesamt ein paar Zentimeter vorstanden. Vorsichtig zog er die oberste heraus. Kraut und Rüben,

167

Sodom und Gomorrha. Keine Frage, die Wohnung befand sich in einem agonalen Zustand, für den Thalke selbst gesorgt hatte. Dennoch glaubte Greven, Anzeichen für eine spätere Durchsuchung erkennen zu können, auch wenn sie nicht beweisbar sein dürfte. Wenn seine Vermutung zutraf, hatte jemand darauf geachtet, alles ungefähr so zu hinterlassen, wie er es vorgefunden hatte. Seine Suche sollte niemandem ins Auge fallen, der die Wohnung kannte. Allerdings konnte er sich auch irren.

»Was wollten Sie mit Ihrer Bemerkung andeuten?«, hielt ihm der Graf entgegen, als er das Schlafzimmer verließ. »Soll das heißen, dass Sie eines der hier lebenden Familienmitglieder bezichtigen, etwas mit diesen Morden zu tun zu haben?«

»Aber mitnichten, Herr Graf. Nichts liegt mir ferner. Ich habe nur einige Gedanken ausgesprochen, die mir ganz spontan durch den Kopf gegangen sind. Routinebedingte Gedankenspiele und Assoziationen. Weiter nichts. Vergessen Sie es einfach.«

24

Wieder fiepte eines der Telefone, während die Tür weit davon entfernt war, von einer Schließung bedroht zu sein. Kollegen aus anderen Ressorts kamen mit Anfragen, Jaspers protokollierte die Aussage einer Zeugin in einem länger zurückliegenden, ungeklärten Mordfall, die sich erst jetzt gemeldet hatte, ein kleiner Hund bellte, dem das Herrchen in der Polizeiinspektion abhanden gekommen war.

Es war einer dieser Tage, in denen die Mordkommission das Zentrum der Auricher Polizei zu sein schien. Noch dazu war keiner von Grevens Mitarbeitern mit Ermittlungen außerhalb der Bürowände beschäftigt. Die

Schreibtische waren besetzt, Keyboards und Telefone waren im Dauereinsatz, das Faxgerät spuckte eine Seite aus.

Nicht immer gefiel Greven die Kakophonie eines solchen Tages, aber diesmal gingen seine Emotionen mit dem bunten Treiben konform, und sei es, weil er es auch als Indiz für ein allgemeines Vorankommen verstand. Es tat sich nicht nur etwas, es tat sich viel. Ein ungewohnter Optimismus beflügelte ihn, den er anfangs mit Skepsis betrachtete, aber schließlich doch zu genießen begann. Vielleicht gelang ihnen an diesem warmen Januartag ohne Niederschläge der Durchbruch in dem vertrackten Fall. Vielleicht war das Fax, das ihm Ackermann über den Schreibtisch reichte, bereits der erste Baustein?

»Das Auswärtige Amt hat sich endlich gemeldet. Unsere Anfrage wegen Christian von Reeten.«

Schnell überflog Greven den in sprödem Amtsdeutsch gehaltenen Text.

»Das ist ja interessant. Darum hatte Sophie von Reeten Probleme, ihren Mann für tot erklären zu lassen. Es bestehen nämlich Zweifel daran, ob sich ihr Mann während der Tsunamikatastrophe überhaupt in der betroffenen Region um Khao Lak aufgehalten hat. Sein Hotel lag viel zu weit im Binnenland. Und dort ist er am 26. Dezember 2004 angeblich noch von einem Hotelangestellten gesehen worden. Somit muss er dem Tsunami entgegengefahren sein, um von ihm erwischt zu werden, wenn ich das hier richtig verstehe.«

»Auf dem Weg zum Strand kann das natürlich passieren«, warf Ackermann ein.

»Du wirst lachen, genau dieses Argument hat der Anwalt von Frau Reeten vorgebracht und hatte auch Erfolg. Trotzdem, das Fragezeichen an Christian von Reeten an unserer schönen Schautafel bleibt. Noch ist er nicht aus dem Rennen.«

Kaum war Ackermann mit dem Fax verschwunden, stand Peters vor Greven.

»Ich habe gerade mit Frau Tjarden telefoniert. Grönmann ist noch immer nicht aufgetaucht. Außerdem hat sie nachgesehen. Er hat keinen Koffer gepackt, und sein Auto steht noch immer in der Garage. Das Hausmeisterehepaar hatte inzwischen alle seine Greetsieler Ferienhäuser und -wohnungen kontrolliert, ohne eine Spur von ihm zu finden. Er ist einfach nur weg.«

»Dann kommt er jetzt auf die Fahndungsliste«, entschied Greven, der eine beinahe fröhliche Form der Aggression zu fühlen begann.

»Du glaubst, er könnte der große Unbekannte sein? So ein korpulenter, schwerfälliger Mann?«

»Genau deshalb. Weil er der Mann ist, den ein Heyden garantiert unterschätzen würde. Ich weiß, wie Grönmann auf Menschen wirken kann, die ihn nicht kennen. Das ist ja seine Masche.«

»Aber er hat alles zurückgelassen. Frau Tjarden hat er auch nichts von einer Reise erzählt«, konterte Peters.

»Natürlich nicht«, sagte Greven. »Und wenn sich der Einsatz lohnt, lässt Grönmann ohne mit der Wimper zu zucken alles zurück und kauft sich später jedes Hemd neu. Karig Simon, wie er genannt wird, ist eben ein echter Geldesser. Daher wirst du jetzt die Bahn und die Flughäfen interviewen. Eine gute Übung. Ich will wissen, wo Grönmann abgeblieben ist. Der ist mir von Anfang an auf den Senkel gegangen. Ein falscher Fuffziger ist das. Ein gerissener Lügner. Also raus mit der Fahndung.«

»Bin schon unterwegs.«

»Halt, nicht so schnell!«, hielt ihn Greven zurück. »Es wird ohnehin Zeit, endlich ein paar Ungewissheiten zu beseitigen. Diese ewigen Vermutungen werden langsam zu einem Treibanker. Also: Härings Anruf bei diesem Kieler Experten reicht mir nicht. Kümmere dich bitte darum, dass der ominöse Aktenordner von Christian von Reeten auch noch ein paar anderen Experten vorgelegt wird. Von anderen Universitäten. Und dem Alfred-Wegener-

Institut in Bremerhaven. Ich will endlich wissen, ob da etwas dran ist oder nicht. Dann treib bitte den ehemaligen wissenschaftlichen Direktor von seiner Recycling-Firma auf, vielleicht weiß der etwas. Kommst du damit klar?«

Edzard Peters machte ein Gesicht, als habe er zum ersten Mal Labskaus in der Kantine gegessen, und nickte wortlos.

»Keine Sorge«, lächelte Greven, »die härteste Aufgabe werde ich übernehmen. Ich werde nämlich die Frau Staatsanwältin aufsuchen und sie bitten, uns zu erlauben, das Friesengold auf seine Echtheit zu prüfen.«

»Aber ich dachte …?«, fand Peters zur Sprache zurück.

»Das denke ich auch. Aber ich weiß es eben nicht. Daher werden wir jetzt diesen diversen Vermutungen ein Ende setzen.«

Während Peters wie ein begossener Pudel davonzog, wählte Greven die Nummer der Staatsanwältin und bat mit markigen Worten um einen sofortigen Termin, der ihm auch gewährt wurde. Es war einfach sein Tag. Sogar sein Knie spielte mit und ließ ihn wie selbstverständlich aus dem Sessel aufstehen und zur Tür marschieren. Selbst die Treppe stellte keinen Widerstand dar, so dass er mit federndem, fast jugendlichem Schritt bei Dr. Wilms eintraf. Seine rechte Hand fuhr noch schnell durch das Resthaar und über sein Baumwollhemd, dann setzte er ein Siegerlächeln auf und klopfte an. Selbstbewusst drückte er zu, als sie ihm die Hand reichte.

»Na, Herr Greven, dann mal raus mit der Sprache«, war die Antwort der meistens eher kühlen Frau, die auf bessere und gepflegte Kleidung großen Wert legte. Damit konnte er also nicht punkten. Aber er war ein guter Erzähler. Also erzählte er, fasste einige Aspekte des Falls zusammen und richtete dann den Fokus auf das Friesengold. Scheinbar teilnahmslos lauschte Dr. Wilms seinen Ausführungen. Aber das bedeutete nichts. Er legte sich ins Zeug, stellte ein gewagte Verbindung zwischen

Onken und dem Friesengold her und brachte rhetorisch geschickt Heyden ins Spiel.

»Daher müssen wir die Echtheit unbedingt prüfen lassen«, schloss Greven sein Bittgesuch ab und war zufrieden mit seinem improvisierten Auftritt. Dr. Wilms sah ihn lange konzentriert an, bevor sie mit ihrer Replik begann. Dennoch blieb er optimistisch.

»Einmal abgesehen von der Tatsache, dass ich Folef von und zu Aldenhausen seit vielen Jahren kenne, mit ihm im Komitee *Pro Aurich* zusammenarbeite und persönlich sehr schätze, verfügen Sie nicht einmal über einen Anfangsverdacht. Oder haben Sie etwas Gravierendes gegen den Grafen in der Hand? Nein? Dann will ich Ihnen noch etwas sagen. Eine derartige, in meinen Augen willkürliche Prüfung nach dem Ausschlussprinzip kann unsere eigene Kriminaltechnik meines Wissens nicht leisten. Die Echtheitsprüfung müsste also extern vergeben werden. Dazu braucht man Kunsthistoriker, keine Ballistiker. Das heißt, wir müssten das Gutachten wohl oder übel bezahlen. Und soweit ich weiß, kann so etwas richtig teuer sein. Zu teuer, wenn Sie mich fragen. Ohne begründeten Verdacht muss ich Ihnen da leider einen Korb geben. Außerdem kann ich mir nicht vorstellen, dass Folef auf irgendeine Weise in diesen Fall verstrickt sein könnte. Der Graf ist ein ausgesprochener Ehrenmann und Gentleman der alten Schule. Ein stilsicherer Aristokrat eben. Wie unser Verteidigungsminister Karl-Theodor zu Guttenberg. Wenn Sie wissen, was ich meine. Guten Tag, Herr Greven.«

Eine Erwiderung war sinnlos, denn er wusste, dass sie einmal getroffene Entscheidungen nicht so leicht revidierte. Dafür hätte er schwergewichtige Argumente nachlegen müssen, die er nicht besaß. Dennoch empfand er die Abfuhr nicht als Niederlage, sondern nur als Rückschlag. Nicht an diesem Tag, nicht in einer solchen optimistischen Phase. Noch auf den Treppen bastelte er an einem alternativen Plan und rief vor seinem Büro Mona an, der er die Situation nicht lange zu erklären brauchte.

»Wer könnte uns das sagen? Unverbindlich natürlich?«

»Dieter Polder«, antwortete Mona nach kurzer Überlegung. »Aber ich hatte länger keinen Kontakt mehr.«

»Dann lade ihn zum Essen ein. Freundschaften muss man pflegen. Und nach dem Essen bietet sich doch ein kleiner Ausflug an. Oder?«

Schwungvoll öffnete er die Tür und begab sich wieder an seinen Platz.

»Sag bloß, du hast sie überzeugt?«, fragte Peters, Häring und Ackermann im Schlepptau, die ihn erwartungsvoll ansahen.

»Nein, leider nicht. Frau Doktor ist zu sehr dem Adel verpflichtet. Aber es geht auch ohne ihren Beistand. In ein paar Tagen haben wir hoffentlich Klarheit. Ach ja, da ihr schon mal da seid, wie weit seid ihr mit der anderen Adelsfamilie?«

Die drei Ermittler sahen sich an. Die Wahl fiel schließlich auf Häring.

»Es hält sich in Grenzen. Bislang haben wir nach Eduard nur die beiden älteren Brüder gesprochen, von denen Raimund für den Mord an Heyden sogar ein Alibi hat. Er war für mehrere Tage in Berlin und hat an einem Kongress teilgenommen. Gustav hat in der fraglichen Zeit in seinem Porsche gesessen und ist auf der A 31 von Bottrop nach Emden gefahren. Überprüfen lässt sich das allerdings nicht. Beide sind erfolgreiche Unternehmer, beide brauchen kein Geld. Jedenfalls nach unseren Maßstäben.«

»Gut gesagt«, lobte Greven, der mit dem Ergebnis erst einmal zufrieden war. Um sich nicht im Uferlosen zu verlieren, hatte er die Familie von Reeten in mehrere Fraktionen aufgeteilt, die bei Bedarf nach und nach befragt werden sollten. Von den Geschwistern Christians stand nun nur noch die Schwester Claire aus, die in der Schweiz einen passenden Ehemann mit Geld und Stammbaum gefunden hatte. Damit war die erste Fraktion bereits fast komplett. Claire sollte ein Schweizer Kollege befragen. Die Cousins und Cousinen bildeten die zweite Fraktion.

»Die Brüder haben sich allesamt kritisch über ihre Schwägerin geäußert. Wenn ich sie richtig verstanden habe, ist sie ihnen, kurz und bündig formuliert, nicht konservativ genug. Raimund etwa hat sie als Hippie und Fehlgriff seines Bruders bezeichnet.«

»Das ist der mit dem Alibi?«

»Ja«, antwortete Ackermann. »An der Überprüfung arbeite ich noch. Das Hotel hat die Übernachtungen bereits bestätigt. Jetzt versuche ich noch, einige andere Teilnehmer aufzutreiben.«

»Wir kommen also gut voran«, freute sich Greven, der seinen Ausflug zur Staatanwaltschaft gut verdaut hatte. Da sich auch sein Knie wieder beruhigt hatte, hob er sich erneut aus seinem Sessel, um zur Pinnwand zu gehen. Seine Kollegen folgten ihm, während Jaspers immer noch mit der Zeugin beschäftigt war. Obwohl die Wand nun voller war als noch vor ein paar Tagen, schien sie ihm nicht unübersichtlicher zu sein. Es gab noch einige weiße Flecken, die sie unbedingt klären mussten, aber die Beziehungen zwischen Opfern und Familienmitgliedern waren nun transparenter geworden. Einzig der Goldschmied Onken verharrte noch immer in Einsamkeit. Aber Greven war fest davon überzeugt, dass zumindest einer der anderen aufgespießten Gesichter ihn gekannt haben musste, Hedyen einmal ausgenommen.

»Diese Aristokraten, die haben doch alle Geld«, begann er laut vor den Portraits zu denken, die zum Großteil aus dem Internet stammten. »Besser gesagt, sie scheinen alle Geld zu haben. Sie fahren Porsche, halten sich Reitpferde, tragen teure Klamotten, fliegen nach Berlin. Oder führen das mondäne Leben einer Privatière. Aber vielleicht lassen wir uns ja nur blenden.«

25

Das Pferd war eine Hannoveranerstute. Ein Fuchs. Dank einer pferdebegeisterten Cousine hatte Greven keine Mühe, die Rasse zu bestimmen. Den letzten Beweis würde das Brandzeichen liefern, ein von stilisierten Pferdeköpfen gekröntes H. Sogar die Lektion der Reiterin war ihm vertraut, eine Piaffe, eine Art Trab auf der Stelle. Soweit er es beurteilen konnte, wurde die Lektion sehr gut ausgeführt. Kauf und Ausbildung der Stute hatten sich gelohnt.

»Ein teures Dressurpferd«, erklärte er Häring, der neben ihm in einem der Tore der Reithalle stand, die zu den Nebengebäuden des Schlosses gehörte.

»Die Halle war bestimmt auch nicht billig«, meinte Häring, der den Blick auf die Decke richtete. »Was meinst du, wie alt sie ist?«

»Das weiß ich sogar. Zweiundvierzig Jahre. Sie ist das Küken der Familie von und zu Aldenhausen«, antwortete Greven und sah auf die Reiterin.

»Ich meinte die Halle.«

»Ach so. Die ist erheblich jünger. Sieht auch sehr modern aus. Sechs, sieben Jahre, tippe ich. Aber keine zehn.«

Die Reiterin beendete ihr Training, saß ab, streichelte das Pferd und führte es zum Tor. Sie war schlank und besaß, wie Greven dank der perfekt sitzenden, weißen Reiterhose feststellen konnte, eine ausgesprochen gute Figur. Ihre Gesichtszüge waren weich, ihr Blick signalisierte Selbstbewusstsein. Als sie bei den beiden Kommissaren eintraf, nahm sie ihren Reiterhelm ab, unter dem eine freche Kurzhaarfrisur zum Vorschein kam. Die natürliche Haarfarbe war nicht zu erkennen, denn der Friseur hatte verschiedene Rottöne zusammengestellt, die um die Gunst des Betrachters buhlten.

»Talea von und zu Aldenhausen. Herr Kommissar Greven, nehme ich an?«

»Hauptkommissar«, erwiderte Greven und nahm ihre Hand in die seine. »Und das ist mein Assistent Peter Häring.«

»Sie sagten am Telefon, meine Schwester Thalke habe etwas mit den Morden und Überfällen zu tun?«

»Aus diesem Grund sind wir hier«, erklärte Greven freundlich. »Ein paar Fragen in diesem Zusammenhang sind noch ungeklärt.«

»Ich fürchte, ich kann Ihnen da nicht ganz folgen«, entgegnete die Rothaarige, die ihre Stute einem Mädchen im Reiterdress übergab, das sie in die Stallungen führte. »Wie kann sie in Mordfälle verwickelt sein, die sich allesamt nach ihrem Tod ereignet haben?«

»In gewisser Weise ist dies schon möglich«, antwortete Greven betont höflich. »Der Täter hatte es offenbar auf das Erbe Ihrer Schwester abgesehen. Hat Ihnen das Ihr Bruder nicht schon erzählt?«

»Er hat es wohl versäumt«, erklärte sie kühl. »Aber soweit ich ihr Leben verfolgt habe, ist ihr Erbe kaum einen Taschendiebstahl wert gewesen.«

»Genau das ist das Rätsel, vor dem wir stehen«, meldete sich Häring zu Wort. »Der Täter muss davon überzeugt gewesen sein, dass zumindest ein Erbstück wertvoll genug ist, um einen Mord zu begehen. Oder einen Hinweis auf ein wertvolles Objekt enthält.«

Talea von und zu Aldenhausen verlangsamte ihre Schritte und blieb schließlich mit nachdenklicher Miene stehen.

»Ich fürchte, da kann ich Ihnen nicht weiterhelfen. Ich kann mir beim besten Willen nicht vorstellen, dass Thalke etwas besessen hat, das von Wert gewesen ist. Und sollte etwas in ihre Hände gelangt sein, hätte sie es noch am selben Tag zu Geld gemacht. Glauben Sie mir. Meine Schwester hatte nichts zu vererben. Haben Sie sonst noch Fragen?«

»Wir würden gerne wissen, wie Sie Ihren Lebensunterhalt bestreiten«, sagte Greven.

»Warum möchten Sie das wissen?«, antwortete die ad-
rette Reiterin in einem nicht mehr ganz so höflichen Ton.

»Reine Routine«, erklärte Häring. »Standardinformati-
onen. Nur fürs Protokoll.«

»Ich führe dieses kleine Reitinstitut und erteile Reit-
unterricht. Genügt Ihnen das?«

»Selbstverständlich«, sagte Greven. »Und meinen Glückwunsch zu dieser nagelneuen Reithalle.«

»Zum einen ist sie nicht neu, sondern bereits fünf Jahre
alt. Außerdem habe nicht ich sie finanziert, sondern mein
Bruder Folef. Das wollten Sie doch wissen, oder?«

Greven lächelte zufrieden, war aber noch nicht fertig
und wich nicht von ihrer Seite, als sie ihren Weg in die
Stallungen fortsetzte.

»Kannten Sie eigentlich Reinold Onken?«

»Den ermordeten Goldschmied? Ja, wobei ich das nicht
›kennen‹ nennen würde. Ich habe ein paarmal bei ihm
Schmuck gekauft. Sehr schönen Schmuck übrigens. Der
Mann war ein echter Künstler. Schade um ihn.«

Greven und Häring sahen sich verblüfft in die Augen.
Das Hirn hatten sie sich zermartert, weil sie keinerlei Ver-
bindung zwischen Onken und Schloss Aldenhausen hatten
finden können. Dabei war es so einfach. Schon machte
Greven den nächsten Schritt und fragte sich, ob ihm nicht
ein schwerer Fehler unterlaufen war. Hätte er die adelige
Dressurreiterin eher befragt, hätte er den Fall vielleicht
schon gelöst. Andererseits war zu Beginn der Ermittlungen
Talea von und zu Aldenhausen noch klar außerhalb seines
Blickfeldes gewesen. Aus der spontanen und freimütigen
Aussage schloss er indes, dass diese Frage der Gräfin weit-
aus weniger unangenehm war als jene nach ihrem Beruf.

»Was ist mit Ihnen? Habe ich etwas Falsches gesagt?«

»Nein, nein, alles in bester Ordnung«, beruhigte sie
Greven. Gleichzeitig drängte sich ihm eine weitere Frage
auf: »War Onken rein zufällig einmal hier? Ich meine,
hier im Schloss?«

177

»Lassen Sie mich nachdenken«, bat die Gräfin, präsentierte aber umgehend die Antwort: »Ja, er war tatsächlich einmal hier. Das muss vor dem Bau der Reithalle gewesen sein. Mir war ein Ohrring auf die Fliesen gefallen und dabei beschädigt worden. Er hat ihn repariert und dann vorbeigebracht. Ich kann Ihnen nicht mehr sagen, warum er hier persönlich erschienen ist, vielleicht aus Neugier. Jedenfalls stand er plötzlich im Stall vor mir und hat mir den Ohrring überreicht.«

»Wissen Sie noch, ob er sich hier länger aufgehalten hat?«, fragte Häring.

»Nein, er war gleich wieder verschwunden. Er hat mir nur die Box mit dem Ohrring ausgehändigt. Das war alles. Warum ist das so wichtig?«

»Es geht uns lediglich darum, ein Sozialprofil des Opfers zu erstellen«, erklärte Greven und hielt seine wahren Absichten zurück.

»Haben Sie noch weitere Fragen? Mein Freund erwartet mich.«

»Wir wüssten gerne …«, begann Häring, doch Greven fiel ihm ins Wort. Aus taktischen Gründen wollte er den Ball erst einmal flach halten. »Nein, Frau Gräfin, das war es auch schon. Haben Sie vielen Dank für Ihre Unterstützung.«

Talea reagierte auf die höflichen Worte mit einem Lächeln und einer angedeuteten Verbeugung. »Gern geschehen. Wenn man der Polizei helfen kann. Schlimmstenfalls hätte ich meinen Anwalt bemüht. Darf ich bekannt machen: Dr. Carsten Friedeborger, mein Freund.«

Wie aus dem Nichts trat ein Mann in einem langen Kamelhaarmantel zu ihnen, der offenbar bereits in ihrer Nähe gewartet hatte. Wie Greven trug er einen Hut, aber auch ein Jackett und eine dunkelblaue Krawatte. Ein Mann mit Durchsetzungsvermögen, ein Anwalt, dessen geschickte Verteidigungsstrategien schon so manchen Staatsanwalt in Verlegenheit gebracht hatten. Nicht

178

gerade ein Staranwalt, aber einer, der im Nordwesten des Landes einen gewissen Bekanntheitsgrad besaß. Wer ihn noch nicht erlebt hatte, lief Gefahr, ihn für einen verwöhnten Sohn aus der Upper Class zu halten, der eher selbst ab und zu einen Anwalt benötigte, als einer zu sein. Für dieses Vorurteil war vor allem sein weiches und zartes Gesicht verantwortlich. In Wahrheit aber hatte sich Friedeborger aus kleinsten Verhältnissen hochgearbeitet.

»Moin, Herr Greven, Herr Häring. Freut mich, Sie zu sehen. Ich hoffe, Sie lassen Talea hier bei mir?«

»Moin, Herr Dr. Friedeborger«, antwortete Greven und versuchte, hinter die Fassade seiner Freundlichkeit zu schauen. »Ich bin überrascht, Sie hier zu sehen. Aber Sie brauchen sich keine Sorgen zu machen, es geht nur um ein paar Lücken im Fall Onken. Der Goldschmied, Sie wissen schon.«

Friedeborger nickte interessiert.

»Daher suchen wir noch nach Zeugen, die ihn gekannt haben.«

»Und? Konntest du ihnen weiterhelfen, Liebling?«

»Nur in sehr bescheidenem Rahmen«, übernahm Greven die Antwort. »Daher sind wir auch schon wieder im Aufbruch.«

»Dann will ich Sie nicht aufhalten«, sagte der Anwalt und zog Talea von und zu Aldenhausen zu sich rüber, als wolle er demonstrieren, dass sie unter seinem Schutz stand.

Greven und Häring verabschiedeten sich und gingen zurück zum Wagen. Dafür wählte Greven jedoch einen Umweg, der sie an den Nebengebäuden vorbeiführte. Erst als sie außer Sicht- und Hörweite waren, begannen sie, ihre Eindrücke zu diskutieren.

»Wenn Onken hier war, dann hat er auch Folef und Abbo gekannt«, preschte Häring vor.

»Wobei uns Abbo noch in der Sammlung fehlt«, sagte Greven. »Aber du hast natürlich recht. Wichtigstes Faktum ist zunächst einmal, bevor wir wieder mit Vermutungen um uns werfen, dass er auch das Schloss und das Gelände kannte.«

»Und damit auch den Schatz. Ein echtes Highlight für einen Goldschmied.«

»Wir brauchen unbedingt diesen Dieter Polder«, brummte Greven. »Sonst landen wir in einer Sackgasse, aus der wir ohne Wilms' Zustimmung nicht so leicht wieder herauskommen.«

»Und wenn das Zeug echt ist?«

»Dann landen wir auch ohne sie in der Sackgasse.«

Eine paar Schritte schwiegen sie und sahen sich die Nebengebäude an, von denen sich nicht alle in einwandfreiem Zustand befanden. Einer der Scheunen fehlten ein paar Ziegel. Das Glas der kleinen Sprossenfenster war blind. Selbst im Januar war zu erkennen, wie Brennnesseln, Holunder und Wilde Möhre den Backsteinbau in wenigen Monaten bereits wieder umzingeln würden.

»Was hältst du von ihr?«, fragte Greven.

»Das mit Onken hätte sie uns auch verschweigen können«, meinte Häring.

»Andererseits weiß Friedeborger nicht, was wir wissen. Er könnte ihr geraten haben, lieber die Wahrheit zu sagen. Oder wenigstens einen Teil der Wahrheit, die wir schwerlich überprüfen können. Sie hätte sich keinen besseren Ratgeber anlachen können. Bestimmt nicht. Am Ende ist er noch der Familienanwalt. Dann können wir ein Gutachten gleich vergessen. Und wenn die Stiftung beschließt, das Friesengold nicht mehr auszuleihen, bleibt es für immer hinter Panzerglas.«

»Versteif dich nicht allzu sehr auf dieses blöde Gold!«, mahnte Häring. »Onken kann es sich einfach nur angesehen haben. Denke auch mal an die Zeit. Das ist mehr als fünf Jahre her. Ermordet wurde er aber jetzt.«

»Ja, ja!«, ärgerte sich Greven über die nüchterne und sachliche Argumentation seines Kollegen. »Aber wie du weißt …«

»Jetzt komm nicht schon wieder mit deinem Zufall«, warf Häring ungewohnt resolut ein. »Lass uns lieber Abbo noch einen Besuch abstatten.«

Greven wollte gerade seine Sichtweise verteidigen, als er eine schwarze Gestalt hinter dem Stallgebäude verschwinden sah, das nicht weit von ihnen entfernt neben der Reithalle stand. Allenfalls für eine Sekunde war sie in sein Blickfeld geraten. Es war ein Mädchen gewesen. Ein Teenager. Mit einem langen, schwarzen Mantel und schwarzen Haaren.

»Hast du sie gesehen?«

»Wen gesehen?«, fragte Häring irritiert.

»Na, das Mädchen!«, antwortete Greven und beschleunigte seine Schritte. Häring folgte ihm und hatte ihn schnell eingeholt.

»Welches Mädchen?«

Der Weg, den sie für ihren 100-Meter-Lauf ausgewählt hatten, bestand aus zerschlagenen Dachziegeln, Bauschutt und Matsch, der bei jedem Schritt aufspritzte. Ihre Hosen waren binnen Sekunden reif für die chemische Reinigung. Aber der Untergrund barg noch ganz andere Gefahren. Kurz bevor Greven den Misthaufen hinter dem Stallgebäude erreichte, verweigerte der aufgeweichte Boden seinem rechten Schuh den Halt. Wie auf Eis glitt sein Fuß nach vorne und entzog ihm so das Gleichgewicht. Der Aufschlag war nicht hart, der Matsch nahm ihn gnädig auf und bereitete ihm ein weiches Lager, assistiert von einer mittelgroßen Pfütze, deren Wasser nach Kindheit schmeckte.

»Scheiße, verfluchte!«

Die erste Bewegung war die seiner rechten Hand, die sein fragiles Knie suchte. Aber das hatte den Sturz gut überstanden. Auch sonst schien er keine nennenswerten Blessuren davongetragen zu haben. Mit Härings Hilfe stand er schnell wieder auf den Beinen, die er auch gleich einsetzte, um zum Stallgebäude zu gelangen.

181

»Gerd!«, rief ihm Häring vergeblich hinterher.

Die schwarze Gestalt war verschwunden. Auf dem schmalen und gepflasterten Weg waren zwei deutlich farbiger gekleidete Mädchen damit beschäftigt, Pferdeboxen auszumisten. An einer der Boxen standen Talea von und zu Aldenhausen und Dr. Friedeborger, die ihn erst verwundert, dann aber schmunzelnd ansahen.

»Sie hätten den rechten Pfad nicht verlassen sollen«, rief ihm die Gräfin zu. »Na, kommen Sie schon her, ich werde versuchen, sie vom Gröbsten zu befreien.«

26

»Ausgezeichnet«, wiederholte der kleine Mann zum dritten oder vierten Mal. »Ich kenne nur sehr wenige Menschen, die so gut kochen können. Wie nennt man diese Füllung gleich noch mal?«

»Das ist eine Farce«, antwortete Mona. »Sie besteht aus Steinpilzen, Hühnerfleisch, Zwiebeln, einem zerdrückten Brötchen, Crème fraîche, Salz und Pfeffer.«

»Schmeckt fantastisch. Und die Sauce dazu. Das sind doch Lebkuchengewürze, oder?«

»Sie sind ein wahrer Gourmet, Herr Polder. Nelken, Zimt, Anis und etwas Piment. Das ist das ganze Geheimnis. Der Rest besteht aus Rotwein, einigen Knochen, etwas Fleisch, Suppengemüse und anderen Kleinigkeiten.«

»Fantastisch. Wirklich. Ich würde es sonst nicht sagen.«

Der Goldschmied aus Bremen griff ein drittes Mal zu und transferierte die letzten gekochten Dinkelkörner auf seinen Teller, um sie in Sauce zu baden. Der Kopf des Mannes um die sechzig war kahl, abgesehen von einem schmalen Haarkranz am Hinterkopf. Generell musste er über einen gesegneten Appetit verfügen, denn sein Bauch hatte die Form einer Kugel und hinderte ihn daran, näher an die Tischplatte zu rücken.

Erstaunt verfolgte Greven das Engagement des Gastes, den Mona von verschiedenen Ausstellungen her kannte. Ein handwerklich erstklassiger, ein erfahrener Goldschmied, der auch für Museen arbeitete und Kopien herstellte, wenn die Originale zu kostbar waren. Mona hatte ihn nicht in alle Details eingeweiht, sondern nur erzählt, was unbedingt nötig war. Schon gar nicht hatte sie ihm unterbreitet, dass die zuständige Staatsanwältin gegen eine Untersuchung war. Polder war nämlich ein ausgesprochen braver Bürger, der staatlichen Institutionen prinzipiell keine Kritik entgegenbrachte. Ein Mensch, der großen Respekt vor Paragrafen und Konventionen hatte, in denen er Garanten für das Funktionieren der Gesellschaft sah. So hatte es ihm Mona jedenfalls erzählt. Abgesehen davon schien er ein angenehmer Zeitgenosse zu sein.

Nach dem Essen tranken sie noch Espresso, und Polder gab einige Anekdoten aus der Welt der Museen zum Besten, die ebenso absurd wie komisch waren. Da hatte etwa ein Mitarbeiter seinen Ehering vermisst, den er bei bestimmten Arbeiten abnahm, und ihn nach Wochen zufällig unter den Exponaten als angebliches Schmuckstück eines hohen römischen Offiziers entdeckt. Wie der Ring in die Vitrine gelangt war, ließ sich nicht mehr ermitteln. Und wären Name und Hochzeitsdatum nicht eingraviert gewesen, hätte der Museumsleiter den Ring auch nicht wieder herausgegeben. Polder ließ noch eine kleine Serie bedingt tauglicher Goldschmiedewitze folgen, bevor sie zum Aufbruch mahnten.

Erst während der Fahrt begannen sie, die Mission durchzuspielen und fanden dabei schnell einen Haken.

»Es wäre nicht klug, wenn wir uns zu dritt vor dem Schatz aufbauen. Die Familie von und zu Aldenhausen braucht nicht zu wissen, dass wir Zweifel an der Echtheit haben. Sollten Sie nämlich zu dem Ergebnis kommen, dass alles echt ist, haben wir keinen Staub aufgewirbelt, und die Sache hat sich erledigt«, erklärte Greven.

»Das ist ganz in meine Sinne«, sagte Polder. »Je privater und unauffälliger, desto besser. Sollte sich Ihr Verdacht bestätigen, können Sie ja jederzeit ein Gutachten anfertigen lassen.«

»Jederzeit«, unterstrich Greven. »Aber so ist es uns lieber. Ein Gutachten hat schließlich auch seinen Preis, den am Ende der Steuerzahler zahlen muss.«

»Ich kann Ihnen da nur beipflichten«, sagte der Goldschmied. »Für eine gewissenhafte Untersuchung sollte man schon einen triftigen Grund vorzubringen haben.«

Mona parkte auf dem kleinen Parkplatz vor der Vorburg. Ihr Agent Polder wurde noch mit letzten Instruktionen versorgt und dann hinter die feindlichen Linien geschickt. Mona und Greven blieben zurück, um das zu tun, was alle Agentenführer taten, nämlich auf Ergebnisse zu warten.

»Wie lange wird er brauchen?«

»Schwer zu sagen«, antwortete Mona. »So, wie ich ihn einschätze, wird er sich Zeit lassen.«

»Mich wundert, dass er unsere Erklärung so einfach geschluckt hat.«

»Du bist Kommissar«, sagte Mona. »Das reicht ihm. Du möchtest nur eine vage Möglichkeit ausschließen. Und wenn du ehrlich bist, geht es tatsächlich genau darum. Ich bin nach wie vor davon überzeugt, dass der Schatz ein echter ist.«

»Das wäre ärgerlich.«

»Es wird kalt«, meinte Mona und lenkte damit den Blick auf das Wetter und die Außentemperaturen. Am Morgen hatte es geschneit, ohne dass der Schnee liegengeblieben war. Obwohl erst ein paar Minuten seit Polders Missionsbeginn vergangen waren, sahen sie auf die Uhr.

»Er hätte eigentlich auch allein hinfahren können.«

»Sag mal, Gerd, wie kommst du jetzt auf die Idee«, wun-

184

derte sich Mona. »Sei froh, dass er sich überhaupt bereit erklärt hat, von Bremen zu kommen und sich das Gold anzusehen. Die Geduld müssen wir mitbringen. Apropos Gold, hat sich bei der Goldwäscherei etwas ergeben?«

»Bislang haben nur zwei Professoren geantwortet. Der eine schließt ein wirtschaftlich sinnvolles Verfahren aus, der andere hält sich mit einem Urteil zurück und will sich nicht festlegen. Von den anderen stehen die Antworten noch aus.«

»Weißt du, was Arthur C. Clarke zu diesem Problem gesagt hätte?«

»Clarke?«

»Ein englischer Schriftsteller. *2001. Odyssee im Weltraum.* Von Stanley Kubrick verfilmt.«

»Ach der«, raunte Greven.

»Der hat einmal folgendes Gesetz aufgestellt: Wenn ein angesehener, aber älterer Wissenschaftler behauptet, dass etwas möglich ist, hat er höchstwahrscheinlich recht. Wenn ein angesehener, aber älterer Wissenschaftler behauptet, dass etwas unmöglich ist, hat er sehr wahrscheinlich unrecht.«

»Und das soll mir jetzt weiterhelfen«, brummte Greven.

»Mit anderen Worten, ich soll denen glauben, die Christian von Reetens Idee für möglich halten?«

»Ich weiß es nicht. Ich habe dir nur gesagt, was Arthur C. Clarke dazu gesagt hätte. Außerdem ist mir kalt.«

»Er kommt«, stellte Greven fest. »Hat also doch gar nicht so lange gedauert.«

Der kleine kugelbäuchige Mann näherte sich mit einer Miene dem Auto, die keinen Rückschluss auf sein Urteil zuließ. Auch er schien zu frieren, denn er hatte sich tief in seinem bleigrauen Mantel verkrochen. Langsam öffnete er die Wagentür und nahm seinen Platz auf dem Beifahrersitz ein.

»Und?«, beugte sich Greven von der Rückbank vor und sah ihm über die Schulter.

Ohne seiner Miene einen anderen Ausdruck zu geben, sah er seine beiden Auftraggeber nacheinander an.

»Herr Polder, was meinen Sie?«

»Erwarten Sie von mir bitte kein abschließendes Urteil«, begann der Goldschmied. »Dazu müsste ich die Münzen, die Fibeln und den Adler in Händen halten.«

»Aber eine Meinung werden sie sich doch gebildet haben?«, fragte Greven erwartungsvoll.

»Möglich ist es«, begann Polder. »Ich wüsste sogar eine passende, wenn auch eine ungesunde Legierung. Als äußeren Abschluss würde ich zwei oder drei der Münzen einschmelzen. Auf die Füße würde ich eine etwas dickere Schicht auftragen, denn dort würde ein Gutacher eine Probe nehmen. Die Fassungen und die Steine sind kein Problem, abgesehen von dem Rubin. Aber auch da wüsste ich eine Lösung, schließlich lassen sich Rubine auch künstlich herstellen. Nein, das wäre wohl durchführbar.«

»Noch einmal zum Mitschreiben: Das Friesengold, inklusive des Adlers, wäre von einem guten Goldschmied zu fälschen«, fragte Mona nach.

»Selbstverständlich. Alles, was Künstler schaffen, können andere Künstler fälschen. Allerdings müsste es ein wirklicher Künstler sein.«

»Jetzt sagen Sie es schon!« Greven wurde ungeduldig und rutschte auf dem durchgesessenen Sitz von Monas nicht mehr ganz neuem Wagen hin und her.

»Ich will es einmal so formulieren. Die Oberfläche der Statue gefällt mir nicht. Sie weist durchaus mechanische Spuren auf, hat mir aber dennoch zu viel Glanz. Wenn der Adler tatsächlich so alt ist und durch so viele Hände gegangen ist, müsste die Oberfläche matter sein. Der Glanz müsste an einigen Stellen gebrochener sein, selbst wenn die Statuette nach ihrer Wiederentdeckung poliert wurde.«

»Hab ich's nicht geahnt!?«, triumphierte Greven und lachte Mona an.

»Vorsicht, Vorsicht, Herr Kommissar«, mahnte jedoch

Polder, »ich habe Ihnen lediglich meinen Eindruck mitgeteilt. Ebenso gut kann ich mich auch täuschen. Denken Sie an das Panzerglas und das Licht. Und wie ich bereits sagte, habe ich die Statuette nicht in Händen gehalten.«

»Herr Polder«, sprach ihn Mona mit ernster Stimme an. »Würden Sie aufgrund Ihres Eindrucks den Schatz prüfen lassen?«

»Das würde ich, wenn ich der Eigentümer wäre. Unbedingt sogar. Dafür reicht die optische Bewertung aus. Sie müssen die Stiftung umgehend davon in Kenntnis setzen.«

»Das werden wir tun«, sagte Greven fast beschwingt, »das werden wir tun. Ich danke Ihnen, Herr Polder, Sie haben mir sehr geholfen. Wenn Sie mir jetzt noch sagen, wie hoch Sie den Wert des Schatzes einschätzen.«

»Auch das ist sehr schwer zu sagen. Schon der reine Materialwert ist ausgesprochen hoch, denn es kommen sicher ein paar Kilo zusammen. Den aktuellen Goldpreis können Sie der Zeitung entnehmen. Der historische Wert oder der Sammlerwert ist ungleich höher und kaum zu bewerten. Vielleicht ist Ihnen damit gedient, dass die 1999 gefundene Himmelsscheibe von Nebra mit 100 Millionen Euro versichert ist. Beide Artefakte lassen sich zwar nicht direkt vergleichen. Dennoch können Sie von einem ausgesprochen hohen Wert ausgehen.«

»Wäre denn der Schatz auf dem schwarzen Markt überhaupt zu verkaufen?«, fragte Greven.

»Mit Sicherheit«, antwortete Polder prompt. »Auch die Himmelsscheibe wurde auf dem schwarzen Markt gehandelt und fand sofort Interessenten. Reiche Sammler gibt es genug.«

»Ach ja, hat Sie jemand beobachtet, als Sie sich das Gold angesehen haben?«

»Mir ist niemand aufgefallen. Natürlich war ich nicht allein im Museum. Drei oder vier Besucher haben sich das Gold auch angesehen.«

»Gut, dann sollten wir wieder zurückfahren«, sagte

Greven und ließ sich in die Polster zurücksinken. Während sich Mona den matten Glanz des Goldes von Polder näher erklären ließ, experimentierte Greven mit einigen Puzzleteilen, deren Motive an Schärfe gewonnen hatten.

Jemand hatte den Friesischen Adler durch eine ausgesprochen gute Kopie ersetzen lassen und wahrscheinlich zu Geld gemacht. Als möglicher Fälscher bot sich natürlich Onken an. Aber dann sah Greven den Auricher Goldschmied wie Polder ins Schlossmuseum gehen. Vielleicht hatte er seinen Besuch bei Talea von und zu Aldenhausen genutzt, um endlich einmal das berühmte Friesengold in Augenschein zu nehmen. Respektvoll hatte er sich vor dem Panzerglas aufgebaut und sich dem Adler gestellt. Zunächst hatte ihn die Fülle des Goldes überwältigt und geblendet. Doch dann hatte der Glanz, hatte die Farbe Zweifel in ihm geweckt, die ihn nicht mehr losgelassen hatten. Irgendwann hatte er diesen Zweifel jemandem anvertraut.

Damit aber gab sich Greven nicht zufrieden und fand noch in Monas Einfahrt eine andere Stelle, an der das Puzzleteil andocken konnte.

27

Sobald Christoph Kolumbus eine Insel in der Karibik entdeckte, sich an den Strand rudern ließ und dort auf überraschte, aber arglose Indianer traf, stellte er immer eine Frage: Wo ist das Gold? Denn der Spanier liebte Gold über alles. Fiel die Antwort negativ aus, bunkerte er noch etwas Wasser und Proviant und ließ Segel setzen. Am nächsten Strand wiederholte er seine Frage, die ihn bis an sein Lebensende trieb, die er wieder und wieder mit der Feder in sein Tagebuch kratzte, die er in Briefen Freunden und Gönnern offenbarte.

Die Frage ergriff auch Besitz von anderen Spaniern, die im Kielwasser von Kolumbus die Küsten der amerikanischen Kontinente erreichten. Pizarro, Cortés, de Orellana, de Quesada. Auch sie liebten das Gold. Suchten das Goldland El Dorado, pflügten auf der Suche nach dem Mythos halb Südamerika um, töteten Millionen. Gelang es Inkas oder Azteken, einen Konquistador zu fangen, fesselten sie ihn und flößten ihm geschmolzenes Gold ein. Die Goldesser sollten am Gold ersticken. Die grausame Strafe schreckte die Eroberer und Goldsucher nicht ab. Immer neue Gierige landeten an den Küsten, um sich und der spanischen Krone die Taschen zu füllen. Im Grunde waren doch die Konquistadoren die Erfinder der Globalisierung. Mit ihnen hatte doch die umfassende Plünderung des gesamten Planeten erst so richtig begonnen. Weltweiter Handel. Kolonien. Vertreibung. Mord. Im Namen eines Gottes, im Namen einer Idee, im Namen einer überlegenen Kultur. Aber insgeheim im Namen des Goldes, auf dessen Altar alles geopfert wurde. Bis heute. Die Kultur. Die Gesundheit. Die Humanität. Das Weltklima.

Wenn du lange in einen Abgrund blickst, blickt der Abgrund auch in dich hinein, hatte Friedrich Nietzsche geschrieben. Ließ sich das nicht übertragen? Wenn du lange Gold anblickst, blickt das Gold auch in dich hinein. Das hörte sich gar nicht mal so schlecht an. Genau das hatte nämlich jemand im Schloss getan. Er hatte dem Friesischen Adler zu lange in die Augen geblickt, hatte ihm zu tief in die kalten, goldenen Pupillen geschaut. So lange, bis der Adler schließlich den Blick erwidert und einen neuen Konquistador gezeugt hatte. Für den es von nun an kein Halten mehr gab. Ein Getriebener wie Peter Lorre in *M – Eine Stadt sucht einen Mörder*. Als Student hatte Greven den Film von Fritz Lang in einem Programmkino gesehen.

»Gerd?«

189

Der Name des Kommissars fiel ihm nicht mehr ein. Er konnte sich aber daran erinnern, dass er auch in einem der Dr.-Mabuse-Filme von Fritz Lang zu sehen war.

»Gerd?«

Seine geöffneten Augen flogen auf, sein Kopf schwenkte nach rechts, wo Häring vor seinem Schreibtisch stand.

»Ja, Peter?«

»Habe ich dich gestört?«

»Nein, ich war nur kurz in Gedanken. Was gibt es?«

»Fehlanzeige«, sagte Häring. »Unter seinem Namen hat Grönmann weder ein Flugticket noch einen Bahnkarte gekauft. Auch sonst gibt es keine Spur.«

»Danke. Ich brauche erst einmal einen Kaffee«, bemerkte Greven und verließ seinen Sessel. »Du auch einen?«

»Das ist dieses ewig trübe Schmuddelwetter, das macht einfach müde«, erklärte Häring und folgte Greven zum Kaffeeautomaten. Greven platzierte seinen Zeigefinger auf der großen Kaffeetasse, Häring entschied sich für einen Espresso.

»Schon etwas über das Vermögen der Aldenhausens?«

»Nicht viel«, antwortete Häring, die Espressotasse und den Zuckerstreuer in den Händen. »Aber eins wissen wir bereits. Von Vermögen kann wirklich keine Rede sein. Graf Folef hat also nicht gelogen. Das großväterliche Erbe lässt ihnen tatsächlich nur eine magere Apanage. Ein paar Grundstücke haben sie in den letzten Jahren verkauft, aber der Rest ist unveräußerlich und gehört zum Stiftungsbesitz.«

Greven trank den Kaffee, als sei es ein Lebenselixier, und stellte seine Tasse ein zweites Mal unter die Ausgabe. Nach der Mittagspause war er fast ins Koma gefallen, von dem er sich nun unbedingt befreien musste, denn um 15.15 Uhr erwartete ihn die Staatsanwältin. Seine Argumentation hatte er bereits am Vormittag zusammengebastelt. Sie hatte zwar einige Schwächen, besaß dafür aber auch den Joker Polder. Offen war nur noch, wann und wie er ihn ziehen würde.

»Sie müssen also arbeiten. Wie fast alle anderen auch. Wenn das kein Trost ist. Schon etwas über Abbo?«

»Seine Firma scheint ganz gut zu laufen. Er lässt in China Souvenirs aller Art herstellen, die er hier gewinnbringend verkauft. Pilsumer Leuchttürme und Fischkutter sind auch dabei.«

»Die Dinger kenn ich«, sagte Greven. »Die gibt es in Greetsiel an jeder Ecke. Bis heute fehlt mir jede Erklärung, warum sich Menschen im Urlaub mit diesem Plastikzeug eindecken.«

»Ansonsten ist Abbo ein unauffälliger Typ. Keine Akte, keine Punkte in Flensburg, kein Ärger mit dem Finanzamt.«

»Na, dann wird unser Gespräch morgen ja richtig spannend«, meinte Greven.

»Noch dazu hat Abbo Weihnachten samt Frau und Kindern in Thailand verbracht.«

»Warum erfahre ich das erst jetzt?«

»Der Bericht liegt auf deinem Schreibtisch«, sagte Häring und orderte bei der Maschine einen weiteren Espresso.

»Das Gespräch wird also nicht nur spannend, es wird auch besonders lang.«

»Damit würde ich rechnen.«

»Gut, konzentrieren wir uns auf die Spur des Adlers.«

»Dazu musst du den Adler erst einmal haben.«

»Ich werde ihn bekommen. Verlass dich drauf«, sagte Greven und ging zurück zu seinem Schreibtisch. Bis zu seinem Termin hatte er noch etwas Zeit, die er für einige Telefonate nutzen wollte. Zunächst aber machte er sich daran, Härings Bericht über Abbo von und zu Aldenhausen zu suchen. Ein Unternehmen, das hoffnungsvoll begann, aber schon nach wenigen Minuten an jenen Klippen scheiterte, die inzwischen wieder einmal seinen Schreib-

191

tisch beherrschten. Obwohl er im Prinzip die Sedimente kannte, die zur Auffaltung der Klippen geführt hatten, so musste er bei dem Bericht passen. Als er sich nicht unter den jüngsten Ablagerungen befand, hätte Greven tiefer schürfen müssen. Damit hätte er jedoch die Statik der Klippen und deren sedimentierte Ordnung in Gefahr gebracht. Wahrscheinlich war der Bericht bei einer seiner Umschichtungsmaßnahmen, die er ab und zu durchführte, unabsichtlich in eine der Formationen geraten. Er ließ die Klippen also ruhen und begnügte sich mit der mündlichen Kurzfassung. Außerdem konnte er morgen Abbo von und zu Aldenhausen auch persönlich fragen.

Greven griff also zum Hörer, um einem Oldenburger Kollegen eine Frage zu Heyden zu stellen, die ihm während der Mittagspause in den Sinn gekommen war. Der Klingelton rief den Kollegen bereits, als ein lautloser Schatten auf die Klippen fiel. Greven ließ den Hörer sinken, aus dem eine leise Stimme tönte und nach dem Anrufer fahndete.

»Ich hoffe, ich störe Sie nicht, Herr Greven.«

»Nein, Frau Dr. Wilms, ich war gerade fertig«, antwortete er und legte auf.

»Das trifft sich sehr gut, denn mir käme es sehr gelegen, wenn wir unser Gespräch schon jetzt führen könnten. Eine wichtige Sitzung meines Komitees.«

Greven stand auf und reichte ihr die Hand. »Gerne. Setzen Sie sich doch.«

Die Staatsanwältin nahm das Angebot an und arbeitete kurz an einer bequemen Sitzposition. Häring und Ackermann drückten ihm im Hintergrund die Daumen und verhielten sich unbeteiligt, obwohl ihre sporadischen Blicke das Gegenteil verrieten.

»Nun, Herr Greven, ich habe mir schon gedacht, dass Sie nicht locker lassen werden, und bin gespannt auf Ihre neue Geschichte.«

Greven nahm wieder Platz, lehnte sich zurück und

versuchte, Ruhe und Gelassenheit auszustrahlen. Dr. Wilms war nicht verkehrt, sie war auch nicht resistent gegenüber Argumenten, eigentlich war sie nur ausgesprochen zurückhaltend, was bestimmte Entscheidungen betraf. Auch standen ihr gelegentlich kleinere Defizite im Weg, etwa jenes, Mitgliedern der sogenannten besseren Gesellschaft nur ein sehr niedriges Maß an krimineller Energie zuzutrauen. Die Gefahr lauerte für sie zunächst einmal unten, während für oben die Unschuldsvermutung von ganz besonderer Bedeutung war.

»Die Geschichte ist eigentlich eine ganz einfache«, begann Greven. »Eigentlich handelt sie von einem Zufall.«

»Das aus Ihrem Munde.«

»Meine Lebensgefährtin hatte nämlich gestern Besuch. Von einem Goldschmied. Natürlich hat sie für ihren Gast ein attraktives Ausflugsziel gesucht.«

»Ich kann es mir denken.«

»Besagter Goldschmied ist kein Geringerer als Dieter Polder aus Bremen, der sich im Schlossmuseum Aldenhausen die Nase an einer Glasscheibe plattgedrückt hat.«

»Mit welchem Ergebnis?« Dr. Wilms ließ jegliche Begeisterung vermissen und trommelte lautlos mit den Fingern ihrer rechten Hand auf ihrem Knie.

»Er hält es für ratsam, das Friesengold einer genauen Untersuchung zu unterziehen.«

»So ein Zufall. Wie heißt dieser Mann?«

»Polder. Dieter Polder«, wiederholte Greven und winkte Häring samt Laptop zu sich her. Der eben noch nahezu Unbeteiligte legte der Staatsanwältin den Rechner auf die Knie und drückte den Monitor ein Stück nach hinten, um ihr eine gute Sicht auf die Homepage des Goldschmieds zu bieten.

»Interessanter Mann«, sagte sie nach eingehender Prüfung.

»Mein Tipp ist die Seite mit den Referenzen«, sagte Greven.

Mit schnellen Fingerbewegungen rief Dr. Wilms die Seite auf und las konzentriert.

»Landesmuseum Oldenburg, Focke-Museum in Bremen, Ostfriesisches Landesmuseum, Ostfriesische Landschaft. Alle Achtung. Ihr Polder hat wirklich für jedes Museum gearbeitet.«

»Sie werden nur mit Mühe einen besseren Restaurator finden. Da kennt sich einer aus.«

Die Staatanwältin beendete die Session und fuhr sich mit der Hand durch die Haare. Unauffällig und unaufdringlich entzog ihr Häring den Laptop und verschwand wieder. Dr. Wilms sah Greven lange an, der gespannt den Kampf in ihrem Gesicht verfolgte.

»Sie meinen also, es könnte ein Fehler sein?«

»Es wäre ein Fehler. Stellen Sie sich einmal vor …«

»Das habe ich bereits, vielen Dank. Aber stellen Sie sich bitte meine Situation vor, falls sich dieser Herr Polder irrt.«

»Es ist Ihre Entscheidung«, sagte Greven und verfolgte die nächste Runde.

»Also gut. Sie haben gewonnen. Ich werde die nötigen Papiere besorgen«, entschied schließlich die Staatsanwältin und verließ den Sessel. Häring und Ackermann jubelten geräuschlos auf den hinteren Rängen. »Wenn er sich irrt, wird das auch Konsequenzen für Sie haben. Ist das klar?«

»Ja, Frau Dr. Wilms.« Die Akzeptanz möglicher Folgen war für Greven eine unverhandelbare Klausel dieses Deals.

28

Das Telefon riss ihn aus einem traumlosen, tiefen Schlaf, holte ihn fast aus dem Reich der Toten, für die nichts mehr existiert, nicht einmal mehr das Nichts. Wie lange sich der schlanke, schwarze Apparat schon bemüht hatte, der wie ein Phallus in seiner Ladestation stand, wusste er nicht. Der Wecker war kurz davor, halb vier anzuzeigen. Neben ihm protestierte Mona mit einem unverständlichen Gemurmel, das sie ihrem Kopfkissen anvertraute.

»Greven«, stöhnte er, ohne vollends zu seiner Wirklichkeit vorgedrungen zu sein.

»Tjarden«, meldete sich eine Flüsterstimme. »Bei mir ist jemand im Haus.«

Greven schlug die dicke Daunendecke zur Seite, leitete eine Drehung seines Körpers ein und saß auf der Bettkante. Er war in der Wirklichkeit angekommen.

»Wo sind Sie jetzt?«

»In meinem Zimmer«, hauchte die Haushälterin.

»Woher wissen Sie, dass jemand im Haus ist?«

»Ich kann ihn hören. Er ist leise, aber ich höre ihn. Ich glaube, er ist im Büro. Was soll ich tun?«

»Seien Sie auf jeden Fall noch leiser als er. Können Sie Ihre Tür abschließen?«

»Die schließe ich immer ab.«

»Dann stellen Sie noch einen Stuhl unter die Türklinke. Aber leise. Ich bin schon unterwegs. Warten Sie in Ihrem Zimmer. Unternehmen Sie nichts. Verstanden?«

»Ja, Herr Kommissar.«

Er drückte auf die rote Taste und wählte eine vertraute Nummer. Dann scheuchte er seinen Kollegen Pütthus aus dem Bett, dem er den Schlaf nicht gönnte, während er auf die Jagd ging.

»Jetzt sag bloß, du musst ausrücken?«, maulte Mona aus einem Tal des Deckengebirges.

195

»Bleib liegen.«

»Worauf du dich verlassen kannst.«

Wenige Minuten später saß Greven im Wagen und fuhr Richtung Georgsheil. Da er wusste, dass einige Kollegen der Verkehrspolizei auch in kalten Winternächten mit roten Blitzen auf der Lauer lagen, pfropfte er dem Wagen ein blaues Gegenlicht aufs Dach und gab Gas. Normalerweise betrug die Fahrzeit etwa vierzig Minuten, er hatte sich aber vorgenommen, in spätestens einer halben Stunde in Greetsiel zu sein. Die Straßen waren leer und trocken, es fror nicht, dennoch musste er an den bekannten Stellen mit Glatteis rechnen.

Nach etwa fünfzehn Minuten winselte sein Handy.

»Wo bist du?«, fragte Pütthus.

»Marienhafe.«

»Wir sind dicht hinter dir. Warte auf uns. Geh bloß nicht allein in das Haus.«

»Würde ich nie ohne Grund machen.«

»Gerd! Warte auf uns!«

Auf der Höhe der Zwillingsmühlen nahm er das Blaulicht vom Dach und trat auf die Bremse. Als er in die schmale Straße Am Bollwerk einbog, die an der Kirche vorbei zu Grönmanns Haus führte, verzichtete er auch noch auf das Fahrlicht. Die letzten Meter ließ er sich mit abgeschaltetem Motor bis fast vor das Haus rollen. Die Fahrertür lehnte er nur an.

Zum zweiten Mal in diesem Winter kam ihm Chingachgook in den Sinn, fragte er sich, was der berühmte Indianer gesehen haben könnte. Außer der Stille. Selbst als sich seine Augen an die weitgehend kompromisslose Dunkelheit gewöhnt hatten, zeichneten sich nur die Umrisse des Hauses ab. Er zog seine Waffe und tastete sich vor bis zur Eingangstür. Wahrscheinlich wäre Pütthus anders verfahren, aber ihm schien die Überprüfung der Vordertür der erste erforderliche Schritt zu sein. Zunächst übte er vorsichtig Druck auf das Türblatt aus,

196

anschließend betätigte er die antike Klinke. Das Türblatt rührte sich nicht.

Rechts hatte das Haus einige tief liegende Fenster, die sein nächstes Ziel waren. Mühsam stocherte er in der Dunkelheit, stieß aber nicht auf Scherben. Kein Lichtkegel einer Taschenlampe war zu sehen. Die Taschenlampe! Sie musste irgendwo im Kofferraum liegen. Umkehren aber wollte er nicht, sondern tastete sich weiter an der Hauswand entlang. Schließlich kannte er das Terrain. Wie oft hatten sie rund um das Haus, in dem damals noch der Pastor des Ortes wohnte, Verstecken gespielt. Die baulichen Veränderungen, das hatte er bei seinem jüngsten Besuch gesehen, hatten sich in Grenzen gehalten.

Die Fenster auf der Westseite waren alle intakt. Hier war der Einbrecher also nicht eingestiegen. Nach wie vor triumphierte die Stille. Nur in einer unbestimmbaren Ferne suchte ein Auto seinen Weg. Eine Möwe schrie irgendwo am Deich. Aber das war kein Geräusch, das der Stille gefährlich werden konnte, denn es wurde umgehend von ihr wieder verschluckt.

Die Hintertür war im Gegensatz zur Vordertür jüngeren Datums und besaß einen Knauf anstelle der Klinke. Aber auch sie ließ sich nicht bewegen. Sogar den Falz fuhr er mit den Fingern ab, um die Spuren eines Brecheisens zu suchen, doch er fand nicht eine Kerbe.

Sollte sich Frau Tjarden geirrt haben? Das Verschwinden ihres Arbeitgebers hatte mit Sicherheit an ihren Nerven gezerrt. Vielleicht hatte sie ein ganz harmloses Geräusch gehört und sich in die Vorstellung hineingesteigert, es mit einem Einbrecher zu tun zu haben?

Greven ging auf die Ostseite und inspizierte die Fenster nur sehr oberflächlich, fand aber auch dort keine Spuren eines Einbruchs. Er trat einige Schritte zurück und nahm sich die oberen Fenster vor, die ebenso schwarz waren wie die Hauswand und das Dach. Einerseits war er enttäuscht,

197

einen potenziellen Verdächtigen verpasst zu haben, andererseits war er beruhigt, was die Haushälterin betraf. Denn falls es ein Einbrecher auf etwas abgesehen hatte, was in Zusammenhang mit seinem Fall stand, hätte sie sich natürlich in großer Gefahr befunden.

Er wollte gerade zur Vordertür gehen, dort klingeln und gleichzeitig Frau Tjarden anrufen, als er Schritte hörte. Sofort ging er in die Knie und wurde zum Mohikaner. Allerdings nicht ganz, denn der hätte ihm mühelos sagen können, mit wie vielen Personen er es zu tun hatte. Immerhin gelang es ihm, den ungefähren Standort der Person oder Personen auszumachen. Es musste die Hintertür sein. Der Einbrecher musste einen Dietrich oder einen Nachschlüssel besitzen. Oder sogar den echten Schlüssel. Grönmann! Dass er daran nicht schon früher gedacht hatte. Es könnte schlicht Grönmann sein, der etwas vergessen hatte, der noch etwas aus seinem Haus brauchte.

Greven erhob sich langsam wieder und pirschte sich in halb gebückter Haltung zurück zur Hintertür. Wie schon bei seinem ersten Versuch traf er niemanden an. Die Schritte, die er zu hören geglaubt hatte, waren der Stille zum Opfer gefallen. Er drehte sich nach jeder in Frage kommenden Richtung um. Nichts. Finsternis.

Die Westseite! Dieser dumpfe Ton konnte nur von einem Menschen stammen, von einem Schuh, der ein paar der schwarzbraunen Blätter von einem der großen Bäume erwischt hatte. In nach wie vor gebückter Haltung folgte er den Geräuschen, die plötzlich wieder verstummten. Entweder war der Unsichtbare stehen geblieben, oder er hatte den Weg vor dem Haus erreicht und somit wieder festen Boden unter den Füßen.

Um dem Unsichtbaren nicht direkt in die Arme zu laufen, schlug Greven einen großen Bogen und näherte sich nun auf dem gepflasterten Weg von Westen her der Vordertür. Trotz der alles verschlingenden Dunkelheit glaubte er, eine Silhouette wahrzunehmen, die sich bewegte. Aber er war noch zu weit weg, musste sich noch ein paar Schritte gedulden, um die Bühne zu betreten.

Fast hatte er die Tür erreicht, da flammte ein Lichtkegel auf und traf ihn ins Gesicht. Noch im selben Augenblick warf er sich auf den Boden und rollte sich zur Seite, die Waffe in der Hand.

»Lass doch diesen Quatsch«, zerschnitt Pütthus' Stimme die Stille. »Ich hab mir schon gedacht, dass du hier herumschleichst und Cowboy und Indianer spielst. Du solltest doch auf uns warten.«

Von links trat ein Schatten in den Lichtkegel, Karl Grassinger, ein Kollege aus dem Raubdezernat. Mit Schmerzen im Knie und einer noch unbekannten Dreckmischung auf dem frisch gereinigten Mantel ging Greven auf das Licht zu.

»Mensch, Herbert, das hätte auch schiefgehen können«, sagte er und steckte seine Waffe ins Halfter.

»Genau das wollte ich ja verhindern. Und jetzt komm endlich.«

Greven versuchte, wenigstens einen Teil des Drecks vom Mantel zu entfernen, aber schon rein zahlenmäßig war er den Flecken unterlegen. Nur einige schwarzbraune Ahornblätter konnte er mühelos zu Boden schicken.

»Entweder hat sich Frau Tjarden geirrt«, übernahm er wieder die Initiative, »oder es war Grönmann, der einfach aufgeschlossen hat.«

»Vorder- und Hintertür sind jedenfalls intakt«, bestätigte Pütthus seine Inspektion und drückte auf den Klingelknopf. »Suchen wir daher das Gespräch mit der Haushälterin.«

Greven wählte gleichzeitig Grönmanns Nummer.

»Polizei, Frau Tjarden! Machen Sie bitte auf!«, rief Grassinger

Die konzertierte Aktion hatte Erfolg. Die Haushälterin ließ zwar etliche Minuten verstreichen, wagte sich dann aber doch aus ihrem Versteck. Fenster auf Fenster flammte auf und vertrieb die Dunkelheit rund ums Haus.

Das Schlusslicht bildete das Außenlicht. Pütthus konnte auf seine Taschenlampe verzichten. Zögernd öffnete Frau Tjarden die Tür, plierte durch den Spalt und löste erst die Kette, als sie Greven erkannte.

»Endlich, Herr Kommissar«, sagte die Frau jenseits der sechzig, die ihnen komplett angezogen die Tür öffnete. Das dünne graue Haar ließ jede Frisur vermissen, nicht alle Tränen waren schon getrocknet. Erleichterung stand ihr ins Gesicht geschrieben.

»Beruhigen Sie sich, Frau Tjarden«, spendete Greven Trost, während sich Pütthus die Kette ansah und Grassinger im Haus verschwand.

»War die Kette die ganze Nacht eingehakt?«

»Ja. Herr Grönmann hat sie anbringen lassen, weil die Tür schon älter ist.«

»Sehr vernünftig«, lobte Pütthus. »Dann ist er also nicht durch diese Tür.«

Dafür erschienen zwei Uniformierte in besagter Tür, denen Pütthus sofort Anweisungen erteilte. Greven führte Frau Tjarden ins Wohnzimmer, das ihm unverändert schien. Zunächst wollte er eine grundsätzliche Frage klären.

»Frau Tjarden, sind Sie sich sicher, dass jemand im Haus war?«

»Ich höre noch sehr gut, falls Sie das meinen. Dor is een west. Dat wet ik wis!«

»Gut, dann lassen Sie uns einmal nachsehen, was er gesucht haben könnte«, sagte er und schob die Haushälterin durch die Zimmer im Erdgeschoss. Im engen Flur kam ihnen Grassinger mit der Nachricht entgegen, dass die Hintertür unbeschädigt sei und über keine Kette verfüge.

»Fehlalarm, wenn du mich fragst.«

»Das werden wir sehen«, entgegnete Greven und folgte Frau Tjarden in Grönmanns Büro. Auch hier schien die nächtliche Welt in Ordnung. Die Haushälterin hob kurz die Schultern und blickte Greven Hilfe suchend an. Die beiden Kollegen vom Raub betraten das Büro und erhöhten durch ihre schlichte Anwesenheit den Druck.

»Keine Spur«, meldete Pütthus.

Frau Tjarden, die ihren Blick wieder nach vorne gerichtet hatte, hielt plötzlich in ihrer Bewegung inne. Langsam hob sie den rechten Arm und wies auf ein schmales Regal voller schwarzer Aktenordner. Ein Traum für jeden Ordnungsfanatiker und Buchhalter. Abgesehen von zwei Ordnern, die sich der einheitlichen Oberfläche der beschrifteten Rücken widersetzten. Es waren nur ein oder zwei Zentimeter, aber sie reichten der Haushälterin aus.

»Heb ik doch seggt. Dor is een west.«

29

Ein Himmel aus unzähligen verschiedenen Grautönen lag über dem Schloss. Ab und zu spuckte die kalte Luft Regentropfen aus, ohne dass es tatsächlich zu regnen begann. Der kraftlose Wind konnte sich ebenso wenig entscheiden und blies mal aus östlicher, dann wieder aus entgegengesetzter Richtung. Die kahlen Äste der Buchen und Eichen im Schlosspark bewegten sich nur, wenn man genau hinsah.

Woher Häring den marineblauen Mantel hatte, wusste Greven nicht. Gekauft hatte er ihn auf keinen Fall, denn er entsprach nicht seinem aus Modemagazinen geborgten Stil. Ein Leihmantel also, nicht mehr neu, dafür aber warm. Offensichtlich hatte sein Kollege beschlossen, nicht mehr so zu frieren. Seine Halbschuhe hatte er gegen feste Stiefel eingetauscht. Greven trug auch nicht seinen Mantel, sondern hatte den Trenchcoat übergestreift, der nur bedingt warmhielt. Dafür besaß er den großen Vorteil, wie Mona ihm mit klaren Worten erklärt hatte, sich

201

leicht reinigen zu lassen. Man konnte ihn einfach in die Waschmaschine stecken.

»Hier muss es sein«, sagte Häring und klingelte.

Der Hausherr ließ sie nicht lange warten und bat sie in ein kleines Büro im Erdgeschoss.

»Meine Wohnung liegt oben«, erklärte Abbo von und zu Aldenhausen. »Aber nicht nur das ist sehr praktisch. Lager und Versand sind gleich nebenan. Früher lagen dort die Gesindeunterkünfte. Heute stapeln sich dort Leuchttürme und Südseemuscheln.«

»Die Geschäfte gehen gut?«, fragte Greven fast beiläufig, während er in dem angebotenen Sessel Platz nahm.

»Ich kann nicht klagen«, antwortete der mit einem grauen Lagermantel bekleidete Mann, den wohl kaum jemand auf Anhieb für einen Aristokraten gehalten hätte. Sein dünnes, graues Haar war nach hinten gekämmt, seine Ohrmuscheln nicht nur von beachtlicher Größe, sondern auch deutlich vom eher runden Kopf abstehend. Ein Kaufmann, ein ostfriesischer Kaufmann, wie er in Grevens Jugend noch häufig anzutreffen gewesen war. Der Computer auf seinem Schreibtisch besaß einen alten Röhrenmonitor, das graue Telefon verfügte bereits über einen gewissen musealen Charme, hatte aber große Chancen, auch die nächsten Jahre noch zu überleben.

»Wie lange betreiben Sie schon den Handel mit Souvenirs?«, fragte Häring.

»Seit einunddreißig Jahren. Wir hatten letztes Jahr Firmenjubiläum. Tja, wir zählen zu den alten Hasen in diesem Geschäft. Damals habe ich in einer der alten Gesindewohnungen angefangen. Ich hatte Betriebswirtschaft studiert und wollte mich unbedingt selbständig machen. Also habe ich mich umgesehen und nach Marktlücken gesucht. So bin ich auf die Souvenirs gekommen. Inzwischen versorge ich nicht nur die Inseln, sondern eigentlich alle Sielorte.«

»Wo werden diese Modelle gebaut?«, fragte Greven und wies mit dem Finger auf eine kleine Musterschau, die ein langes Bord an der Wand füllte. Rot-gelb gestreifte Leuchttürme, Windmühlen, Fischkutter, Fische, Seesterne, Inselfähren.

»Das kommt fast alles aus China. Ich weiß, dass Ihnen das nicht gefällt, aber wenn ich die hier fertigen lassen würde, könnte ich gleich dichtmachen.«

»Den Sous-Turm sehe ich aber nicht.«

»Da fehlt mir die Lizenz. Außerdem ist der selbst für die Chinesen nicht ganz einfach zu fertigen. Nur zum Spaß habe ich denen mal ein paar Fotos geschickt. Die waren gar nicht begeistert. Aber deswegen sind Sie ja nicht gekommen.«

»Nein«, sagte Greven und ließ sich Zeit. Abbo von und zu Aldenhausen schien mit dem Erreichten nicht unzufrieden zu sein. Nach der Gewinnspanne wollte er nicht fragen, da sie nun wirklich mit dem Fall nichts zu tun hatte, aber er war sich sicher, dass sie groß genug war, dem gräflichen Geschäftsmann und seiner Familie ein angenehmes Leben zu ermöglichen. Der Sohn studierte, die Tochter besuchte noch das Gymnasium. Seine Frau arbeitete in der Firma mit und klapperte höchstpersönlich die Kunden ab.

»Es geht um den Mord an dem Goldschmied Onken und die anschließenden Einbrüche«, erklärte Häring.

»Ich weiß, Sie waren ja auch schon bei meinen Geschwistern. Sie glauben, das Thalke bei diesen merkwürdigen Ereignissen eine Rolle spielt?«

»Sie muss sogar eine zentrale Rolle spielen«, antwortete Greven. »Denn sämtliche Einbrüche galten ihren Erben oder ihren Liebhabern.«

»Womit ich wie meine Geschwister aus dem Schneider bin, denn ich habe keinen Cent von ihr bekommen. Selbst wenn sie ein paar Euro besessen hätte, hätte sie uns nicht bedacht. Spießer und Unternehmer brauchen kein Erbe. Also hören Sie mir bitte auf mit meiner Schwester. Dieses Kapitel der Familiengeschichte ist abgeschlossen.«

203

»Aber mein Fall noch nicht«, erwiderte Greven.

»Das ist mir durchaus klar«, sagte der Souvenirhändler. »Ich wollte Sie auch nur auf diese Seite der Medaille hinweisen.«

»Ich werde versuchen, es kurz zu machen«, kam ihm Greven entgegen und konfrontierte ihn mit Tatzeiten und Tatorten.

»Wieder muss ich Sie enttäuschen, denn nur während des Mordes an dem Goldschmied war ich in Aurich. Die weiteren Ereignisse konnte ich nicht einmal aus der Ferne verfolgen, da wir, wie jedes Jahr, den Winter für unseren Jahresurlaub nutzen. Wie ich einem Ihrer Kollegen ja bereits am Telefon sagte, sind wir erst vor ein paar Tagen aus Thailand zurückgekehrt. Jetzt steht der weniger schöne Part ins Haus, die Inventur.«

Schnell wurde Greven bewusst, dass bei Abbo von und zu Aldenhausen nicht viel zu holen war. Außerdem machte er einen glaubwürdigen Eindruck. Der überzeugte Unternehmer führte ihn nicht aufs Glatteis. Also lenkte er das Gespräch auf das Friesengold.

»Das olle Zeug? Ich kann es nicht mehr sehen und war auch seit Jahren nicht mehr im Museum. Ich bin damit aufgewachsen, wissen Sie. In der Schule hat jede zweite Klassenfahrt hierher geführt. Wir durften aber nicht im Schloss auf unsere Mitschüler warten, sondern mussten erst zur Schule, um mit dem Bus hierher zu fahren. Nur, um anschließend von allen für reich gehalten zu werden. Dass uns das Gold nicht gehört, das hat uns kaum jemand geglaubt. Und als Motiv kommt es wohl kaum in Frage.«

»Warum nicht?«, hakte Häring sofort nach.

»Na, dann versuchen Sie doch mal, das Panzerglas einzuschlagen. Bevor Sie auch nur den ersten Riss sehen, stehen Ihre Kollegen hinter Ihnen.«

Abbo von und zu Aldenhausen gewährte ihnen noch einen kleinen Rundgang durch das Lager, bevor sie sich verabschiedeten.

»Ist Ihre Schwester zufällig im Reitstall?«, fragte Greven, als sie bereits vor der Tür standen.

»Nicht zufällig. Sie ist immer im Reitstall. Außer, es ist irgendwo ein Turnier.«

»Was hast du vor?«, fragte Häring.

»Ich möchte nur den Druck etwas erhöhen. Als krönenden Abschluss werden wir das Museum besuchen und Folef verunsichern, ohne ihm die bevorstehende Untersuchung seiner besten Stücke auf die Nase zu binden. Das soll schließlich eine Überraschung sein. Auf die Gesichter bin ich gespannt. Und auf die Reaktionen. Mindestens einer von ihnen wird seine Deckung aufgeben.«

Der Weg, den sie einschlugen, entzog ihnen bald den festen Boden. Es war der mit alten Dachziegeln notdürftig befestigte Feldweg, der an den ungenutzten Nebengebäuden vorbei zur Reithalle führte. Greven war sich des Risikos wohl bewusst und machte um jede Pfütze einen großen Bogen. Stattdessen nutzte er jede Ziegelinsel als sicheres Trittbrett. Denn zwischen den Inseln lauerte der Matsch. Häring hatte die Aufgabe übernommen, mit Pütthus Kontakt zu halten, um über die Entdeckungen der Spurensicherung auf dem Laufenden zu bleiben.

»Sie sind immer noch nicht zurück«, sagte sein Kollege und ließ das Handy in die Manteltasche gleiten.

»Die werden nichts finden«, meinte Greven, ohne den Kopf zu heben. Die Bodenhaftung war ihm wichtiger. Nach gut der Hälfte des Wegs, vorbei an alten Eichen und einem Hochstand, bemerkte Greven etwas im Matsch. Es war wahrscheinlich schon länger da, nur aufgefallen war es ihm bislang nicht. Dafür war eine Reifenspur auch nicht außergewöhnlich genug.

»Ist dir beim letzten Mal eine Reifenspur aufgefallen? Ich meine, auf diesem Weg?«

»Nein«, antwortete Häring. »Wer sollte hier auch fahren? Dafür ist doch der teure und offensichtlich neue

Klinkerweg da. Es sei denn, man will im Frühling auf die Weiden da vorn.«

»Was für ein Wagen könnte das gewesen sein?«

»Der Spurweite und der Breite der Reifen nach zu schließen, würde ich sagen, ein Geländewagen.«

»Oder ein SUV.«

»Davon gibt es aber viele. Und bestimmt auch auf einem Reiterhof.«

»Aber nicht jeder fährt gerne durch den Matsch. SUVs werden nicht für den Acker gebaut, sondern für die Straße. Das sind keine Nutzfahrzeuge, sondern Statussymbole.«

Gerade wollte Greven seinen Kollegen dazu ermuntern, der Spur zu folgen, rein intuitiv und ohne große Erwartungen, als sie nach rechts abbog. Schon nach ein paar Metern war klar, dass eines der Nebengebäude das Ziel gewesen war.

»Fällt dir etwas auf?«, fragte Greven.

»Ich weiß nicht, was du meinst?«

»Die Spur führt nicht zurück.«

»Dann wird der Fahrer einen anderen Weg gewählt haben.«

»Hat er nicht«, entgegnete Greven, der die Spur bereits bis zu dem ersten der Nebengebäude mit seinen Augen verfolgt hatte. »Er ist da in die Scheune gefahren. In die mit dem kaputten Dach.«

Häring ließ von Gegenargumenten ab und wurde ebenfalls zum Spurenleser. Vor dem dunkelgrünen, zweiflügeligen Scheunentor mussten sie zunächst aufgeben. Die Farbe war an vielen Stellen bereits abgeblättert oder verwittert, das Tor aber hielt ihren Bemühungen stand, es zu öffnen. Links führte ein halbwegs begehbarer, schmaler Klinkerweg um die Scheune herum. Die kleinen, typischen Fenster aus Eisen, die sechs Scheiben aufnahmen, waren blind oder von innen mit Pappe verdeckt. Auf der Rückseite befand sich ein weiteres Tor, das einem Heuwagen die Durchfahrt durch die Scheune erlaubte. Im Gegensatz zu dem vorderen Tor besaß das hintere eine eingebaute Tür. Auch sie war verschlossen, gab aber nach, als Greven und Häring sich gemeinsam gegen sie auflehnten.

Gemeinsam konnten sie auch den großen Riegel lösen, der das Tor geschlossen hielt. Widerwillig gaben die beiden Flügel nach, denen man anmerkte, dass sie seit Jahren nicht geöffnet worden waren. Die Scharniere knarrten vor Rost und Schmierölmangel. Dafür fiel endlich Licht ins Dunkel. Zwischen alten, längst unbrauchbaren und zum Teil in sich zusammengefallenen Strohballen und noch älteren Heuwendern und Eggen stand ein SUV, ein silberner X5 mit Oldenburger Kennzeichen.

»Er hat also doch gefälschte Kennzeichen benutzt«, stellte Greven fest.

Sie brauchten ein paar Minuten, um sich zu dem Wagen vorzukämpfen, denn die Zeit hatte in der alten Scheune viele Hindernisse aufgetürmt. Aber nachdem sie Heu, Stroh, Treckerräder und eine Leiter aus dem Weg geräumt hatten, standen sie vor dem Kühler.

»Das ist garantiert Heydens Auto«, analysierte Häring. »Da hat die Spusi gleich wieder eine neue Aufgabe.«

Da der Zugang zur Fahrerseite von einem alten Strohballen blockiert war, zwängte sich Greven an der Beifahrerseite vorbei und öffnete mit wenigen Handgriffen das vordere Tor, das weitaus rüstiger war als das hintere. Jetzt wurde es richtig Licht.

»Viel werden die nicht finden«, meinte Häring nach einem ersten Blick durch die Frontscheibe.

Greven zog den obligaten Handschuh aus der Manteltasche und öffnete die Heckklappe, die eine getönte, undurchsichtige Scheibe besaß. Das Januarlicht fiel auf den Körper eines dicken Mannes in einem schwarzen Anzug. Er lag in dem nicht besonders großen Kofferraum wie ein riesiges, schlafendes Baby. Doch er schlief nicht. Sein großer, massiger Kopf hatte ein stattliches Loch in der rechten Schläfe, sein Gesicht war etwa zur Hälfte mit längst verkrustetem Blut überzogen.

»Grönmann?«, fragte Häring, nachdem auch er sich an der Beifahrerseite vorbeigezwängt hatte.

»Karig Simon hat offenbar seinen Meister gefunden«, meinte Greven.

»Was glaubst du, wie lange er schon tot ist?«

»Ich bin nicht Dr. Behrends. Aber ich schätze, etwa seit seinem Verschwinden.«

»Bist du sicher? Dann ist er gestern Nacht gar nicht …?«

»In dem Zustand? Wohl kaum. Wenn du in seine Taschen greifst, wirst du keine Schlüssel finden.«

»Aber …?«

Häring sprach noch einige Vermutungen aus, die Greven nicht mehr erreichten. Vorsichtig schob er einige der bislang isolierten Puzzleteile zusammen. Sie passten auf Anhieb und ließen plötzlich etwas Ganzes erkennen. Es tauchte einfach aus dem Verborgenen auf und beherrschte plötzlich das Puzzle, auch wenn hier und da noch Teile fehlten. Eines dieser Teile begann unvermittelt zu leuchten. Rot zu leuchten. Er zückte sein Handy und wählte die Nummer der Staatanwältin.

»Greven hier. Haben Sie …?«

»Ja, habe ich. Spätestens morgen haben Sie die erforderlichen Papiere. Das hatte ich Ihnen doch versprochen. Trotz aller Bedenken.«

»Das meine ich nicht. Haben Sie gestern noch Folef von und zu Aldenhausen getroffen? In Ihrem Komitee?«

»Deswegen rufen Sie mich an?«

»Haben Sie ihm von der bevorstehenden Untersuchung erzählt? Rein zufällig? Unbedacht?«

Der Apparat blieb einige Sekunden stumm.

»Ist das irgendwie für die Ermittlungen wichtig?«

»Vielleicht kann es sogar Leben retten.«

»Also in Gottes Namen«, schnaufte Dr. Wilms. »Ich habe vielleicht eine kleine Andeutung gemacht. Er ist schließlich der Hausherr und sollte wissen, was da eventuell auf ihn zukommt, so unwahrscheinlich es auch sein mag. Sind Sie jetzt zufrieden?«

»Bin ich. Ich halte Sie auf dem Laufenden. Danke.«

»Folef war der Einbrecher?«, sagte Häring mit großen Augen.

»Er musste handeln, um alle Spuren zu beseitigen. Um alle Hinweise auf ihn zu vernichten. Wobei ich nicht weiß, ob er Grönmann unter Druck gesetzt hat oder Grönmann ihn erpresst hat. Mit dem Wissen von Thalke. Oder Hinweisen aus ihrem Erbe.«

Greven wählte erneut und erreichte auf Anhieb den guten Geist des Museums.

»Kommissar Greven. Könnte ich den Grafen sprechen?«

»Es tut mir leid. Der Graf hat das Schloss vor einer Stunde verlassen. Ein wichtiger Termin. Mehr kann ich Ihnen auch nicht sagen. Es steht nichts in seinem Kalender. Ich gebe Ihnen am besten seine Handynummer.«

Das Puzzleteil in seinem Kopf strahlte nun dunkelrot. Häring sah ihn fragend an.

»Der Graf? Bist du sicher? Und wo ist er jetzt?«

»Am Ort seiner letzten Hoffnung«, sagte Greven und ließ das Handy eine weitere Nummer wählen.

30

»Fahr nicht zu langsam. Er darf auf keinen Fall merken, dass wir es schon wissen. Er glaubt, er hat bis morgen Zeit.«

Neben dem roten Jaguar parkte ein schwarzer Porsche. Sonst war nichts Auffälliges zu erkennen. Die gelbe Villa versprühte ihren Gründerzeitcharme wie jeden Tag. Der kleine Park, der sie umgab, sah friedlich aus, die wenigen Wolken ebenso. Eine anhaltende Flaute gönnte den

Zweigen der Eichen und Buchen eine Atempause. Die kleine Welt in Aurich schien in Ordnung zu sein. Nur der schwarze Porsche störte die Idylle.

»Wenn er sich eine Geisel nimmt und wegfährt, haben wir ein echtes Problem.«

»Es kann nicht mehr lange dauern«, sagte Häring. »Sie müssen gleich da sein.«

»Das befürchte ich ja gerade.«

»Was hast du vor?«, fragte Häring, der seinen Chef schon lange kannte.

»Ich werde Sophie einen harmlosen Besuch abstatten. Fahr bitte zum Blumenladen an der Ecke und warte dort auf unsere Jungs.«

Wenig später erschien ein weißer Passat in der Auffahrt der Villa und parkte äußerst unvorteilhaft schräg hinter den beiden Sportwagen. Bevor der mit einem Blumenstrauß bewaffnete Fahrer ausstieg, deponierte er die Autoschlüssel in einem Fach der Mittelkonsole und verbarg sie unter einer Bonbontüte und dem leeren Kaffeebecher einer Fastfoodkette.

Mit einer Melodie auf den Lippen, aber innerlich unter Strom, ging er vor der Tür in Position und klingelte. Nichts tat sich, auch nach dem zweiten Anlauf nicht. Erst nach einem dritten und lang anhaltenden Klingeln wurde die Tür einen Spaltbreit geöffnet. Annalinde von Reeten stand mit zerzaustem Haar und verlaufener Schminke vor ihm, die ihren Tränen nicht gewachsen war.

»Sophie ist nicht zu Hause. Gehen Sie bitte wieder.«

Aber Greven hatte den Fuß bereits in der Tür und die Augen im Foyer. Irgendwo dort musste er lauern. Leider war der große Garderobenspiegel von Mänteln und Jacken verhängt.

»Es dauert auch nicht lange, ich habe sowieso kaum Zeit. Ich wollte ihr nur eine kleine Freude machen.«

»Geben Sie her!«, sagte der Teenager mit Tränen in der Stimme. »Sie ist nicht da.«

»Natürlich ist sie da. Ihr Wagen steht doch vor der Tür. Und der von deinem Großonkel auch.«

Der Türspalt vergrößerte sich langsam und Folef von und zu Aldenhausen trat in das weiche Tageslicht. In den Händen hielt er ein Gewehr mit aufgesetztem Zielfernrohr. Ein modernes und sehr wirkungsvolles Kleinkalibergewehr. Damit, vermutete Greven, musste er Grönmann erschossen haben.

»Wenn Sie unbedingt reinkommen wollen, dann kommen Sie«, sagte der Graf mit subtiler Wut in der Stimme.

Greven riss die Augen auf, als habe er mit allem gerechnet, nur nicht mit ihm.

»Was ist denn in Sie gefahren? Geben Sie mir sofort die Waffe!«

»Ich denke nicht daran«, entgegnete der Graf schroff. »Stattdessen werden Sie mir Ihre Waffe geben, und zwar langsam und ohne irgendwelche Finten.«

»Ich habe meine Waffe nicht dabei. Ich bin nicht im Dienst«, antwortete Greven betont überrascht, während er mit den Augen das Foyer, die Türen und die Treppe absuchte.

»Mantel und Jacke ausziehen. Aber langsam!«

Greven legt seinen kunstvoll verpackten Blumenstrauß auf dem Stuhl hinter der Tür ab, die der Graf mit einem Fußtritt schloss. Mantel und Jacke streifte er in Zeitlupe ab und deponierte sie auf den Lehnen. »Wo ist Sophie?«

»Er hat sie im Labor eingesperrt«, antwortete Annalinde, nach wie vor mit den Tränen kämpfend.

»Hosenbeine hoch!«

»Bitte«, sagte Greven und zog beide Hosenbeine langsam hoch. Doch auch hier verbarg sich keine Waffe. Das durchaus mögliche Versteck musste der Graf aus Krimis kennen.

»Umdrehen und Hände oben lassen!«

Der Graf tastete mit der Linken vorsichtig seinen Rücken und seine Gesäßtaschen ab.

211

»Ich sagte Ihnen doch, ich bin nicht im Dienst. Und jetzt sagen Sie mir bitte, was hier gespielt wird.«

»Monopoly«, sagte der Hans-Albers-Verschnitt und stieß ihm den Lauf in den Rücken. »Los, ins Esszimmer. Alle beide.«

Übertrieben humpelnd marschierte Greven los.

»Ihr Knie. Ich habe davon gehört. Von der lieben Frau Dr. Wilms. Pech für Sie.«

Annalinde erschien neben ihm und warf ihm einen Blick zu, der Bände sprach. Todesangst sah ihn an, eine Art Angst, die das Mädchen noch nie gespürt haben dürfte, eine Angst, mit der sie nicht umgehen konnte, die ihr jeglichen Boden unter den Füßen entzog. Ihr eindringlich mahnender Blick verlangte nach einer Antwort, die er ihr in Form eines Augenzwinkerns zu geben versuchte. Offenbar mit Erfolg, denn die harten Konturen ihres Gesichts wurden etwas weicher. Allein diese Reaktion hatte das Risiko gerechtfertigt, das er eingegangen war.

»Hinsetzen! Hände auf den Tisch! Alle beide!«

Folef von und zu Aldenhausen wies ihnen zwei Stühle am Esstisch zu, an dem Greven vor Kurzem erst Perlhuhnbrust gegessen und sich für einen Glückspilz gehalten hatte. Der Graf nahm sich einen Stuhl an der anderen Seite des Tisches und richtete das Gewehr auf ihn.

»Was wird hier gespielt?«, wiederholte Greven seine Frage.

»Wir warten«, antwortete der Graf. »Wir warten auf Sophie. Ich habe ihr eine Stunde Zeit gegeben.«

»Eine Stunde? Wozu?«

Deutlich waren die Ungeduld und die Erregung zu erkennen, die in den Augen des Grafen arbeiteten. Annalinde suchte auf dem Tisch Grevens Hand.

»Sich zu entscheiden, mir mein Eigentum auszuhändigen«, antwortete der Graf. »Oder mich für meinen Verlust zu entschädigen.«

»Ihr Eigentum?«

»Jetzt tun Sie doch nicht so«, sagte der Graf sichtlich

212

erbost. »Der Friesische Adler, den Sie morgen schlachten wollen.«

»Der soll hier sein?«, fragte Greven nach.

»Im Schloss ist er jedenfalls nicht«, sagte der Graf. »Aber das wissen Sie ja bereits.«

»Onken hat also eine Fälschung gefälscht, eine Kopie kopiert. Und als Heydens Hehler das gemerkt hat, hat er ihn zurückbeordert, um den echten Adler zu besorgen. Aber Onken hatte den Schwindel selbst nicht bemerkt.«

»Er hat immer nach Fotos gearbeitet. Das Original wollte er nicht einmal in die Hand nehmen. Aus Respekt vor der Arbeit und vor der Geschichte. Ein komischer Kauz. Ein Spinner.«

»Dann ist Heyden bei Ihnen aufgetaucht. Ihnen galt ja auch die Drohung. Ich meine, Onkens dezent platzierte Leiche auf dem Sous-Turm.«

»Das war auch haarscharf. Aber ich konnte Heyden schließlich überzeugen, das Geschäft doch noch zu machen.«

»Zu einem stolzen Preis.«

Der Graf nickte arrogant und sah kurz auf die Uhr.

»Wie sind Sie auf Ihre Schwester gekommen?«, fragte Greven.

»Ganz einfach. Niemand sonst kam in Frage. Sie muss die Erweiterung und Modernisierung des Museums vor ein paar Jahren genutzt haben, um die Statue auszutauschen. Weiß der Teufel, wie sie das gemacht hat. Aber damals gab es die heutigen Sicherheitssysteme noch nicht. Ich habe zwei Jahre gebraucht, sie zu umgehen. Nur, um an mein Eigentum zu kommen.«

»Ihr Eigentum?«

»Ja, mein Eigentum. Geraubt von meinem werten Herrn Großvater Fokko von und zu Aldenhausen, dem allseits verehrten Stiftungsgründer. Ein Dieb war er, weiter nichts. Durch die Stiftung hat er seine eigene Familie bestohlen und ihr die Möglichkeit genommen, ein standesgemäßes Leben zu führen.«

»Ein Fehler, den Sie korrigieren wollten«, meinte Greven.

»Die Formulierung gefällt mir«, lächelte der Graf, dessen Nerven sich allmählich zu beruhigen schienen. »Sie trifft den Nagel auf den Kopf. Und den blöden Voyeuren ist es doch egal, ob der Vogel echt ist oder nicht.«

»Ganz zu schweigen von den Münzen, den Fibeln und Broschen.«

»Wie recht Sie haben. Aber leider war Thalke schneller. Sie hat sich gar nicht erst mit dem Kleinkram aufgehalten, wie ich, sondern sich gleich das Filetstück genommen. Typisch Thalke.«

»Aber warum hat Heyden die Erben und die Liebhaber aufgesucht?«, nutzte Greven die kleine Fragestunde, mit der die Wartezeit überbrückt wurde. Der Graf war auskunftsbereit, was ihm einerseits gefiel, andererseits jedoch auch Angst machte.

»Ganz einfach. Weil Thalke den goldenen Vogel nicht verkauft hat«, antwortete Folef von und zu Aldenhausen betont langsam. »Sie hatte nämlich die Charaktereigenschaft, jedes greifbare Vermögen umgehend unter die Leute zu bringen. Fragen Sie mal ihre Liebhaber. Die können ein Lied davon singen.«

»Verstehe«, sagte Greven. »Ein plötzlicher Geldsegen wären Ihnen nicht verborgen geblieben.«

»Sehr gut, Herr Kommissar, sehr gut. Sie hat ihn also behalten und sich einen Spaß daraus gemacht, wie die anderen Geschwister den Stiftungsgründer verflucht haben. Kaputt gelacht hat sie sich. Aber sie hat den Vogel behalten. Aus Spaß oder als Altersvorsorge. Ich weiß es nicht. Er ist ja auch nicht so leicht zu Geld zu machen. Dazu braucht man internationale Beziehungen.«

»Über die wiederum Heyden verfügte. Er hat also die Umzugskartons unter die Lupe genommen.«

»Zugegeben, er war dabei nicht zimperlich. Aber es war der einzige Weg. Das wäre genau Thalkes Art gewesen. Die Millionen einfach in einen der Kartons zu packen.

Einfach so. Oder das Versteck auf einen Zettel zu schreiben und ihn irgendwo abzuheften.«

»Aber Heyden hat ihn nicht gefunden«, lächelte Greven.

»Gut beobachtet. Dafür hat sich mit jedem seiner Besuche das Risiko erhöht. Er wollte mehr vom großen Kuchen. Zu viel.«

»Da haben Sie die Geschäftsbeziehung beendet.«

»Was blieb mir anderes übrig«, grinste der Graf, das Gewehr noch immer im Anschlag.

»Wusste er, dass Sie Jäger sind und sich mit Waffen auskennen?«

»Säße ich sonst hier?«

»Bei zwei Kandidaten auf Ihrer Liste hatte er nur einen bescheidenen Erfolg«, fuhr Greven fort.

»Wieder richtig. Bei diesem Schlitzohr von Grönmann und der lieben Sophie. Und da sich Grönmann als Niete erwiesen hat, ist nur noch Sophie im Spiel.«

»Selbst wenn sie die Statuette hat, Sie werden nicht weit damit kommen«, sagte Greven und beugte sich dabei vor.

»Wie Sie sehen, bin ich bislang auch schon sehr weit gekommen, ohne dass Sie auch nur geahnt haben, um was es geht. Selbst jetzt sind Sie nur rein zufällig hier.«

»Ja, der Zufall ist eine komische Sache«, meinte Greven.

»Und rein zufällig besitze ich nagelneue Papiere und eine perfekte Geisel, wenn auch keine sehr attraktive«, erklärte der Graf und sah dabei auf Annalinde, die an Greven herangerückt war.

»Sie haben keine Chance, Herr Graf. Sie kommen nicht mal bis zur holländischen Grenze.«

»Jetzt täuschen Sie sich aber, Herr Kommissar. Ich habe sogar eine Chance, wenn die liebe Sophie den Vogel nicht hat ... oder nicht mehr hat, weil er inzwischen ihr dekadentes Leben finanziert. Dank meiner niedlichen Geisel wird sie dann nämlich ihr Vermögen mir überlassen. Das dauert heutzutage nur ein paar Minuten, wie Sie wissen.

Und Holland? Das ist gar nicht mein Ziel. Aber was geht Sie das alles eigentlich noch an? Doch dazu später. Die Stunde ist um, die Frist abgelaufen. Sehen wir mal, wie weit Sophie gekommen ist. Aufstehen, Hände nach oben!«

Betont mühsam erhob sich Greven von dem Küchenstuhl und ging humpelnd voraus. Der Graf lenkte sie ins Foyer und dann zur Werkstatt, wo sich auch Christian von Reetens Labor befand. Annalinde wich Greven nicht von der Seite, schmiegte sich fast an ihn an. Er legte seinen Arm um sie, aber der Gewehrlauf trennte sie wieder. Vor der geheimen Labortür hielten sie an.

»Aufmachen!«

Als Annalinde zögerte, Greven kannte den verborgenen Griff nicht, stieß ihr der Graf den Lauf unsanft in den Rücken, so dass sie kurz aufschrie. Greven ballte die Fäuste, blieb aber ruhig.

»Los, mach endlich auf!«

Weinend griff Annalinde hinter den Gartenschlauch. Lautlos glitt die Tür auf, hinter der es stockdunkel war. Dafür war aus dem Labor ein unterdrücktes Schluchzen zu hören. Die Hand als Schutz vor dem Licht vor ihre Augen haltend, erschien Sophie von Reeten, wie ihre Tochter mit zerzaustem Haar und verlaufener Schminke. Die Dunkelhaft und das von Folef von und zu Aldenhausen installierte Damoklesschwert hatten ihr heftig zugesetzt, hatten sie altern lassen, hatten ihr Selbstbewusstsein bröckeln lassen. In der Werkstatt ließ sie die Hand sinken und blinzelte ihre Tochter an, die sie sofort an sich zog. Greven warf sie einen erstaunten, fragenden Blick zu, den er nur mit einem Achselzucken beantworten konnte.

»Schluss jetzt mit dem Austausch familiärer Gefühle. Also, wo ist die Statuette?«

»Ich weiß es nicht!«, schluchzte Sophie von Reeten, noch immer ihre Tochter im Arm haltend.

Der Graf hob die Mündung des Laufs Annalinde an die Schläfe und wiederholte seine Frage. Als Greven mit einer kleinen Bewegung auf die Geste reagierte, ließ der Graf das Gewehr kurz sinken, aber nur, um ihm einen Stoß mit dem Gewehrkolben in den Bauch zu versetzen, der ihn völlig unvorbereitet traf. Der Schmerz war nur kurz punktuell spürbar, breitete sich dann aber schnell auf den ganzen Bauchraum aus und zwang ihn in die Beuge. Seine Hände schoben sich schützend vor den Magen, kamen aber viel zu spät. Auch er konnte nun Tränen zur prekären Lage beisteuern. Als er den Kopf hob und sich allmählich wieder aufrichtete, klebte die Mündung bereits wieder an Annalindes Schläfe.

»Wir haben deinen goldenen Vogel nicht!«, schrie Sophie von Reeten. »In dem blöden Karton waren nur Kochbücher und Ordner mit alten Rechnungen. Aber bestimmt kein Gold.«

»Wo sind diese Ordner?«

»Das habe ich dir schon gesagt. Im Altpapier. Warum sollte ich sie aufheben?«

»Weil ich so erfahren hätte, was Thalke mit dem Vogel gemacht hat, du blöde Schlampe!«

»Sie hat den Adler nicht«, stöhnte Greven. »Sie gibt Ihnen ihr Vermögen. Alles, was sie hat. Da kommen ein paar Millionen zusammen.«

»Halten Sie sich da raus!«, fauchte der Graf, ohne von Annalinde zu lassen, die laut und mit geschlossenen Augen weinte, fest an ihre Mutter geklammert. Während der Graf nachdachte, suchte Greven nach einer Lösung. Er hatte mehrere Varianten durchgespielt, hatte aber nicht mit einem derartig aggressiven Gegner gerechnet. Der konnte zwar nicht mehr entkommen, da die Villa inzwischen umstellt sein musste, aber er konnte vorher abdrücken.

»Leider fehlt mir die Zeit, weil Sie hier ja unbedingt erscheinen mussten«, sagte der Graf und sah ihn an. »Ich werde also Sophies Angebot annehmen. Geh an deinen Computer und fang an. Hier sind die Daten.« Der Graf machte einen Schritt zurück und zog eine Visitenkarte aus der Brusttasche, die er Sophie von Reeten überreichte. »Fang sofort an! Ich will alles, jeden Cent! Ich nehme Annalinde mit, damit es keine Probleme gibt. Ich sehe unterwegs nach. Wenn ich zufrieden bin, lasse ich sie gehen. Los, hau ab!«

Die Mündung des Laufs näherte sich wieder der Schläfe des Teenagers, der seine Mutter nicht gehen lassen wollte. Ein Blick des Grafen aber reichte aus, dass sie den Klammergriff ihrer Tochter löste, einen Schalter an der Wand betätigte, in das plötzlich helle Labor ging und sich an den Rechner setzte.

»Und Sie geben mir Ihren Autoschlüssel!«, befahl ihm der Graf, der alles verloren hatte, der nicht mehr zurück konnte, der in eine Sackgasse gestürmt war, dem sein Schloss nicht genug gewesen war. Schon als er die erste Münze von Onken hatte kopieren lassen, hatte er den ersten Pflasterstein gesetzt für den Weg in den Abgrund, vor dem er jetzt stand. Sein Gesicht, das Greven inzwischen als fast entstellt empfand, erzählte diese Geschichte, reflektierte den Strudel, in den er geraten war, den er selbst in Bewegung gesetzt hatte. Die Kontrolle hatte er längst verloren, hatte er Münze für Münze und Fibel für Fibel eingebüßt, bis das Gold ihn kontrollierte. Sein Blick war auf einen fernen Horizont gerichtet, auf eine utopische Insel, die er noch zu erreichen hoffte.

»Her mit dem Schlüssel!«

Diesmal tauchte die Mündung neben seinem Auge auf.

»Ich habe ihn nicht. Sie haben doch meine Taschen durchsucht.«

»Wo ist er? Los!«

Der Graf senkte den Lauf und hielt ihn nun direkt an sein gesundes Knie.

»Wollen Sie als Krüppel sterben?«

»Der Schlüssel ist im Foyer«, sagte Greven und zwang sich zur Ruhe. Es war nicht seine erste Begegnung mit dem Tod, er konnte gleich auf mehrere Erfahrungen zurückgreifen, um nicht zu ersticken oder aufzugeben.

»Gehen Sie da an die Wand«, befahl der Graf.

Annalinde schrie auf.

»Der Schlüssel ist nicht in der Jacke«, widersetzte sich Greven. »Er ist auch nicht im Mantel. Als ich die Situation erfasste, habe ich ihn auf den Boden fallen und verschwinden lassen.«

Folef von und zu Aldenhausen rang mit dem Tod, allerdings mit dem Grevens. Er verlagerte sein Gewicht von einem Bein aufs andere und knetete mit seinen Lippen. Schließlich gab er Annalinde einen Schubs und griff hinter den Gartenschlauch. Lautlos glitt die Tür zu. Mit der linken Hand griff der Graf nach einem der Gartenstühle und schob ihn mit der Lehne unter den unsichtbaren Hebel.

»Also ins Foyer, aber schnell!«

Mit dem Gewehr im Anschlag trieb er Annalinde und Greven vor sich her.

»Schneller! Ein letztes Mal: Her mit dem Schlüssel! Los!«

Greven begab sich humpelnd und gebückt auf die Suche, während ihn der Graf nicht aus den Augen ließ. Annalinde stand neben ihm und weinte unablässig. Als sich Greven bis zum Stuhl vorgearbeitet hatte, auf dem Mantel und Jacke lagen, nahm er den Blumenstrauß in die rechte Hand und hob ihn hoch. Dann richtete er seine linke Hand auf die Kommode, die gegenüber an der Wand stand: »Da liegen sie!«

Der Graf folgte mit dem Blick der ausgestreckten Hand. Es war nur für eine Sekunde, dann nahm er wieder Greven ins Visier. Gedämpft durch die Blumen ähnelte der Knall eher einem dumpfen Schlag mit einer Zaunlatte. Das Papier flog auseinander und ließ Blütenblätter und Stängel folgen. Der ganze Strauß löste sich auf, bröselte zu Boden und gab Grevens rechte Hand frei, die seine Dienstwaffe umklammerte.

219

Die Kugel hatte den linken Unterarm des Grafen durchschlagen und dann den Kolben des Gewehrs getroffen und das Holz zersplittert. Mit einem scheppernden Geräusch fiel es auf die Fliesen, während der Graf einen lang gezogenen Schrei ausstieß. Auch seine rechte Hand, die den Griff der Büchse gehalten hatte, war verletzt.

»Annalinde, befrei deine Mutter!«, befahl jetzt Greven und ging die wenigen Schritte zur Tür, um sie langsam zu öffnen. Mit dem vereinbarten Handzeichen signalisierte er den Einsatzkräften das Ende ihres gerade erst begonnen Einsatzes. Hinter den Autos und den Bäumen erhoben sich vermummte Gestalten. Häring kam hinter einer dickleibigen Kastanie zum Vorschein.

Auf dem kalten Boden kniete wimmernd Folef von und zu Aldenhausen und verschmierte sein Blut auf den Fliesen. Aus dem Dunkel des Flurs neben der Treppe kam Sophie auf Greven zugestürmt, gefolgt von Annalinde, bremste nicht ab, sondern krachte in seine Arme, heulend und lachend zugleich.

31

Diesmal erkannte Greven den Musiker auf Anhieb. Kenny Burrell. Auch beim Stück lag er richtig: *Midnight Blue*. Aufgenommen 1967. Stanley Turrentine am Tenorsaxofon. Eine traumhafte Aufnahme. Der Gitarrist spielte noch ohne die ausufernden sportiven Ambitionen späterer Saitenmagier.

»Trifft das deinen Geschmack?«

»Unbedingt«, antwortete Greven und lächelte Sophie von Reeten an. Neben ihr saß Mona, vertieft in ein Gespräch mit Annalinde. Der Tisch war perfekt eingedeckt, in den Gläsern wartete ein Riesling auf einen Krabbensalat aus Nordseekrabben, Sellerie, Apfel und einer leichten Creme.

Die Gesichter von Annalinde und Sophie waren fast wieder in ihren Urzustand zurückgekehrt. Wer genau hinsah, stieß jedoch noch immer auf die Spuren, die der Graf und Konquistador hinterlassen hatte. Greven hoffte, dass die Zeit auch diese Spuren von ihnen nehmen würde. Doch dazu mussten die beiden erst noch den Prozess gegen den Grafen überstehen, über dessen Ausgang es nicht viel zu spekulieren gab. Spekulieren ließ sich dafür umso ausgiebiger über den Stoff, der noch immer Träume gebar.

»Und der Adler ist wirklich unauffindbar?«, fragte Mona.

»Spurlos«, bekräftigte Greven. »Wobei nicht einmal geklärt ist, ob ihn Thalke wirklich ausgetauscht hat. Schlimmer noch. Da die Echtheitsprüfung vor gut zehn Jahren offenbar nur sehr oberflächlich und halbherzig ausgefallen ist, wissen wir noch nicht einmal, ob der 1929 gefundene Vogel echt war.«

»Wir wissen also nichts?«, fragte Annalinde.

»Wie so oft im Leben«, kommentierte Mona.

»Und was ist mit dem übrigen Schatz?«

»Nur die Broschen sind echt. An die hat sich Onken nicht getraut. Der Rest besteht aus Fälschungen«, erklärte Greven.

»Was den Besucherzahlen im Schloss keinen Abbruch tut«, wusste Sophie. »Abbo hat mir erzählt, dass sogar mehr Leute kommen als im Sommer. Und da die Einnahmen des Museums zum Teil auch in die Apanage einfließen …«

»… haben auch die Erben etwas davon. Außer Folef natürlich«, sagte Greven.

»Und noch jemand hat etwas von der ganzen Sache«, sagte Sophie und erhob ihr Glas. »Denn Abbo hat mir auch noch erzählt, dass bereits zwei Privatdetektive ihre Hilfe bei der Suche nach dem Adler angeboten haben. Gegen eine angemessene Beteiligung, versteht sich.«

»Es werden nicht die letzten Goldsucher bleiben«, meinte Greven. »Diesem Traum ist nicht so leicht beizukommen.«

»All that we see or seem, is but a dream within a dream«, zitierte Annalinde ihren Lieblingsautor Edgar Allen Poe.

«Es wird sich also nichts ändern an der Geschichte des Friesengolds«, fügte Greven hinzu. »Auch in Zukunft werden Reisende und Suchende berichten, das Gold irgendwo gesehen haben. In einem der fünfunddreißig Emder Bunker, im Schlossgraben von Schloss Aldenhausen oder am Hof Balthasars von Esens.«

»Zum Wohl!«

»Auf das Leben!«

32

Die Augen waren kalt und glommen doch. Aber nur für denjenigen, der den Blick des Adlers verstand, der seinen wahren Wert erkannte, der seine wahre Geschichte kannte, der sein Leben spürte.

Seine Hand zitterte, als er das Gefieder des Vogels streichelte, nicht etwa, weil er es nicht gewohnt war, sondern weil er alt war. Das Streicheln war ein tägliches Ritual, das er vor vielen Jahren eingeführt hatte, ohne sich noch an das genaue Datum erinnern zu können. Er liebte den Adler, der Freiheit versprach. Friesische Freiheit. Seine Freiheit. Nur zeigen konnte und durfte er ihn keinem. Das wäre das Ende der Freiheit, das Ende des täglichen Rituals, das Ende des wortlosen Zwiegesprächs mit dem goldenen Vogel gewesen.

Auf dem Tisch lagen die Zeitungen, die über den Adler berichteten. Nicht über seinen Adler, über einen anderen, über einen falschen, über einen, mit dem man keinen Kontakt aufnehmen konnte.

Wieder glitt seine zittrige Hand über Kopf und Schultern des schweren Vogels, den er niemals aus der Hand geben würde, nicht für Geld, nicht für sein Leben.

»Hallo, mein stolzer Adler«, sagte er und sah dem Tier in die Augen.

»Hallo, mein stolzer Mann«, sprach der Adler.

***

Bernd Flessner
Knochenbrecher

Ostfrieslandkrimi
978-3-934927-88-9
8,90 Euro

Bernd Flessner
Die Gordum-Verschwörung
Ostfrieslandkrimi
978-3-934927-87-4
8,90 Euro

Bernd Flessner
Greetsieler Glockenspiel
Ostfrieslandkrimi
978-3-934927-93-9
8,90 Euro

Venske/ Gerdes (Hrsg):
**Gepfefferte Weihnachten
Krimis & Rezepte**
978-3-939689-38-6
9,90 Euro

H. & P. Gerdes (Hrsg):
**Mordkompott meerumschlungen
Krimis & Rezepte**
978-3-939689-68-3
9,90 Euro

H. & P. Gerdes (Hrsg):
**Friesisches Mordkompott
Herber Nachschlag**
978-3-939689-20-1
9,90 Euro